Júlio Menezes

GASOLINA

Porto
de Idéias
EDITORA

GASOLINA
Júlio Menezes

Editor
Sebastião Haroldo de Freitas Corrêa Porto

Projeto Gráfico
Caroline Silva

Foto da capa
Johnny

Capa
Cauê Porto

Revisão
Silvana Pereira de Oliveira

Dados Internacionais de Catalogação na Publicação (CIP)
(Câmara Brasileira do Livro, SP, Brasil)

Menezes, Júlio
   Gasolina / Júlio Menezes. -- São Paulo :
Porto de Idéias, 2008.

   1. Ficção brasileira I. Título.

08-08780   CDD-869.93

Índices para catálogo sistemático:
1. Ficção : Literatura brasileira 869.93
978-85-60434-40-4

Todos os direitos reservados à

**Porto
de Idéias**®
EDITORA

Rua Pirapora, 287 - Vila Mariana
CEP 04008-060 - São Paulo - SP
Tel: (11) 3884.5426/3885.7386
www.portodeideias.com.br
e-mail: portodeideias@portodeideias.com.br

CNPJ: 07.395.509/0001-20

AGRADECIMENTOS

```
U A U O C F P I A U G O E N I A R N A E
R J L C L S I I E C A V E I E T P D G N
T N I L U D U I K S W O G E N E D H J L
I A G P E I I N C I E N O N I O N I N E
I R T I I T O A H N N E J D I P J N A U
R F N R N M A R C I A R U Q L O U U P A
O O E J E O R H A R F N C Q S O L R A N
J T R A R B A L T M A I A A I D I E J T
H R A A V L O H W E N O M I S R A L A M
D E N R O B E R O G L U V O T A N E R I
N B U D U D I N H A C C A N I U A E A C
B L I G O D O R N A G L I E J D V F H W
O I U T S B I I I R H U A N N E L E O U
A G Z I I A R A L V O N H A T D I I F C
R U U A A A T D U I L T N R J I S M T A
N D A U M C L I A H I A I I E N A A G N
I E S U N O R R P A H A S T C H Z I T R
I I I S B L B E O N N R O I M A R L I P
O A G M T E P N I E N I R R R D A I U R
L I P L U L O M T G H I G O G C A E E G
```

Para Beco, Rosa, Pim e Marina.

UM

Aos dez anos tinha medo de dormir. Por algum motivo a idéia de nunca mais acordar me apavorava. Aos trinta tinha medo de acordar e jamais voltar a dormir; a maldita insônia me assombrando vinte e quatro horas por dia. Com quarenta e cinco já nem ligo, dane-se. Acordar, dormir, dá no mesmo, depois de certa idade você pede um copo d'água e ele já vem com a dentadura.

De dia é um pouco pior, claro, imagino que é assim pra todo mundo, deve ser; é durante o dia que o pesadelo se consuma: enfado, tédio, higiene pessoal e contas a pagar.

À luz do novo despertar creio estar acordado. Entenda-se acordado como o mórbido e prosaico exercício de sorrir pela manhã, respirar à tarde e consentir à noite. Enfim, mais ou menos o seguinte: dar bom dia à esposa, beijar os filhos, fazer compras, lavar o carro e tomar cuidado pra não urinar na tampa da privada.

Sempre mijo na maldita tampa. E minha mulher: "Meu Deus, mas por que você não ergue a tampa, não é simples?". Estúpida, se fosse simples eu erguia, óbvio.

Quando acabo de urinar confiro o prejuízo: duas ou três gotas brancas se estou sóbrio, uma enxurrada amarela se estou bêbado. Passo a mão num pedaço de papel e esfrego a tampa. Quando as crianças eram novas costumava molhar o papel e até ensaboava o assento, depois enchi o saco. De qualquer modo já têm cinco e oito anos, anticorpos, defesas, sei lá; mijo nunca matou ninguém.

Geralmente não lavo as mão depois de urinar, só quando evacuo. Minha mulher, claro, há muito percebeu minha resistência às tirânicas regras da higiene pessoal. "Papai, não ouvi o barulhinho da água da torneira...". Gosta de água, a estúpida, como gosta. Antes de deixar o lavabo abro a torneira e desperdiço um pouco d'água, mas não me atrevo a meter as mãos sob o manancial gelado. Quase sempre esqueço de puxar a descarga.

Estou na porta da rua quando ouço: "Papai, não ouvi o barulhinho da descarga...". E nem vai ouvir, minha filha, já era. Me faço de surdo e bato a porta. Antes de dar a partida no carro ouço meu mijo ser tragado pela rede de esgotos municipal, e penso se a urina desembocará num rio ou se irá parar numa dessas estações de tratamento para virar água de novo. A que ponto levaram essa história de reciclagem. Dane-se pouco me importa.

Não voltarei para casa.

Há anos repito esta frase todas as manhãs, mas o cotidiano amputa toda e qualquer boa intenção. Às seis da tarde o ser humano está liquidado, rendido, morto. Quando meto a chave na fechadura, todas as noites, é como se eu estivesse abrindo a porta no dia seguinte, ou dali a duas semanas, ou na véspera, tanto faz, os dias são iguais.

Hoje talvez eu crie coragem, pode ser. Daqui a dois dias farei aniversário, não vou suportar as crianças me estendendo gravatas e pares de meia que a mãe as fez escolher. É o único dia do ano em que ela me beija na boca, é demais pra mim. "Papai vai querer sair pra jantar?".

De uns anos pra cá a estúpida me trata de Papai. "Papai puxou a descarga?", "Papai se lembrou de pagar o carnê?", "Papai vai à reunião de pais e mestres?", e por aí vai. O homem reduzido à função paterna, como se nada mais importasse senão a condição de genitor, provedor e idiota pós-graduado. Desde que contraí a alcunha de Papai não me lembro de ter ouvido algo do tipo "Papai topa um meia-nove?", não, nada disso. Uma vez Papai, só lhe resta comer Mamãe. E Papai e Mamãe não fazem meia-nove. Praticam, justamente, o papai-mamãe. Ou mamãe-papai, tanto faz.

Mesmo assim foi há muito tempo, quer dizer, o último papai-mamãe. Dois, três anos, sei lá, os dias são iguais, é sempre quarta-feira. Não sei se a maioria dos casais pratica sexo às quartas-feiras, – será? Espero que não. Costumava ir a um puteiro lá no centro, mas nunca às quartas. Não sei por que, acho que quarta é dia de futebol, deve ser isso. Se bem que detesto futebol. Já de sexo, bem, gosto um pouco.

***

— Figueira, é o sexto mês consecutivo sem atingir sua meta. Assim fica difícil.

Meta, objetivo, escopo, alvo. Palavras que reúnem a um só tempo a meritória satisfação da conquista e a escravidão do caminho a ser percorrido.

— O mercado... Você sabe...

— Figueira, meu caro, o mercado é difícil para todos. Juliana, Raul e Marco Antônio atingiram sua metas. Patrícia ultrapassou o bônus da categoria três. Sabe quanto ela vai receber só de prêmio?

Todo mundo é chamado pelo primeiro nome e até por apelidos. Sou Figueira desde que me entendo por gente. Meu pai era professor na escola estadual onde eu estudava. Professor Figueira, pai do Figueirinha. É um absurdo, se for pensar.

Antes de passar à categoria de Papai minha mulher só me chamava de Figueira. Talvez nem lembre meu primeiro nome. Se bem que acho que nunca contei.

— Os tempos mudaram, Figueira, os tempos mudaram. Tenho observado você, sempre sentado, esperando o cliente ligar. Houve o tempo, Figueira, em que o vendedor fazia a carteira de clientes e depois era só administrar, mandar sidras no Natal, cartão no aniversário, um almoço de vez em quando... Hoje o negócio é diferente; o cliente tem de ser catapultado do seu escritório para o nosso.

"Catapultado". Que esse cara é um estúpido eu sempre soube, mas o imbecil está atingindo níveis quânticos.

— Pois é, Figueira, pois é. Você está aqui há vinte anos. Fez muito pela empresa, é verdade, mas ganhou dinheiro também, bastante dinheiro. Sabemos que você pode render bem mais. O que passa, meu amigo? Quer me falar?

Se eu quero falar? É claro que não. Eu *nunca* quero falar.

Ah, você quer saber o que se passa, é isso? Vamos ver se

estou entendendo o rumo deste colóquio. Imagino que você, Jorge, na condição de supervisor desta espelunca, se julgue um líder moderno e humano, desses que são capazes de inspirar confiança nos subalternos, pronto a arrancar-lhes as mais íntimas confissões. "O que se passa, meu amigo? Quer me contar?" E certamente você espera uma resposta do tipo: "Oh, caro Jorge, sabe, minha esposa me trai, as crianças me perturbam", e coisa e tal. E você, Jorge, imagino, já teria as soluções datilografadas, uma oração para a causa dos desesperados e, claro, puxaria um lenço de linho branco do bolso do paletó. Como é sensível, o bom Jorge, sempre uma palavra amiga, um consolo, parece ter soluções para tudo, o amável Jorge. Pois me diga, cordial amigo Jorge, que solução você teria para um problema da seguinte ordem: "Oh, Jorge, você não sabe, mas fui acometido por um súbito ataque de viadagem, estou apaixonado por um homem, isso mesmo, um homem. E o pior, Jorge, você não sabe, este homem... este homem... É você! Estou louco para te enrabar, Jorge!

— Quer saber, Jorge? Vá à merda — digo calmamente. Viro as costas e saio.

***

Nos vinte anos devotados à Imobiliária Leidermman pensei milhares de palavrões e tive motivos de sobra pra soltar a língua, mas sei lá, na hora eu desistia, preguiça, eu acho. Jamais levantei a voz. A bem da verdade não gosto da minha voz ou de vozes em geral. Não vejo muita diferença entre palavras e intenções. Procuro não pensar demais e falo estritamente o necessário. Talvez por isso tenha ganho dinheiro vendendo imóveis; as pessoas não querem ouvir, não gostam de ouvir, principalmente se tratando de vendedores.

Era de se esperar que o estúpido Jorge permanecesse ali, estático, atônito, provavelmente tentando imaginar que tipo de demônio se apossara do meu corpo. O lado bom de economizar as lágrima é que quando você chora as pessoas crêem que você está mesmo triste. A perplexidade de Jorge certamente se deu pelo fato de o idiota supor que eu estava irado, nervoso, revoltado ou qualquer coisa que o valha. A verdade é que eu estava absolutamente calmo.

Se alguma emoção se sobrepôs às demais foi apenas e tão-somente um total sentimento de desprezo por aquele idiota. Bem-feito.

Dificilmente a rua é fria e impessoal quanto nosso escritório ou nossa casa. Melhor aqui fora, com certeza.

Talvez eu devesse estar satisfeito, feliz, sei lá. Não é todo dia que o sujeito deixa o chefe falando sozinho. Mas não, permaneço estóico e pusilânime, exatamente da mesma maneira como vivi até hoje: respirando. Mesmo assim procuro respirar o mínimo possível.

Desde criança pratico apnéia. Sou bom nisso. Quando uma situação me constrange paro de respirar imediatamente. Em questão de segundos você está cego e surdo, só consegue pensar no maldito ar. Desenvolvi boa parte da técnica assistindo programas de auditório. Cheguei a um minuto e meio sem respirar; o tempo necessário pra que uma velha asquerosa parasse de se debulhar em lágrimas na televisão.

Uma vez na rua e você tem que ir a algum lugar. Faz tempo que o homem moderno deixou de apenas estar na rua. Olho ao redor e não sei aonde ir. É cedo para um cinema. Gosto de cinema, acho que porque é escuro. Outra: por pior que seja o filme, nada do que surgir na tela será mais constrangedor do que aquilo que experimentamos aqui fora. Por isso não acredito em filme ruim. Mas também não acredito em filme bom. O que vale mesmo é o cinema; esta instituição que decidiram taxar de arte. Condicionar o cinema à presumível categoria de arte é avacalhar com o mundo do entretenimento. Ah, sei lá, não quero pensar nisso, deixa quieto, nem sei. Em todo caso é um bom lugar pra se comer pipoca.

Quatro quarteirões adiante decido que estou cansado. Meu carro ficou no pátio da imobiliária. Dane-se, melhor que esteja lá, ocupando uma vaga. A vaga do Jorge, de preferência. Me dou conta de que estou na Avenida Paulista com a Alameda Campinas. Um banner enorme da Valentina Caran desfralda num edifício próximo. Uma agência imobiliária que traz no banner a foto da proprietária é de foder, é de foder. Paro imediatamente de respirar e saio caminhando na direção contrária à foto, isso significa no sentido da Consolação. Meu celular, no alerta vibratório, balança sem parar no bolso da calça. O calor é insuportável. Tem merda de cachorro na calçada. A Paulista, esta piada de mau gosto que o paulistano travestiu em cartão-postal, fede a gasolina. Os cinemas continuam fechados. O barulho chega a coçar. Pombas cagam por todos os lados. O ar está parado. Manadas de homens acelerados exalam seu perfume agridoce, correndo atrás dos próprios perdigotos.

Estou asfixiado, mas continuo caminhando, cego, surdo. Porque a bem da verdade nada disso, nada mesmo, me diz respeito.

***

Eduardo Figueira é meu filho mais velho. Creio que o amo ou poderia amar, não sei direito. Senti meu peito apertar quando o segurei pela primeira vez, isso é verdade. Não chorei mas poderia ter chorado. Com o passar dos anos vieram os dentes, cabelos, cáries, manhas, escola, catapora. Enfim, a natureza manifestada, a experiência humana realizando-se em toda sua crueldade. A mesma natureza que o trouxera ao mundo, operando o apoteótico milagre do nascimento, começaria então a cravar-lhe as garras; Eduardo teria que comer, respirar, cagar, contrair doenças, federia, purgaria. Sua mãe lhe enfiaria goela abaixo o manual da higiene diária. Para o resto de sua vida o pequeno Eduardo está condenado a feder a sabonete.

Não sei por que carrego a fotografia dele na carteira. Acho que é porque todo pai faz isso, sei lá. De qualquer maneira é bom ter a foto, é bom sim. Às vezes ele me pede para ver a fotografia. Acho que quer conferir, saber se está lá, se ainda o amo. Eu mesmo não sei se amo. Só quem pode saber isso é ele, ora.

Aqui no Center 3 há uma loja de brinquedos. Cogito comprar alguma coisa pro menino mas logo desisto; seria ridículo. Não vou voltar para casa, não desta vez. Seja como for estarão bem com a mãe, aquela chata sabe bem como criar seres socialmente adaptáveis.

— Posso ajudá-lo, senhor? — pergunta a menina de dentro da loja assim que paro na frente da vitrine. Deve ser isso que o imbecil do Jorge entende por catapultar clientes.

Em poucos segundos estou aqui, circulando por corredores e prateleiras entulhadas de brinquedos. Um homem catapultado do mundo real direto para o universo lúdico. Não gosto de lojas de brinquedos. Me deprimem. Tem sempre uma criança pobre espiando através da vitrine. Essas lojas me lembram o Natal e sua melancolia hipócrita. Parece um dever estar ligeiramente melancólico no Natal. Um maldito sentimento de culpa que o eufemismo traduz em espírito fraternal. E o bom pai, depois de escolher os presentes dos filhos, entrega uma bonequinha de plástico pra criança remelenta lá fora. Tudo resolvido. Dane-se, façam como quiserem. Pra mim é Natal o ano inteiro.

— O senhor conhece os Power Rangers?

— Eu deveria?

— Ah, então você certamente não tem filhos, pois se tivesse estaria careca de ouvir falar deles. Aliás, é menino ou menina?

— Menino ou menina, o quê?

— O presente, ora, é pra menino ou menina?

— Ah, sim, claro. Menino. Oito anos.

Comprei o boneco. Certamente ele já tem, aposto que sim, a mãe os cobre regularmente de brinquedos. Não sei por que comprei essa bobagem, talvez eu nem entregue, provavelmente não. Tem horas em que a gente está tão fraco, absorto na própria degeneração, que não há como recusar uma Aspirina, ou um Power Ranger, tanto faz.

— Escolha um papel.

— Desculpe?

— O papel, senhor. Escolha um modelo para o pacote — diz enquanto espalha três ou quatro estampas diferentes sobre o balcão.

— Este cinza, o liso.

A menina se curva sobre o balcão e se põe a manusear o papel. Tem um par de peitos fartos, asfixiados pelo decote da camiseta justa. Olho fixamente para as tetas, morenas, aparentemente firmes. Talvez gostasse de apalpá-los, até chupá-los, pode ser. Se eu pudesse pura e simplesmente levantar sua camiseta, chupar seus peitos por cinco minutos, virar as costas e sair andando sem me despedir, creio que o faria. Caso contrário é melhor que permaneçam onde estão.

— É para um sobrinho? — ela pergunta sem desviar os olhos do presente. Sabe que olho para os peitos. É bastante cônscia de seus predicados. Evita me olhar, justamente pra que eu não pare de perscrutá-la. Gosta de ser cobiçada, a safada.

— Não, para o meu filho — corrijo.

— Ah, então você tem um filho?

— Na verdade dois. Dois garotos.

— Dois? E o outro, não ganha nada?

***

Lucas Figueira é fisicamente muito parecido comigo. Fato que deveria me tranqüilizar, já que desde o nascimento de Eduardo – talvez antes, minha mulher vinha mantendo caso com um corretor da bolsa de valores. Bem, pelo andar da carruagem a coisa deve ter degringolado, já que o seu estado de humor vem piorando de uns tempos para cá. Na verdade pouco me importa. Já não me preocupava naquela época, muito menos agora. Nunca toquei no assunto, não faço idéia se ela desconfia de que eu sempre soube da presepada.

Eduardo estava com dois anos quando minha mulher anunciou a nova gravidez. Chegou a cogitar, de maneira um tanto velada, um eventual aborto. Alegava baboseiras de teor moderno; cansaço, perda da liberdade, excesso de responsabilidades, enfim; esses algozes do cotidiano que sempre assolam, tendo ou não tendo filhos. Mudei de assunto. Que nasça a criança, pensei. Não faço a menor idéia do porquê fiz aquilo. Talvez fosse preguiça de sair atrás do médico para o aborto ou puro apego ao ostracismo, já que àquela altura a misantropia me parecia a única solução para se continuar vivendo. Não seria uma criança a mais que me demoveria do objetivo de terminar meus dias numa caverna.

Lucas foi lançado no mundo justamente na época em que eu começava a abandonar a causa paterna. Sempre soube que ele nasceria órfão de pai. Diferente do irmão, que conheceu um genitor – ou o esboço de um, até o segundo ano de vida. O fato de ele ser ou não meu filho legítimo era para mim tão fundamental quanto saber quem nasceu primeiro: se o ovo ou a galinha.

Foi, portanto, na mesma época em que conquistava o título benemérito de Papai que Lucas veio ao mundo. Assim como o irmão, não teria do pai muito mais que os montes de dinheiro que mensalmente Mamãe lembra de cobrar. De qualquer maneira já deve valer para alguma coisa.

***

Antes que eu pudesse responder o que fosse, a menina desapareceu loja adentro. Volta com outro boneco na mão.

Isso tudo está me enchendo o saco. Acho que já teria sumido sem pagar se eu tivesse um lugar aonde ir. Se bem que a idéia de vê-la fazer outro pacote não é tão ruim. Acho que não.

O segundo pacote é mais demorado. Já os peitos continuam do mesmo tamanho: irretocáveis. Acho que gosto dos peitos dela, é, provavelmente sim. São bonitos, redondos, talvez possam provocar uma ereção... Mas sei lá; é só um par de peitos, possivelmente tão insignificantes quanto o crachá que ela ostenta sobre um deles: JANAÍNA. Tudo se resume a isso: entre eu e as tetas existe uma Janaína. E Janaína pensa, defeca, respira. Por trás do sorriso bonito decerto há uma cárie, que se trazida à luz de uma lupa espantaria até morcego. Cárie monstruosa, como são as intimidades.

Seja como for, melhor as cáries do que os dentistas.

A menina insiste no pacote. Tem gente que tem essa mania: lustrar o que já está polido. Pouco importa, continue, tanto faz, fixo o olhar sobre os peitos. Quanto tempo pode durar a tarefa, cinco, dez minutos, um ano? Dane-se, tenho o resto da vida e nenhum lugar pra ir.

Finalmente a moça decide que o pacote está pronto ou simplesmente cansou de exibir os peitos, não sei. Entrega a sacola e me estende o cartão da loja.

— Volte sempre — diz sorrindo.

Não tem cáries. Aparentemente não.

Acho que gostei dessa suburbana. Legal ela; peitos, bunda...

dois

Trabalho para Jacob Leidermman desde os vinte e quatro anos. Não saberia dizer por que passei vinte dos meus quarenta e cinco anos nessa empresa. Quem sabe minha vida nunca tenha sido lá grande coisa; algo sobre o que valesse a pena refletir, questionar, sei lá, fui ficando. A gente resolve ficar só mais um dia, e mais um e mais outro... Incrível: vinte anos.

Tirei férias umas cinco vezes, mais para atender Suzana, minha mulher. Não vejo graça em férias. Menos ainda em trabalhar. Mas trabalho, ora, fazer o quê? Tiro as detestáveis férias, fazer o quê? Uma porcaria isso tudo, se for pensar. Promoção, aumento de salário, passagem aérea, férias, lazer, são questões que me preocupam tanto quanto o problema do analfabetismo. A tal da qualidade de vida pra mim nada mais é do que levar a mesma vida miserável, só que num sítio em Valinhos ou Cotia. Não tenho apreço pelo campo. Nem pelo mar.

Não diria que o velho Jacob gosta de mim. Não sou passível de ser querido. Mas convivemos respeitando nossas diferenças. O que determina efetivamente uma relação de trabalho, é muito menos a empatia do que a capacidade sinergética de gerar lucros. Ganhei muito dinheiro para os Leidermman, mesmo em épocas de crise.

Segundo o velho Jacob, eu fora "talhado à mão" para as vendas. Dizia gostar do meu "estilo impessoal", quase "indiferente" de me posicionar em relação ao cliente. Apostava em mim, o velho: "Aqui tem espaço, Figueira, tem espaço". Aos poucos foi se dando conta de que o "estilo indiferente" não era nenhum atributo de genialidade. Eu vendia bem, e só. Jamais me iludi com ascensão meteórica, galgar degraus, futuro brilhante. Muito menos almejava cargos de coordenação e chefia. Vendia porque era fácil vender. Vendo porque nunca fui um vendedor. E as pessoas detestam vendedores.

"Figueira", refletiu o velho certa vez com seu asqueroso sotaque alemão, "cristão novo..."

Eu disse que não sabia nada de cristãos e judeus, novos ou velhos. Na verdade estou pouco me lixando para a causa judaica, católica, islâmica, espírita. Pouco me interessam os filatelistas, ecologistas, sócios de clubes. Detesto causas. E o velho Jacob esperava exatamente o contrário: que tivéssemos na Leidermman a nossa razão. Aquela idiotice de vestir a camisa, coisa e tal. Decerto todos "seriam recompensados" por seu empenho.

Em um ano passei de revelação à decepção. Não freqüento happy hours, festas da firma, amigo secreto e não sei contar piadas. A bem da verdade não vejo graça em anedotas. Aos poucos tornei-me um apêndice na "família Leidermman". Porém, um apêndice rentável.

Não voltarei a trabalhar na imobiliária. Que se danem, melhor assim. Não sentirão minha falta e muito menos eu a deles. Devo ter um bom dinheiro a receber. Se me pagarem, muito que bem, caso contrário dane-se. Não tolero advogados. De qualquer maneira já tenho dinheiro suficiente, imóveis, poupança, aplicações. Isso paga as necessidades prementes das crianças caso minha mulher não encontre um mecenas que o faça. Que fique com tudo, a estúpida. Pouco se me dá.

É fácil deixar família e emprego depois de tantos anos. Tudo já está deteriorado; é como pôr abaixo uma árvore morta. O difícil é decidir o canal da televisão. Saio do Certer 3 e não sei se desço a Augusta ou a Consolação. De qualquer maneira descerei, é sempre mais fácil. Escolho a Augusta, sei lá por quê.

Tomo a direção dos Jardins. Tem um Almanara na Oscar Freire, onde há um prato capaz de redimir o grosseiro ato de ingerir comida, esse prato é a esfiha. Posso comer várias esfihas. Oito, talvez.

Algumas quadras abaixo percebo minha cunhada, irmã da minha mulher, subindo na minha direção. Uma anta, estúpida como a irmã. Imediatamente me embrenho por uma galeria. Melhor esperar.

★★★

Uma gente estranha e alegórica circula bisbilhotando vitrines. Carecas. Muitos carecas tatuados. Colares e coisa e tal. Nunca entendi a moda. Não sei dizer se um sujeito está ou não na moda. Minha mulher sabe. Ou pensa que sabe. Ela trabalha no segmento, verdade, mas até aí dane-se, o que mais vejo é gente na profissão errada. Acho que ela usa adereços demais, talvez seja cafona, não sei, pouco me importa, o cara da bolsa de valores deve saber. A mim só é dado concordar.

— Papai, você não vai dizer que estou linda?

— Você está linda.

Simples assim, desse jeito mesmo. Na verdade eu sou três, e nunca sei qual dos três está falando; se eu, o ventríloquo ou o boneco do ventríloquo. Do nosso ponto de vista Suzana está sempre linda e na moda.

Complicada a tal da moda.

Em contrapartida me parecem óbvios alguns sintomas da idiossincrasia humana. Tatuagens e piercings, por exemplo, acho legal: avacalhar com tudo de uma vez. Neste mundinho cada vez mais apertado — onde a gente circula desviando de placas de contramão e proibido, o corpo aparece como excelente opção para uma contravenção penal. Porque o povo quer exatamente isso: foder com tudo, rasgar a carne do mundo, feri-la para sempre. Subjugar a natureza, tomar as rédeas da desembestada evolução e submetê-la ao seu crivo. Furar a própria pele, desenhá-la à sua maneira, apropriar-se definitivamente de corpo, e não apenas utilizá-lo como veículo de uma improvável alma, como sugerem algumas religiões. Gosto da idéia. Hitller fez isso em grande escala. Michael Jackson ainda faz, no seu estilo pueril. Sintam-se à vontade. Façam como quiserem, pra mim tanto faz. A vida é uma causa perdida, a médio prazo estaremos todos mortos.

Causa perdida e simples, a vida. Já a moda é mais complicada. Exige bom gosto, senso estético. Um astronauta pode chegar à Lua e ao voltar nada garante que escolherá o sapato adequado para a festa de recepção.

Há anos me visto nas lojas Richards. Minha mulher garantiu que eu não "correria riscos" me vestindo ali. Bom argumento. Não sei se a Richards está na moda ou se alguma vez esteve. A malha não pinica, isso me basta. No mais vestir-se é uma coisa detestável. Despir-se também.

Há muitos viados por aqui. Pelo que sei gostam de moda, mas estes me parecem mal vestidos. Agora deram de fazer halterofilismo, os bichas. Quando eu era adolescente, lá no bairro de Santana, os bichas eram sujeitos esquálidos e efeminados, tinham voz de taquara rachada e a gente pagava $ cinco pra eles chuparem e $ quinze pra enrabar. Já estes daqui podem te currar à força, se quiserem.

Paguei $ cinco pro bichinha Yukio, uma vez lá em Santana. Era japonês, do Japão mesmo, mal falava o português. Depois me arrependi, claro, dificilmente o sexo vale a pena. Engraçado, e pensar que nunca comi uma japonesa...

— Sexta-feira em Atibaia! — Uma mulher careca me entrega um panfleto. A cabeça é tatuada e redonda como uma bola de boliche. Sua mãe deve ter quadris largos. Crianças cancerosas, quimioterapia, é a segunda imagem que me vem à cabeça. A terceira: a cabeça dela explodindo, como no filme Scanners.

— Onde você fez isso? — perguntei enquanto ela já se retirava.

— Isso o quê?

— As tatuagens — aponto a careca.

— No andar de cima. — virou-se e desapareceu.

Encontro a loja sem dificuldade. Um tanto asséptica, farmacêutica. Sujeitos perfurados por todos os lados. Parecem demasiado polidos e formais. De uma sala contígua sai um sujeito tatuado, usando máscara cirúrgica e luvas de borracha, seguido da provável paciente: uma gorda de coturnos e mini-saia.

Espero para ser atendido, coisa que não acontece. Me dirijo ao balcão.

— Quero fazer uma tatuagem.

O sujeito leva alguns segundos até formular a questão.

— Você marcou hora?

— Não.

— Precisa marcar hora — me examina de cima a baixo.

— É que eu preciso fazer a tatuagem hoje. Agora.

Mais alguns segundos.

— Você é tatuado?

— Não.

— Sabe como funciona?

— Não.

Uma eternidade.

— Já sabe o que vai tatuar?

— Tanto faz, crie qualquer coisa.

O sujeito baixa o olhar, depois olha para o cirurgião, que levanta uma sobrancelha em sinal de dúvida.

— Não vou criar *qualquer coisa* — conclui. Aqui não é agência de publicidade. Procure outro lugar.

Não sei o que é pior, se o artista ou o agiota. Acho que o artista.

— E para os piercings, é preciso marcar hora?

Os dois se entreolham novamente. O cirurgião toma a palavra.

— Você sabe o que quer fazer?

— Sei. Quero dois nas orelhas, um de cada lado, outro no nariz e um quarto aqui na sobrancelha. Exatamente como ela — e apontei a gorda de coturnos.

Os três permanecem em silêncio. O cirurgião me encara sério. Sustento o olhar. Encaro este sujeito o tempo que for necessário, afinal não conheço ninguém mais sério do que eu.

— Escolha as peças — diz por fim.

***

Estou dolorido. Agora sei que o choro do Lucas tinha procedência. Quando ele tinha quatro anos me disse que queria colocar um brinco. Levei-o a uma farmácia e em dois minutos sua vontade fora satisfeita. Chorou um pouquinho, disse que doía, mas logo se distraiu com outra coisa.

Em casa a mãe se descontrolou. Partiu pra cima de mim de punhos cerrados e esbofeteou meu peito várias vezes. Permaneci impassível. Na seqüência tirou o brinco do garoto, que protestava inutilmente, me olhando e estendendo os bracinhos na minha direção. Queria o meu auxílio. Inútil, já tinha feito a minha parte, agora era entre ele e a mãe. Vitória do mais forte. Dois dias depois o buraco estava cicatrizado e o pequeno Lucas sofria sua primeira derrota diante de uma instituição. No fundo é bom ele ir se acostumando.

— Você realmente é louco, perdeu o juízo. Com que autoridade você faz uma coisa dessas? — gritou ensandecida.

A resposta mais simples seria: com autoridade de pai. Mas eu não dispunha de tal autoridade.

— Ele quis. Parece um motivo mais do que suficiente — limitei em dizer.

— Ora, Figueira, tenha santa paciência. Ele é uma criança, só tem quatro anos. Quatro!

Sinceramente, não sei qual a diferença entre furar a orelha aos quatro, quinze ou dezoito anos. Se fosse uma menina estaria usando brincos ainda no berço, sem ter sequer opção de escolha. Já o pobre Lucas não, ele optou e sua escolha foi categoricamente negada. A estúpida da sua mãe não quer mais brincar de casinha, não com um filhinho de brinco, parecendo um viadinho, deve ser isso.

— Você não me ajuda em nada, Figueira, em nada. Jamais trocou uma única frauda dos seus filhos. Não vai às reuniões de pais, festinhas, nada. Você simplesmente não se interessa pelos meninos. Ser pai não é botar dinheiro em casa e depois virar as costas. Será possível que a única vez em anos, anos, que eu te peço para sair com as crianças você não pode agir como um pai? Eu te entrego meu filho inteiro e você me devolve um... um... Ah, sei lá, você é doente, Figueira, um verdadeiro doente.

Questão de ponto de vista. Talvez sim... Talvez não...

O fato é que hoje estou sentido na pele — literalmente — o mesmo formigamento que o pequeno Lucas experimentou por quarenta minutos, há pouco mais de um ano. Talvez eu sinta saudades dele, do Lucas, pode ser. É um menino decente, não perturba os outros. Está sempre de canto, entretido com algum brinquedo. Mas, enfim, não sei quando o verei de novo.

***

Duas argolas, uma em cada lóbulo. Uma haste com dois conizinhos nas pontas atravessa minha pele no final da sobrancelha esquerda. E uma terceira argola, no nariz, também do lado esquerdo. Não sei por que fiz isso. Talvez porque não haja motivo para não ter feito, e esta negativa já é si mesma uma razão, eu acho. Dane-se, pouco importa. Está feito.

Preciso fazer mais experiências; raspar a cabeça, comer esfihas, gastar dinheiro, comprar coisas. É isso; comprar objetos, vários. Nunca compro nada, esta é a alçada da minha mulher. Como gasta, a estúpida.

Ainda na galeria passo em frente a uma loja de artigos militares. Isso deve servir. Há coturnos como os da gorda.

— Preciso de roupas — digo ao sujeito de jaleco militar com patente de sargento.

Enquanto lhe explico o que desejo noto que observa minhas novas inserções. Ao que tudo indica vou ter que me habituar a isso. Pra mim tanto faz, olhem o quanto quiserem ou vão ao zoológico, se preferirem.

Experimento a roupa: calça jeans que já vem surrada. Coturnos. Camiseta preta, lisa. Cinto militar. Escolho também duas pulseiras de metal e uma dessas correntes com plaquinha de identificação, como as que se usavam no Vietnã. Basta, por enquanto.

Pago ao sargento.

— Já vai vestido assim? — pergunta meio confuso.

— Sim.

— Vou te dar uma sacola pra esta roupa.

— Não preciso mais dela. Pode jogar fora. Tem lixo aqui?

Apanho apenas a sacola com os brinquedos das crianças. O vendedor permanece quieto, com cara de idiota. Vai ser sargento para o resto da vida.

Agora o cabelo.

três

A arte de suportar a rotina está diretamente ligada à capacidade de virar a cabeça para os lados. A bitola nos olhos não dá para tirar, mas dá para girar o pescoço, já ajuda, pelo menos muda a paisagem. Por exemplo, nunca abasteço o carro no mesmo posto, sempre vario, embora o faça habitualmente às quintas-feiras. Corto o cabelo na primeira segunda-feira do mês, mas em salões diferentes. O mesmo para os bares, farmácias, restaurantes. A exceção fica por conta da loja Richards, mesmo assim procuro variar entre as diversas casas da rede. A rotina é inevitável, mas alguns hábitos não. Passe a freqüentar o mesmo barbeiro e em questão de meses o idiota começará a te contar piadas, perguntará da família e criará um apelido que julga íntimo e apropriado. Não gosto de ser chamado pelo nome e pouco me importa a graça do barista. O mundo seria melhor sem o apelo íntimo dos crachás. E talvez um paraíso se não existissem as ditas pessoas simpáticas.

— Por favor, passe a máquina zero.
— Ãh... Mas que coragem, hem... Entrou para a faculdade?

Pois é, toda profissão tem seu arsenal de piadas. Todas detestáveis. Mundo insuportável. Diria, quase inabitável. O sujeito conta uma piada sem graça, o outro ri — ou simula um sorriso, sei lá; há uma troca de gentilezas, um protocolo que se cumpre em nome de uma provável convivência social amena, respeitosa, possível. Pura hipocrisia. O correto seria chegar para um sujeito desses e dizer "Cavalheiro, cale a boca, você é insuportável, a senhora sua mãe deve sentir vergonha por ter parido um ser inacabado como você. Não me obrigue a recorrer à força física, retire-se imediatamente, feto desgraçado".

Mas não, nada disso, quase sempre damos comida na boca de monstros, alimentamos e engordamos os futuros pernósticos que puxarão papo na fila: "E aí, faz tempo que cê chegou?"

Me recuso a estabelecer qualquer tipo de contato com este ser pernicioso. O estúpido tenta angariar minha simpatia a todo custo. "Quer que eu guarde o cabelo num saco plástico? Melhor levá-lo, hem..." "Sabe a diferença entre o careca e o cabeludo?"

Após a terceira pergunta sem resposta o idiota se faz de ofendido. Assume ares melindrados, se enche de um orgulho que provavelmente desconhecia até este momento. Que se dane, problema dele. Talvez melhore o nível medíocre das piadas.

Minha cabeça dói. A sobrancelha está inchada. O nariz lateja. As orelhas estão vermelhas e a careca vai se mostrando branca como um saco de leite. Não contava com isso. Não sei se estou feio, talvez sim. Também não sei se estou na moda, acho que não. Há anos vejo gente careca e espetada, essa história deve estar acabando. Ou já acabou, sei lá. De qualquer maneira, gosto dos coturnos.

Antes de deixar a galeria compro uns óculos.

***

Uma hora da tarde. Posso ir direto ao Almanara, mas é melhor não gastar meus programas. Se bem que tenho fome. Comer: mastigar várias vezes, formar na boca uma pasta intumescida pela saliva, engolir e esperar que o suco gástrico reaja com essa gororoba. O final dessa epopéia já sabemos, dispensa descrições. Expelimos dejetos. Jamais podemos nos esquecer disso: somos a própria abjeção, seres sujeitos à flatulências e ventosidades. Gaseificamos o mundo com odores dos quais nos envergonhamos. Minha mulher chega ao cúmulo de riscar fósforos no banheiro, certamente para evitar que o cheiro de sua alma invada os outros ambientes da casa. Seja como for, melhor os fósforos que o Bom Ar. Um dia a casa explode, com fé em Deus, um dia tudo vai pelos ares; privada, merda, bunda, tudo.

Como seis esfihas. Acho que está bom. O telefone celular se move sobre a mesa. A caixa postal deve estar lotada. Isso pode durar uns dias, mas logo me esquecerão. Pessoas são descartáveis, não me iludo quanto a isso. No final dos tempos seremos apenas objeto de estudo arqueológico por parte de eventuais extraterrestres que se prestem a baixar neste planeta. Identificarão nosso aparelho digestivo, é fato. Saberão que evacuávamos.

Peço a conta. Quando abro a carteira reconheço o cartão que Janaína me deu na loja de brinquedos. No canto direito há um número de celular anotado a caneta. Muito dada, essa Janaína, muito dada. E aqueles peitos à mostra e tudo mais. Quer sexo... mediante pagamento, imagino. Comeria Janaína, comeria mesmo. E pagaria. Tanto faz, tenho dinheiro.

— Alô!

— Quem fala?

— Janaína.

Penso em desligar.

— Alô?... Alô?...

— Olá Janaína. Estive aí na loja esta manhã. Sou o sujeito dos Power Rangers, está lembrada?

— Ah, claro, o de cabelos grisalhos, lembro sim. Posso te ligar em dois minutos?

— Claro, claro. Quer anotar meu número?

— Não precisa, está na memória do meu telefone.

— Ok.

"O de cabelos grisalhos", ela disse. Começou mal.

Recebo o troco e limpo as moedas do prato. Sou contra gorjetas. Me dirijo à saída ao mesmo tempo em que conto as notas. Já na porta esbarro nesta sujeitinha.

— Figueira?!

***

Conheci Soraya juntamente com Suzana. Casei com a segunda, mas tanto faria se fosse a outra. São detestavelmente parecidas, física ou psicoticamente falando. Eu estava em Miami fechando um negócio vultoso para a Leidermman e as duas viajavam de férias, num desses abomináveis pacotes de dez dias. As irmãs estavam sob o efeito do assanhamento típico que recai sobre mulheres sozinhas em viagem, no bom e velho estilo não vamos perder a corrida.

Detestei Soraya logo de cara, mas confesso que me interessei por Suzana. Entenda-se *interessar* como eu a *comeria*. Isso se ela caísse de pára-quedas no meu colo. Não tinha a menor intenção de convidá-la para jantar ou coisa do gênero. Finalmente nos apresentamos na piscina, após termos trocado olhares dias antes na recepção do hotel. Claro, convidei-a para jantar. Concluí que o investimento valeria depois que a vi de biquíni.

À noite interfonei da recepção e pedi que ela descesse. Meia hora depois ela aparece. Acompanhada da irmã. Estava oficialmente instituída a minha antipatia por Soraya.

***

— Olá, Soraya — cumprimento num tom glacial.

— F... Fig... Figueira... Mas o que é isso? — está atônita.

— É meu grito gutural contra o racionalismo histórico e a sociedade de consumo.

— Suzana, o que ela disse?

— A respeito do quê? — me faço de idiota.

— Esse visual... novo...

— Ela não viu.

— Meu Deus... Ela... Ela...

— Ela o quê?

— Olha, Figueira, realmente não sei o que dizer...

— Então não diga nada.

— Olha, você sabe que não desejo mal a você...

— Sei?

— Figueira, por favor, me escute. Você tem filhos pequenos, família. Eles precisam de você. Suzana me disse que você andava mais estranho que de costume. Permita que as pessoas te ajudem.

"Mais estranho que de costume". É de foder. Realmente é de foder. Gostaria de ter raiva de Soraya, seria mais fácil. Mas não, chego a ter pena. "Permita que as pessoas te ajudem". *Quem* vai me ajudar, ela? Suzana? Quem seriam tais pessoas? "Permita que as pessoas te ajudem." Tudo que ouço parece soar como música antiga. Tudo que vejo tem cara de coisa repetida. Vivo num dejà vu, não é possível. Olho para Soraya e ela parece usar a mesma calça justa, o mesmo cabelo tingido de loiro, o mesmo salto, tudo de quinze anos atrás. Talvez ainda estejamos em Miami. Não me surpreenderia se jantássemos juntos esta noite. Deixo ela falar, na verdade pouco importa. Mas se eu fosse ela me preocuparia em tingir a raiz do cabelo. Troço horroroso, credo.

— Não nos relacionamos bem, Figueira, é verdade, sei disso, mas quero o melhor para a Suzana e as crianças. E isso envolve você. Então, até certo ponto, também desejo o seu bem.

"Até certo ponto". Vou vomitar.

— Acredito e agradeço, Soraya, mas vá cuidar da sua vida. Me deixe em paz, é só disso que preciso.

— Figueira — prosseguiu num tom insuportável – talvez eu não tenha nada a ver com isso, provavelmente não, e acho que você me odiará por aquilo que vou dizer, mas me sinto na obrigação. Você é o homem mais duro e insensível que já conheci, a vida lhe sorri e você responde com uma banana. O que você quer provar? A quem quer agredir? Esse seu comportamento é... é... na melhor das hipóteses, adolescente.

Como explicar álgebra para um cachorro? Não dá, sem chance. Como as pessoas conseguem ser tão estúpidas e tacanhas? "O que você quer provar?". Em que filme essa idiota ouviu essa frase? " A quem quer agredir?" De que diabos ela está falando? Não quero agredir ninguém, faço montes para a maneira como as pessoas levam suas vidas miseráveis. Minha própria existência já é uma tragédia, façam o que quiserem, contanto que não me encham o saco. "Comportamento adolescente", só posso entender isso como um elogio, faço parte das detestáveis pessoas que já nasceram adultas.

— Figueira, você vai acabar sozinho — disse por fim.

Bingo!

— Você não faz idéia do enorme prazer que tal condição me daria. Até logo, Soraya.

— Espere, Figueira, a sua sobrancelha... está sangrando.
— Eu sangro há anos, Soraya. Adeus.

***

O lugar-comum é o santuário de Suzana. Ali ela se recolhe com devoção de uma santa, para então emergir com jargões e clichês mais previsíveis do que boa intenção dos justos. "Amigo é pra vida toda", "aqui se faz, aqui se paga", "adoro presentear as pessoas, é melhor dar do que receber"... Me deu muito pouco além de gravatas e cuecas. Tanto faz, não esperava nada mesmo. Uma das prediletas é "odeio violência, não faria mal a uma mosca". A uma mosca, talvez não. Já aos subalternos...

Ela tem uma confecção onde não param empregados. Faz roupas finas, acho que sim, custam caro, pelo menos. Vive deficitária, a firma. Gasta quase todo o lucro pagando as ações perdidas para ex-funcionários. Já as moscas certamente proliferam.

Quanto a mim, posso matar tantas moscas quanto julgue necessário. Tenho simpatia por insetos, é verdade, mas nada me impediria de esmagá-los. Não é difícil imaginar Soraya como uma enorme barata loira. Poderia matar Soraya ou outras pessoas, tanto faz. Nunca pensei sobre o assunto, mas acho que sim, sei lá. Não creio que seria mais complicado dar fim em Soraya do que, por exemplo, chupar os peitos de Janaína. Uma mulher bem chupada pode causar problemas na proporção de um investigador de polícia.

Melhor não matar ninguém, não chupar ninguém.

Sinto o sol queimar minha careca. Talvez devesse comprar um protetor, e também o antinflamatório e o sabonete antiséptico que o cirurgião dos piercings receitou. Mas dane-se, não gostei daquele cara, não vou comprar nada. A pior coisa do mundo é executar uma tarefa ordenada por alguém que você despreza. Prefiro a dor, o inchaço, a purulência. E eu não imaginava, mas furar a pele dói. Dói pra cacete.

***

Toca o celular. Confiro o número, é Janaína.

— Olá Janaína, pode falar — já vou adiantando.

— Oi... Você me ligou...

— Sim, liguei.

— E então? ...

— É que o seu número de celular estava anotado no cartão da loja. Achei... diferente, vamos dizer. Imaginei que se havia um número particular nada me impediria de ligar. A não ser que na loja não tenha telefone...

— Tem, claro que tem. É que eu sempre dou o cartão com o meu número quando o cliente é legal. Gosto de fazer novas amizades com gente bacana. Eu acho que na vida a gente sempre tem que estar aberto, sabe?

— Claro, claro — não sei o que dizer.

— Eles gostaram?

— Desculpe, não entendi?

— Dos brinquedos, os meninos gostaram?

— Ah, sim. Eu ainda não entreguei. À tarde, talvez. Olhe, Janaína, o que você acha de darmos um passeio esta noite? — e antes que ela me interrompesse: — Como você disse; bater papo, fazer amizade...

— Uau, mas você é rápido hem...

— Posso passar aí na loja, no final do seu expediente.

— É que um amigo ficou de me ligar, vamos passear de moto. Sou louca por moto.

— Posso apanhá-la de moto, sem problema – me precipito.

— Uau! Você tem uma moto?

— Providencio uma, se for o caso — começo a me enrolar.

— E a sua mulher, não vai se zangar?

Uma putinha, essa Janaína, uma bela duma putinha.

— Não sou casado, Janaína. Não mais.

QUATRO

Já tive moto. Cheguei mesmo a gostar de motocicletas, na época em que ainda era capaz de gostar de alguma coisa. Mesmo assim não sei se era a moto, talvez não, acho que era o vento. Gostava do vento no rosto. E também do silêncio, lá nos confins do capacete. Me lembro de pegar uma rodovia qualquer aos domingos — muitas vezes a Imigrantes, ia até Santos, fazia o retorno e voltava. Ubatuba, Parati, Ribeirão Preto. Cidades em que já estive e sequer coloquei os pés no chão. Silêncio, silêncio, silêncio... As motos têm uma vantagem; não pagam pedágio. E como anotou aquele cara, "o pedágio é um rompimento com o vazio".

Vazio, era assim que me sentia depois de seiscentos quilômetros em reclusão. Então apareceu Suzana com sua incrível capacidade para preencher espaços. É difícil viver quando alguém passa vinte e quatros horas por dia tentando te provar que a vida é perigosa. Vivo num profundo tédio, dias insípidos, cor de caixa d'água, cheiro de água sanitária. Um punhado de perigo talvez me arrancasse deste estado pusilânime. Mas também abri mão dos riscos. Vendi a moto.

Fiquei de apanhar Janaína às vinte horas. De moto. Mas até aí dane-se Janaína. Posso ir de carro, táxi, a pé. Também posso não ir. Seria fantástico, quer dizer, simplesmente combinar e não aparecer. Não me lembro a última vez que fiz algo semelhante, normalmente cumpro com os malditos compromissos. Seria bom furar com aquela safada micheteira, seria mesmo. Mas eu perderia as tetas, e não é sempre que estou disposto a contatos físicos e trocas de secreções. Não teria nada contra os poros se eles não secretassem. Infelizmente a pele tem prós e contras; acho as pessoas excessivamente salgadas. Mas sinto que preciso de sexo, por mais grosseira que esta prática possa ser, eu hoje me renderei ao seu empuxo. Quanto à Janaína, decerto também vai querer.

São duas da tarde. Estou cá pensando no próximo passo. Maldita natureza entediada, dificilmente me animo em fazer algo. Dane-se. Desisti do cinema, talvez desista de Janaína. Talvez desista de ter desistido do casamento ou da Leidermman. Isso é preocupante, melhor arranjar o que fazer. Se bem que nem Suzana nem a Leidermman me aceitarão, não com esse visual novo. Pronto, já valeu ter feito a besteira.

Caramba... não tinha me dado conta, agora estou no mundo de vez. A própria Janaína pode me achar um lixo. As pessoas que conheci até às dez da manhã de hoje, talvez não me reconheçam mais como semelhante... Se bem que acho que isso nunca ocorreu, sempre fui uma negação. Pouco me importa, pra mim tanto faz morrer de tédio sozinho ou cercado de gente. Aliás, prefiro o frio, não me venham com calor humano.

Estou cansado de andar. As esfihas me deram azia. Não, as esfihas são legais, o problema é o aparelho digestivo.

Esta cidade é uma porcaria, quase não tem bancos e praças para abrigar os desocupados, lugares decentes onde se possa desperdiçar tempo, onde seja possível simplesmente desistir de tudo com dignidade, permitir que a vida escorra por todos os orifícios do corpo. A gente está sempre indo a algum lugar deplorável. Não consigo chegar a conclusões ao mesmo tempo em que caminho, e em São Paulo não há onde parar, salvo os bares e botequins. Não quero parar num bar, nem falar com baristas. Não bebo socialmente. Aliás, não faço nada socialmente. De vez em quando encho a cara, só isso. Mas hoje não é o caso. Portanto prossigo sem ter lugar para descanso. Minha cabeça dói, as inserções latejam, a azia queima terrivelmente, os coturnos começam a me fazer bolhas, o calor aumenta progressivamente, a Rua Augusta é lamentável. Mesmo assim o dia de hoje me parece um pouco menos pior do que os outros. É muito pouco, quase imperceptível, ainda assim é um pouco menos chato.

Ligo para o meu irmão.

— Olá, Valter, é Figueira.

— Sei que é você.

— Você ainda tem aquela moto?

— Sim.

— Hum... Quer vender?

— Não.

— Emprestar?

— Impossível.

— Que marca é a moto?

— Uma Harley Sportster.

— É boa?

— É.

— É cara?

— Sim.

— Ok... Então, até.

— Até.

***

Valter Figueira é meu irmão mais velho. Não deve gostar muito de mim.

***

Estou suando. Normal, é comum na espécie. Os negros suam mais, me parece. Janaína é meio mulata, deve suar, a safada. Ar refrigerado, é isso, melhor ir direto para um hotel. Mas ela falou em passear antes. Passear de moto, ela disse. Eu e Janaína numa Harley Sportster, poderia ser legal. Tanto quanto ridículo, sei lá. Os peitos dela colados nas minhas costas é a parte boa. O lado ruim é a intimidade. Carregar alguém na garupa é como socorrer um ferido, a pessoa será eternamente grata. E não espero outra coisa de Janaína que não sejam os peitos. Vá lá, a vagina, quem sabe, pode ser, mas gratidão nem pensar.

Faz cinco minutos que o celular vibra sem parar. É Suzana, só pode ser. A irmã já deve ter ligado, deu a ficha, esmiuçou cada detalhe. Saco. Por que não me esquecem? O maldito policiamento, o maldito policiamento. Suzana tem sirene no lugar da língua.

Vou jogar fora o aparelho. Estou próximo de uma dessas caçambas de entulho: Caçambas Julião, devem ser os melhores, sempre vejo. Jogo ou não jogo? Cacete, cada decisão difícil! Pra mim tanto faz ter telefone ou não, a essa altura de pouco vai servir, em alguns meses serei apenas memória. Odeio esse maldito aparelho. Deveria estraçalhá-lo, deveria mesmo.

— Alô!

— Figueira, me diga que não é verdade, que é Soraya que está louca, não você — ela gagueja, mais desesperada que nervosa.

— Não sei o que sua irmã te contou, mas sim, suponho que haja uma parcela de verdade, ao menos.

— Figueira, eu não posso acreditar! — agora está bem nervosa — Você está louco, Figueira, enlouqueceu de vez? Jesus amado, me diga que isso é um sonho. Não pode ser verdade. Não pode, não pode, não pode...

Silêncio.

— Figueira, escute, por Deus, ao menos uma vez na vida me ouça.

Engraçado, não me lembro de ter feito outra coisa até hoje senão ouvi-la. Prossegue num tom de súplica.

— Venha para casa, Figueira, vamos conversar. Está tudo errado. Podemos falar com a Dra. Marta. Você foi longe demais, Figueira, não está certo.

Dra. Marta é a terapeuta dela. A pior do mundo, suponho.

— Suzana, não tenho absolutamente o que conversar com essa mulher.

— Está bem Figueira, tudo bem, faremos como *você* preferir, mas venha para casa, conversaremos com calma, sem estresse, daremos um jeito.

Está quase implorando. "Daremos um jeito". Em quê? De que maneira? "Com calma, sem estresse". Sei, e a injeção não vai doer, então tá.

— Não sei se estou a fim, Suzana.

— A fim do quê, Figueira?

— De conversar, ora.

— Figueira, a questão não é *estar* ou *não estar* a fim. Ainda sou sua mulher, mãe dos seus filhos, você me deve uma satisfação.

— Ah é, devo, em razão do quê?

— Figueira, santo Deus, você sai de casa, raspa a cabeça, coloca brinco no nariz, destrata minha irmã. Eu liguei no escritório atrás de você, o Jorge me contou tudo, estou sabendo, você marcou com clientes e não apareceu e largou o pobre coitado falando sozinho. Eu devo achar que está tudo certo, é isso? — está começando a chorar.

— Pare de chorar, é ridículo — cortei.

— Olha Figueira...

— E por favor me chame de Paulo Augusto.

— O quê? De que diabos você está falando? — berrou.

— É isso aí, cansei de Figueira. Daqui pra frente é Paulo Augusto.

— Mas que merda é essa, Figueira? O seu nome nem é Paulo Augusto, você está louco?

— Não.

— Não o quê?

— Não estou louco.

— Olha Figueira, por favor, pelo amor do bom Jesus, — baixou o tom de voz — estou tentando manter a calma. Venha para casa agora, conversaremos.

— Suzana, eu não vou voltar, nem hoje nem nunca.

Silêncio.

— Figueira, não vamos discutir isso por telefone – parece exausta. — Não vou obrigá-lo a ficar aqui, parta se quiser, mas as coisas devem ser ditas, conversadas. Você não pode simplesmente virar as costas, sumir, isso é loucura. Você tem família, compromissos, obrigações. E os seus filhos, Figueira, o que direi a eles?

— Eles compreenderão.

— Como compreenderão, Figueira, se você se recusa a dar explicações?

Silêncio.

— Figueira, você tem outra?

— Outra o quê?

— Outra MULHER, Figueira, caralho! — berrou.

Pensei em Janaína.

— É... possivelmente sim.

— "Possivelmente sim"? "Possivelmente sim"? Foi isso que ouvi? Figueira, eu vou matar você, seu desgraçado. Vou te depenar, vou te deixar a zero. Nem que seja a última coisa que eu faça nesta vida, Figueira, mas você pode ter certeza, como dois e dois são quatro, você vai acabar sem um único centavo.

Enfim chegamos ao ponto. Tudo se resume a isto.

— Figueira, ouça bem, vou te dar a última chance. Venha para casa, a nossa casa. Vamos fazer a coisa como pessoas civilizadas.

Duas colocações estúpidas na mesma frase: "última chance" e "pessoas civilizadas".

— Suzana, talvez eu vá, algum dia, mas hoje nem pensar. Tenho algo a fazer.

— Ah é? Não me diga, deixe ver se eu adivinho; você vai passar a tarde com sua amante, vão comemorar sua saída de casa, é isso. Pois se atreva a não aparecer aqui hoje, Figueira, se atreva a não vir. Vá lá estourar sua champahne, pode ir, vá lá com sua biscate de quinta. Te juro, se fizer isso não vai sobrar nada de você, Figueira.

    Silêncio.

    — Figueira? Diga alguma coisa, Jesus!

    — Não tenho nada a dizer, Suzana.

    — Pela última vez, Figueira, venha já pra casa!

    — Já disse, tenho algo a resolver.

    — É ela, eu sei — parece louca.

    — Não, Suzana, não tem nada a ver com mulher.

    — E posso saber que diabos de tão importante você tem pra fazer?

    — Estou indo comprar uma motocicleta.

    — O QUÊ?!

    — Você ouviu: uma motocicleta.

CINCO

Troço estúpido, comprar coisas. É absurdo que o sujeito, para dar umas voltas de moto, tenha que comprar a moto. O mesmo cabe para roupas, livros, esfihas, mulheres. Quero apenas o vento no rosto e as tetas de Janaína roçando as minhas costas. Já comprei coisas demais por hoje. Se soubesse fazer ligação direta eu simplesmente roubaria a motocicleta, é mais elegante, com certeza.

— Alô!
— Valter, é Figueira.
— Sei que é você.
— Sabe de alguma moto à venda?
— Não.
— A sua você não vende mesmo?
— Já disse, não.
— Onde você comprou a sua?
— Numa loja.
— Sei... Se importaria de me dizer o *nome* da loja.
— É uma concessionária Harley Davidson.
— Sim Valter, mas onde fica?
— Na Avenida Europa, perto do MIS.
— O que é MIS?
— Museu.
— Ah, sim. Lembra o preço?
— Não.
— Sei. Qual a cor?
— Cor do quê?

— Da sua moto.

— O que te interessa a cor da minha moto?

— Pra não comprar igual.

— Vá se ferrar, cara.

Não estou longe, mas não posso andar até lá. Minha careca está ardendo e meus pés já devem estar uma bolha só. Pego um táxi, o que é sempre deplorável. Gostam de futebol, os taxistas, só falam disso. Os porteiros de prédio também. Gente muito confiada. Graças a deus não moro em prédio e raramente tomo táxi.

— Qual o número?

— Não sei. É uma loja de motos, perto do MIS.

— MIS, o que é isso?

— Museu, caramba.

— Conheço não.

— Vá devagar que a gente acha.

O mesmo que falar com surdos.

— Por favor, vá mais devagar.

— Mais devagar que isso só se eu parar — falou o confiado.

— Pois faça isso. Pare agora.

Encostou. Dou o dinheiro.

— Não tem trocado? — resmunga.

— Não.

Dois quarteirões adiante encontro a loja. É fina, parece.

— Pois não, posso ajudá-lo?

— Sim. Você tem a Sportster?

— Sim, claro. Me acompanhe. Aceita água, café?

— Não, obrigado.

— Já é o modelo 2003.

E aí começou: não sei o que de titânio, aquilo de couro, esse detalhe agora é cromado, aquele outro é reforçado e isso e aquilo tal e a história foi me dando nos nervos. Na verdade só um detalhe me chama a atenção. Um detalhe importantíssimo: a moto não tem garupa, apenas um assentozinho para uma pessoa.

— Ah, não se preocupe, por mais módicos $ tanto, você já sai daqui com o assento duplo. Aliás, se preferir...

— Olhe — interrompi — basta o banco maior. Você tem pra pronta entrega?

— Claro. Fechamos o negócio hoje e você retira amanhã.

— Eu disse pronta entrega. Quero levar a moto agora.

— Agora, já? Impossível, não tenho nenhuma lacrada. Mas prometo que amanhã até as onze você retira a moto. É só deixar...

— Você não entendeu — interrompi de novo — amanhã é tarde. Eu preciso de uma moto hoje.

— De que maneira você vai pagar? — e me mediu. Na verdade não tira os olhos da minha sobrancelha. Deve estar sangrando. Dane-se.

— De que interessa a maneira como vou pagar se você não tem a moto?

— Não, eu tenho a moto, para amanhã cedo, ora.

— É, mas não me serve, obrigado.

— Pode ser usada? — perguntou meio descrente, mais para desencargo de consciência, parece.

Não é a Sportster, é uma tal de Fatboy, um modelo superior, segundo ele. É mais cara que a Sportster nova, mas que se dane.

— 2000, inteirinha, e vem com roda especial, banco estendido, espelho cromado e...

— Fico com ela, quanto custa? — vou logo dizendo, não quero ouvir mais nada. Ele me olha surpreso, ainda cético.

— Dezenove mil... dólares.

— Levo agora?

— Veja bem, meu senhor, só posso liberar uma motocicleta desse valor mediante cheque visado ou espécie.

— Ligue para o meu banco, isso deve bastar — estou me irritando.

— Infelizmente é contra as normas da casa.

"Normas da casa". Esse estúpido parece Suzana falando. Minha vontade é de virar as costas e esquecer essa bobagem toda. Mas agora eu preciso dessa maldita moto, está decidido. E quando a gente decide por uma coisa o mundo perde o sentido se não alcançamos essa coisa. A questão agora não está em ter a moto, o problema consiste em não tê-la. Para mim dá no mesmo; moto, carro, ônibus, tanto faz, é tudo chato. Mas não posso conviver com a idéia de que não comprei a maldita motocicleta quando já decidira que o faria. E não é amanhã, é hoje. Porque Janaína não quer passear amanhã, não, Jánaína quer passear esta noite. E se Janaína quer passear, Janaína passeará.

***

— Qual a sua graça, amigo?

Malditos motoristas de táxi. Finjo que não escuto.

— Desculpe, a graça do amigo? — insiste.

— Calma, estou pensando.

— Ih, esqueceu o nome, é ruim hem... O meu é Télio, de Stélio. Eram os nomes dos meus avós, Stelita e Júlio, então meu pai homenageou os dois; Ste de Stelita e Lio de Júlio: Stélio. E quem tomou no cu fui eu. É brincadeira... Pode isso, amigo? Só rindo, só rindo. E meu irmão chama Edionelson, é mole ? O mais velho é Joanderson, dá pra crer? Um gozador, esse pai, pode crer...

Tento não pensar. Já estou trinta segundos sob estado de apnéia. Posso morrer se este imbecil continuar falando.

— Esse negócio de nome, veja bem, vou falar; não conheço ninguém que goste do próprio nome. Quer dizer, as vezes o cara até aceita porque não tem outra solução, tem que se conformar e pronto, mas se o cara pudesse escolher outro, pode crer, ele ia mudar, ia mesmo... Eu, por exemplo, queria chamar Gabriel, por causa do arcanjo, sabe? Então, justamente, é um nome de força, luz e tal. Mas já que não dá pra mudar, o que foi que eu fiz?

Justamente, batizei meu filho de Gabriel. Minha mulher chama o garoto de Bié. Olha, o senhor não faz idéia da raiva que me dá...

Silêncio.

— Casamento é que nem cerveja, doutor; as duas primeiras descem bem, depois empapuça. Ah-ah-ah... Hem, doutor? Num é não? É brincadeira, só rindo, doutor, só rindo...

Volto a respirar. Não consegui morrer. Ainda não.

— Olha, doutor, eu tô vendo aí pelo seu visual, tipo moderno e tal, o senhor deve ter muita mulher, não é não? Mulher gosta é disso; cara desprendido, assim muito loucão, no bom sentido, claro, no bom sentido. A mulher sempre quer algum tipo de expressão, pode crer, expressão, acho que é assim que fala. Então, se o cara é tipo normal, sem nenhum atrativo de visual, de diferença, então esse cara tem que ter grana, tem que ter, porque aí ele se faz na grana, tá entendendo? Mas se o cara é duro mas tem expressão, atitude, é muito louco — no bom sentido, claro, também serve, porque mulher quer isso; ter orgulho do cara, ou pela grana ou pelo cara em si. O que não dá, doutor, é pra ser assim que nem eu: pobre e com cara de coitado. Ah-ah-ah... Hem, doutor, hem?... Jesus, é brincadeira... O senhor tem jeito de solteiro, num é não?

Não respondo as perguntas, mas é como se ele ouvisse respostas.

— Pois é, melhor assim, solteiro.

Vai bater o carro, o desgraçado, não tira os olhos do retrovisor. O importante é manter o público cativo, o trânsito é mero coadjuvante no seu show.

— Mas então, quando a gen... Ih, doutor, sua sobrancelha tá vazando. Chi! Caceta, tome aqui. — Me passa uma caixa de lenços de papel e em seguida emenda: — Esquenta não doutor, é sanguinho à toa, pior é mulher, uma enxurrada todo mês. Ah-ah-ah... Meu Deus, é brincadeira... Só rindo, só rindo.

Chegamos, finalmente.

— Quanto é?

— Posso esperar, se o senhor quiser. Ainda vai precisar de táxi?

Trocar seis por meia dúzia. Que se dane.

— Espere então, não devo demorar.

***

— Por favor, a gerente Margarete.

— Quem devo anunciar?

— Figueira, da Leidermman.

Ela franze a testa e solta o maxilar.

— Seu Figueira... o senhor... nossa, seu Figueira...

— Por favor, estou com pressa, avise que estou aqui.

Sai balbuciando qualquer coisa ininteligível.

Volta gaguejando. Como é fácil desnortear uma pessoa, é só não pentear o cabelo ou não puxar a descarga, tanto faz.

— Pode entrar, seu Figueira — e fica olhando, catatônica.

— Olá Margarete.

— Figueira?!

***

Margarete começou a trabalhar na Leidermman uns cinco anos depois de mim. Era do financeiro, recém-saída do colegial técnico em contabilidade. Era uma típica suburbana; papo, jeito, cabelo, roupa, e a bunda inconfundível das suburbanas. Do Sr. Jacob ao office-boy, todos os homens da Leidermman gostariam de comer Margarete. Eu, claro, me incluía no grupo, mas com uma diferença; jamais teci qualquer tipo de comentário a respeito. Não por consideração a ela, muito menos por ética — mesmo porque não sou um sujeito ético, simplesmente não me prestaria a conversar sobre o traseiro da nova auxiliar de contabilidade com meia dúzia de idiotas.

Talvez minha discrição tenha contribuído para que Margarete se aproximasse de mim, pode ser. E eu queria mesmo comê-la. E de fato comi.

Foi assim:

Margarete sabia do seu potencial, o curvilíneo, não o tecno-contábil. Valorizava-se, embora sob gosto duvidoso, em calças que custava crer que pudessem ter-lhe entrado. E, como pude observar depois, eram também difíceis de tirar. A menina era até que bonita, mas de uma beleza um tanto óbvia, folhetinesca, talvez. Muito batom, muita maquiagem. Dessas moçoilas com quem você pode fazer sucesso quando chega numa festa, dependendo é claro do *bairro* onde se dá a solenidade. Resumindo: era sensacional de se comer. E na época eu não era tão inapetente quanto hoje.

Com todas essas qualidades, é de se deduzir que Margarete escolheria a quem entregar seu cobiçado glúteo. Caberia a ela, e não aos vários pretendentes, decidir sobre o assunto. E foi isso, ela me escolheu, não sei por que cargas d'água, mas ela decidiu por Figueira. Melhor pra mim, eu acho.

Sorria sempre que nos cruzávamos pelos corredores umbralescos da Leidermman. Mas até aí é normal as pessoas sorrirem em repartições, ajuda a caracterizar a hipocrisia. Era sempre simpática, prestativa, gentil. Mas achei estranho que estivesse no aeroporto numa quinta-feira à noite, quando voltei de uma viagem a negócios no Paraná.

— Vim te dar uma carona, estou com o carro da minha irmã.

Comi Margarete durante uns três meses. Era gostosa, era sim, chupava bem e tudo. Então a história começou a vazar na Leidermman. Não sabem ficar quietas, as mulheres, incrível. E sei lá, fui enjoando, a fome passou, sempre passa. Parecia apaixonada, desandara a falar em casamento, filho e o diabo, aquilo estava me dando no saco. Foi quando pintou a tal viagem para Miami.

Margarete me levou até Cumbica. Antes que ela dissesse que iria morrer de saudades ou que investisse num constrangedor beijo de despedida, abri o jogo.

— Margarete, não vamos mais sair.

— Sair o quê? Sair aonde? Do que você está falando?

— Sexo, beijos, motel. Acabou. — Eu olhava pra pista, dando tudo pra já estar no avião.

— Como assim, Figueira? E a gente, e os nossos planos? — a voz tremia.

— Que planos, Margarete? Não fiz plano algum.

— A viagem, no fim do ano...

— *Você*, Margarete, falou em viagem. Eu detesto Réveillon — continuava a observar os aviões.

— Não faz isso, Figueira, pense um pouco. A gente combina, a gente é parecido...

— Não Margarete, não somos nada parecidos.

— Figueira, olha pra mim, fala que você vai pensar melhor — suplicou.

Virei o rosto. Ela chorava. Detestável.

— Não há o que pensar, Margarete. É isso, as coisas têm começo, meio e fim.

— É, Figueira, só que eu ainda estou no começo!

Chorou, falou, tentou. Na hora do embarque eu estava tão esgotado quanto ela. "Ok, Margarete, vou pensar". Mas assim que pus os pés no avião esqueci de tudo. Ao voltar de Miami estava namorando Suzana. Logo depois Margarete deixou a imobiliária para trabalhar em bancos.

Anos se passaram sem que eu tivesse notícias suas. Soube então que o Sr. Jacob lhe passara a conta da Leidermman e fui visitá-la. Me recebeu bem, almoçamos juntos e ela me contou que engravidara de mim, pouco antes da viagem. Fez aborto, numa clínica de segunda. Uma boa moça, Margarete, foi bom ter se livrado de um sujeito como eu.

***

Deve estar beirando os trinta e cinco. Aparentemente ainda é gostosa. Usa tailleur, continua a abusar da maquiagem. Faz mais de um minuto que me olha sem dizer uma palavra, queixo caído e olhar complacente. Dou tempo para que recobre a lucidez.

— Figueira, mas o que é isso?

Não esperava outra coisa.

— Nada de importante. Estou indo atrás da minha lenda pessoal — ela adora aquele mago. Talvez desista do interrogatório.

— É essa, a sua verdade?

— Quem pode saber? — sofismei.

— Você, apenas você — parece séria.

— Eu não sei de nada. Não quero saber, não me importo.

— Você tem ido trabalhar assim?

— Eu não trabalho mais.

— Figueira, fizemos o seu pagamento anteontem.

— Pois é, me demiti hoje — estou cansando.

— Figueira, isso tudo: a roupa, os brincos, não tem nada, absolutamente nada a ver com você, com aquilo que você é.

Realmente me enchi.

— Margarete, o que você pode saber daquilo que eu sou? O que te faz pensar que você pode saber de mim, dos meus anseios, da minha vida? Você está olhando para um sujeito de piercings, careca e trajado ridiculamente. Um homem que você julga conhecer mais do que realmente conhece. E o novo visual desse cara não corresponde em nada com aquilo que você imagina desse homem. Então fica confusa, perde o referencial que você, por sua conta, criou. Você sequer sabe se eu me vesti assim para ir a uma festa a fantasia. E se eu te dissesse que isso é apenas uma piada, que me visto assim para ir a festa do Dia das Crianças? Digamos que Eduardo, meu filho, escolheu esta fantasia e que amanhã eu serei novamente o Sr. Richards, vestido apropriadamente, segundo seus critérios. Então, tudo resolvido, vê? Isso é só uma brincadeirinha.

— Você tem razão, Figueira, não te conheço. Aliás, nunca conheci. Me diga, o que você precisa?

— Dinheiro, ora, pra que mais serve um banco?

SEIS

— Então, deixa eu mostrar um som. Pelo seu estilo o senhor deve gostar de rock, num é não?

Rock. Sexo. Dinheiro. As palavras mágicas. Ah, ia me esquecendo, tem as drogas. O mundo andaria melhor sem esse lixo todo. Se existisse um deus que não fosse uma estrela do rock, pediria a ele que varresse do mundo essa tralha. Só que não existe e fora isso sou ateu, por uma razão simples: Deus não existe, está provado. Como se não bastasse termos que evacuar, comer, respirar, purgar, foder, ganhar, juntar, ainda temos de suportar o inacabável rock'n'roll. Francamente, prefiro minha parte em silêncio. Essa gente ouve música demais. Eventualmente posso ouvir alguma coisa erudita ou clássica, mesmo assim não me atreveria a comprar um disco. Não tenho discos ou CDs, tanto faz. Os que ganhei minha mulher tomou. Melhor pra mim.

— Não, por favor, não gosto de rock — era o que me faltava.

— Ô louco, eu podia jurar que o senhor era roqueiro. Caramba, essa história que aparência engana é verdade mesmo, né? Mas o senhor é artista, num é não? Então, meu primo é músico. O grupo dele vai gravar CD logo mais, samba rock, dos bão. Acho que eles vão estourar, tomara mesmo. Precisa ter pelo menos um rico na família que é pra ajudar os pé-de-chinelo. Ah-ah-ah... Hem doutor? Senão quem que vai enterrar os coitado, num é? Só rindo, só rindo.

— Por favor, vá o mais rápido que puder, acho que vai chover e vou sair de moto.

— O quê? Doutor, vai chover e muito. O senhor sabe nadar de moto? Ah-ah-ah... Desculpe aí doutor... num tô rindo de maldade não, é que nadar de moto, já pensou? Meu Deus, só rindo... é brincadeira...

— Cidadão, por favor, estou com muita dor de cabeça, gostaria de viajar em silêncio.

— Ôpa, e como não, aqui o cliente manda, o cliente manda — parou de falar e começou assobiar.

Eu poderia matar este sujeito. Minha posição é privilegiada, basta enforcá-lo daqui de trás. Estaria fazendo um bem para humanidade, para a família dele, pro seu primo músico. Este homem é um tormento num mundo que carece de calma, tranqüilidade. Faz parte de uma massa hedionda que não faz outra coisa senão roncar, defecar, comer carne de domingo e rir como hienas carniceiras. Gente que só pensa na prosaica subsistência, em sobreviver, como se o fato de viver ou morrer fosse mais determinante do que estar acordado ou dormindo. Gente que paga carnê, faz churrasco. Criaturas sudoríparas que se lavam e se esfregam, como se o sabonete pudesse curar-lhes da condição humana; feder, secretar, purgar. Ria, desgraçado, continue gargalhando, assobie, relinche, decerto encontrará muito eco na manada que te cerca, é isso que esperam de você: simpatia e leviandade. Torço para que seu primo faça muito sucesso, assim você poderá terminar seus dias lambendo a bunda dele, ensandecido com as próprias gargalhadas. Aproveite bem a vida, porque depois já era, esquece. Você não é passível sequer de fossilização.

***

Sou obrigado a escolher um capacete ridículo; uma pequena panelinha forrada de couro, é aberto, só cobre o cocuruto. Pretendia um fechado, silencioso, com a viseira fumê, mas não posso encostar nos piercings. Estou levando um idêntico para Janaína. Se cairmos é morte certa, esta porcaria não protege é nada.

— Jaqueta de couro, senhor? — Agora que voltei com o cheque visado o imbecil é só gentilezas. Café pra cá, suco pra lá, brinde... Poucas coisas no mundo são tão detestáveis quanto os brindes. No quesito inutilidade só perde mesmo para as medalhas. Pra que diabos serve uma maldita medalha? Felizmente nunca fui condecorado.

— Não estou com frio, esqueça a jaqueta — fui seco.

— É, agora não, mas olha só lá fora. — O céu está negro. Pouco me importa, prefiro o frio e a chuva, a gente sua menos.

— Não preciso de uma jaqueta de couro em janeiro. Me diga quanto devo pelos capacetes e pela mochila. Estou com pressa.

— Senhor, não é por nada, pra mim tanto faz, mas o senhor disse que nunca pilotou uma Harley. É uma moto com características particulares; pesada, a tocada é totalmente diferente das outras motos que o senhor já conduziu. Vai cair muita água, por que não retira a motocicleta amanhã, logo no primeiro horário? — propôs receoso.

— Simples: se eu quisesse a moto amanhã, teria vindo comprá-la amanhã.

Ele passou uns quinze minutos explicando detalhes técnicos. Outros dez dando conselhos. Sujeito realmente chato. Não memorizei quase nada. Dane-se, estou com pressa. Um pingo e outro começam a cair, ele ainda arrisca um "tem certeza?" Engato a primeira e saio. Vacilo um pouco mas não deixo a moto morrer. Bom sinal. São vinte para as cinco e vem chuva grossa.

***

Muitas pessoas me olham dos carros e pontos de ônibus. Não sei se estou abafando ou se isso é ridículo, sei lá. Talvez nem uma coisa nem outra; simplesmente não acreditam que alguém possa se aventurar numa motocicleta com esta chuva torrencial. Bobagem, mera convenção. Tem gente que usa óculos escuros à noite, gente que come mulher menstruada, gente que conta piada em velório. Pois bem, eu saio de moto na chuva. Dane-se.

Motocicleta esquisita, essa Harley, muito baixa, o asfalto passa muito perto, dá um certo receio. A impressão é de que vai morrer a todo instante, parece engasgar, mas enfim sobrevive.

O estúpido do Valter, meu irmão, vive para sua Harley. Diz que há motocicletas e há a HARLEY DAVIDSON — faz um vozerão grave quando pronuncia a marca. Um banana, esse Valter. Ele faz parte de um grupo, o Morcegos do Asfalto, se não estou enganado. Cerca de vinte velhos decrépitos, enfiados em seus uniformes de couro, faça chuva ou faça sol. Costumam fazer piqueniques aos domingos, saem logo cedo acelerando suas motos, geralmente acompanhados das respectivas senhoras, cujas bundas sobram para fora do assento. Deprimente. Advogados, médicos, empresários, quase todos bem-sucedidos, se prestando a uma porcaria dessas, vai entender. Espero que não me tomem por um membro dos Morcegos.

    A chuva cai pesada e o tráfego é intenso, não dá pra correr. Melhor que chova tudo agora, caso contrário Janaína não vai querer passear. Já tenho certeza de que quero chupar os peitos de Janaína. Bom pra mim. São bem redondos, como são. Mamilos, taí um negócio que não é de todo ruim. São melhores que as vaginas, creio; não têm pêlos, odores, fendas obscuras. E sabe deus que tipo de bactérias e secreções tais fissuras podem conter. Meio nojento, se for pensar. Não sou um sujeito muito asseado, tomo poucos banhos, é verdade, urino e não lavo as mãos, odeio a conduta higiênica, mas tal procedimento não me impede de achar as mulheres fedorentas. Não gosto de mulher rançosa, menos ainda das que exalam sabonete. Desse jeito fica complicado, eu sei, mas fazer o quê? O duro é aceitar que o odor forte e ácido de uma vagina nos provoque uma ereção imediata. Realmente somos uns primatas, ou melhor, meio primatas, afinal de contas usamos xampu.

***

    Estaciono a moto em frente ao cemitério da Cardeal Arcoverde. A chuva amainou. Estou ensopado, enxugo o rosto com cuidado por causa dos malditos piercings. Passo os dedos levemente pela sobrancelha, a água é cor-de-rosa. Estou perdendo muito sangue, maldição. O coturno não é impermeável, sinto como se caminhasse numa poça d'água.

    Necrópole São Paulo, diz o letreiro. Tem gente que tem pavor de cemitério, pra mim tanto faz; necrópole, metrópole, acrópole, é tudo a mesma porcaria.

    — Ôpa, amigão, chegou tarde, já estamos fechando.

    — Não vou demorar, dez minutos no máximo.

    — Ah, infelizmente vai ter que ficar pra amanhã. — Porteiros desgraçados. Gentalha com poder, taí uma combinação perigosa.

— Dez minutos, só isso.

— Ah, eu sei como é, dez vira quinze, vira trinta... A gente começa a lembrar do finado, a pensar na vida, na morte, e daqui a uma hora eu tenho que sair atrás do senhor. Não dá não, é a norma.

Norma. De que diabos este filho da puta está falando? Normas, regras, leis, só existem para serem burladas. Vou mostrar para este desgraçado a inconsistência da sua norma.

— Tome, segure isso pra mim até eu voltar — estendo uma nota de cinqüenta e ele pega no ato.

— Olha, vou abrir uma exceção porque estou vendo que o senhor precisa muito visitar o parente. Eu entendo, às vezes a saudade é terrível, não dá para esperar. Mas olha lá: vinte minutos. Tome, pode levar — me estendeu um guarda-chuva.

— Não preciso disso.

PAULO AUGUSTO DAL BASSO 1957-1970.

***

Posso dizer que tive um amigo. Por pouco tempo, é verdade, mas tanto faz, o tempo é sempre curto. Tem gente que passa a vida procurando um amigo, ora. Talvez eu tenha encontrado o meu cedo demais, vai ver que foi isso.

Um sujeito como eu não pode se atrever a falar de amor, seria ridículo, o cúmulo da hipocrisia. Como pode o casto falar de sexo ou o louco de paz? Amizade, devoção, lealdade, com que direitos eu posso me apropriar dessas virtudes? Não dá. Talvez possuísse alguma dessas qualidades quando tinha treze anos, pode ser, já não me lembro, mas o abismo moral que me separa da adolescência não me dá direito a redenção. Sou um homem em queda livre. Não acredito em arrependimento, só em conveniências, logo não há perdão. O que quer que fosse aquilo que eu sentia por Paulo Augusto estaria mais honestamente traduzido numa doentia obsessão.

Paulo era um garoto de um carisma imenso; líder, seguro, bonito. Uma dessas pessoas a quem todos, por vontade própria, prestam contas. Queríamos a sua aprovação, sua atenção especial. Era importante brilhar para ele, porque ao contrário do nosso amigo, nós, os outros garotos, precisávamos fazer força para acontecer.

Eu era o seu amigo mais próximo. Vivíamos juntos, não nos separávamos nunca. Pode-se dizer que visto desse ângulo eu seria o segundo homem no escalão da rua. Mas não é verdade. Paulo realmente gostava de mim, talvez até tivesse alguma predileção, em contrapartida eu não possuía qualidades que me endossassem a vice-liderança da turma. Minha posição confortável se devia tão-somente a um carinho especial dele por mim, talvez apenas porque fôssemos amigos desde o jardim da infância. Eu tinha total consciência da situação. Sofria na instabilidade da condição de seu melhor amigo. Sofria porque certamente alguém ocuparia o meu posto. Sofria porque não me sentia capaz, possuidor de virtudes e qualidades que me assegurassem o lugar. Sofria porque desde cedo nunca aceitei a idéia de que uma pessoa pudesse amar outra apenas por empatia.

O que poderia ter sido uma boa fase na minha vida, foi apenas o preâmbulo de um futuro tenebroso, onde instabilidade, medo e insegurança, aos poucos cederam lugar à indiferença, ao tédio e ao descaso.

Paulo Augusto morreu numa tarde em que brincávamos, os dois, num terreno baldio. Tentar exprimir aquilo que senti é inútil. Mesmo porque ao explicar pode ser que eu sinta de novo. Basta dizer que adoeci, perdi o ano escolar, emudeci. Os outros garotos, como eu previa, aos poucos se esqueciam da minha existência.

Quando recobrei a saúde passei a vir ao cemitério quase diariamente, durante mais de um ano. Lá um dia decidi que não viria mais. Foi em 1971.

***

Lugar tranqüilo, o cemitério. Os mortos me parecem mais habilitados a viver neste mundo do que a maioria dos mortais. A pentelha da Suzana é espírita ou diz que é, sei lá. Me disse que nos cemitérios há muitos espíritos que não aceitaram a morte, estão presos ao corpo e tal. Bem, se aqui tem espíritos ao menos não incomodam, o que já é uma grande coisa por parte dessas almas. Diferente de Suzana, Soraya e cia., que são capazes de assombrar até defunto.

— Mas lá um dia o tal espírito se manda, ora — retruquei.

— Às vezes não, pode levar séculos, depende – insistiu.

— Suzana, minha cara, o corpo se decompõe em dez, vinte anos, algo assim. A não ser que estejamos falando de múmias, não há como o suposto espírito permanecer séculos junto do corpo, simplesmente porque o corpo não existe mais.

— Ah, mas então ele fica perto.

— Perto do quê, Suzana?

— Do corpo, ora, do corpo.

— Mas Suzana, o corpo não existe mais, se descompôs.

— Quer dizer, da tumba. É, fica do lado da tumba.

— Fazendo o quê, posso saber?

— Olha, Figueira, não vou entrar nesse seu joguinho, não mesmo. Você não vai zombar de coisas sérias, não à minha custa.

— Não estou zombado, eu quero saber, é verdade — mentira.

— Olha, Figueira, uma coisa é não acreditar, outra é fazer chacota de coisa séria. Quando você morrer vai se arrepender.

— Impossível.

— Impossível por quê?

— Porque se eu estou morto não há como me arrepender, ora.

— Você não, mas a sua alma sim — falou tomada de uma certeza que sei lá de onde vinha.

— Ah, então são duas coisas distintas, eu e a alma?

— Claro que não, Figueira, você sabe muito bem.

— Sei? Eu não sei de nada.

— Pare de me encher, conheço muito bem esse seu jogo de palavras. Não vou entrar na sua freqüência negativa.

— Você já fez isso há dez anos, quando nos casamos.

— Estou falando de energia, não do corpo físico. Da energia deste momento. A gente casou porque tinha que casar. Nosso casamento é cármico. Uma entidade me falou, lá no centro.

— No centro da cidade?

— Ah-ah-ah, engraçadinho. Nosso casamento é cármico sim, eu sempre soube. A entidade só me confirmou. E eu *sei* por que estamos juntos nesta vida.

— É mesmo? Não me diga, se importa de me participar? — sensacional.

— Quer saber? Vou dizer sim. Sei que você vai zombar, mas lá no fundo, bem no fundo mesmo, você vai acreditar, nem que seja um pouquinho, porque ninguém neste mundo é totalmente crente ou descrente. Quero ter o prazer de te contar.

Fez-se um silencio respeitoso. Prosseguiu:

— Numa outra vida, não necessariamente na última, mas numa outra qualquer, fui uma cortesã...

— Cortesã é puta? — interrompi.

— Olha aqui, Figueira, se você me interromper de novo eu não conto mais nada — esbravejou.

— Ok, desculpe, por favor continue, estou gostando.

— Vivia num palácio suntuoso, num país muito frio. Me lembro da neve branca, branca como... como...

— Como a neve, justamente – sugeri.

— É, uma neve branca, acetinada e ao mesmo tempo felpuda. Era muita, muita neve mesmo, me lembro de olhar o jardim através das vidraças embaçadas...

— Desculpe Suzana, não se zangue, eu sei que é horrível interromper, mas não estou entendendo uma coisa: por que essa história de "lembro disso", "lembro daquilo", não foi a tal da entidade que contou tudo?

— Não, Figueira, já disse, a entidade só confirmou. Tive acesso à vidas passadas através de regressão.

— Quem?

— Regressão, Figueira, regressão. Vai dizer que nunca ouviu falar?

— Sim, já ouvi, mas...

— Mas nada Figueira. Ouça, caramba. Então, eu morava nesse castelo, palácio, tanto faz. Era desesperadamente apaixonada por um camponês, assim como eu. Mas eu tinha que ganhar a vida, então trabalhava na corte. Eu era linda, de uma beleza ímpar, angelical. Havia um conde que me cortejava, homem repulsivo, gordo, asqueroso. Mas para sobreviver eu me entregava a ele. Acabei por engravidar do conde. Tentei abortar mas foi inútil, a criança estava destinada a nascer. Era um menino, nasceu estrábico, o que me fez odiá-lo mais ainda. Durante toda vida rejeitei o garoto, repelia aquele serzinho asqueroso como o pai. Entretanto, foi ele que no final da minha vida — já cega e sifilítica, cuidou de mim...

Silêncio.

— Então, você não vai falar nada? — perguntou.

— Já acabou?

— Claro, Figueira... E aí, te diz alguma coisa?

— O quê?

— A história, Figueira, a história, caramba.

— Não muito, a princípio...

— Como não, Figueira, tá tudo na cara — se irritou. — Quem você acha que era você?

— O camponês que você amava? – arrisquei.

— Não, Figueira, lógico que não.

— Hum...O conde?

— Nãoooo, Figueira.

— O menino vesgo?

— Lógico, Figueira.

— "Lógico" por quê?

— Figueira do céu, como você é tapado. Vou explicar: por uma série de razões que agora não estou a fim de esmiuçar, o conde é meu tio Agenor.

— Seu tio Agenor, o de Pindamonhangaba?

— É, ele mesmo.

— Hum, sei.

— Você é o menino rejeitado. Tudo faz sentido.

— Ah, é?

— Claro, Figueira, será que você não vê? Estou nesta vida para reparar meu erro, para servi-lo, correr atrás de você, assim como você fez comigo na outra vida. Você não tem intimidade nenhuma com as crianças, por quê? Porque não teve amor materno ou paterno nas vidas anteriores. Está aprendendo agora.

Foi a história mais sensacional que ouvi na vida — nesta, pelo menos. O ser humano quando quer é realmente prodigioso.

Conclusões do estrábico Figueira a respeito do roteiro de Suzana:

1) O camponês maravilhoso deve ser o amante dela, o cara da bolsa de valores.

2) Tio Agenor deve ter bolinado a pobre coitada quando ela passava férias em Pindamonhangaba.

3) Na outra vida eu fui, nada mais nada menos, que o filho de uma puta. Um zarolho filho da puta. Como se não bastasse, nesta vida eu sou o marido da puta. Espetacular! Na próxima serei eu a puta.

Talvez aquele estúpido motorista de táxi tenha razão: só rindo, só rindo.

***

Não sei o que vim fazer neste cemitério. Acho que esperava sentir alguma coisa, me emocionar, chorar, entristecer, alegrar-me por estar vivo, sei lá. Mas é inútil, porque também aqui, nada, nada mesmo, me diz respeito.

sete

Seis e quinze. Parou de chover. Estou sentado num botequim fedorento na frente do cemitério. O trânsito está infernal, melhor esperar, enquanto isso tomo uma bebida. Não sou de beber regularmente, quem sabe inaugure uma nova fase a partir de hoje. Como disse aquele russo: "melhor morrer de vodka do que de tédio".

Estou aqui pensando se devo comprar algum livro, alugar uma casa ou me instalar num hotel. Posso viajar, não sei. Argentina, gosto dos argentinos. Não conheço nenhum, é verdade, mas gosto, sei lá por quê. Poderia ir de moto com Janaína. Com os peitos de Janaína colados nas minhas costas eu poderia chegar ao Ushuaia num tiro só. Mas então teria que matar Janaína, não iria suportá-la depois de dez mil quilômetros. Melhor ir até Jacareí no fim-de-semana. Minha mãe está enterrada lá, queria ver o túmulo, nunca vi. Valter e Marta, minha irmã caçula, vão sempre. Se dão bem, os dois. Devem falar mal de mim durante a viagem. Ou falavam no começo, hoje já não devem perder tempo comigo. Pra mim tanto faz.

Ligo o celular para confirmar com Janaína, apesar de já estar combinado. Não sei, talvez ela tenha desistido quando viu o pé-d'água. Melhor garantir, estou contando com aquelas tetas.

Foi ligar o aparelho e o telefone toca. Vejo o número no visor, não é Suzana, a princípio. Dane-se, vou atender.

— Alô!

— Figueira, por favor não desligue, é Jorge.

Silêncio.

— Por tudo o que há de mais sagrado; não estou ligando em nome da Leidermman, te juro, quem está falando é o Jorge homem, o Jorge pessoa física, o cidadão Jorge. E veja bem, não estou dizendo o *amigo* Jorge, porque sei que você não me considera como tal, embora a recíproca não seja verdadeira. Vou ser breve e conciso, Figueira, e se eu fosse você escutaria.

Silêncio.

— Margarete me ligou preocupada, disse que você fez movimentações volumosas, mas isso não me diz respeito. Falou ainda que você teria dito que pediu as contas na Leidermman, o que não é verdade. Suzana me ligou quatro ou cinco vezes, está desesperada. Na verdade, Figueira, se você quer mesmo saber faço isso mais por ela do que por você. O que tenho pra te dizer é muito simples: você trabalha há vinte anos aqui, pode negociar sua saída, sua demissão, direitos, etc. Você sabe, estamos falando de bastante dinheiro. E se você me permite, acho que deveria agir da mesma maneira no que diz respeito à sua esposa. Abandono de emprego, Figueira, abandono de lar. Você tem idéia do que isso pode te custar?

— Muito bem, Jorge homem — ou devo dizer cidadão Jorge? Aqui quem fala é o corno Figueira, cuja mulher tem um amante na bolsa de valores. Ou se você preferir: o escalpelado Figueira, o homem que teve a pele, a vida, a alma — se é que existe alma, surrupiadas pela Leidermman Imobiliária. Ou ainda, o desavergonhado Figueira, um sujeito sem a mínima vergonha na cara, que permitiu a si mesmo acatar ordens de gente desqualificada como você durante vinte tenebrosos invernos. Então é o seguinte, Jorge, também serei breve e conciso. Um: não agradeço sua boa vontade ou sei lá que nome se dá a esse compêndio de lugares-comuns. Dois: estou cagando e andando para os meus direitos ou deveres. Meus filhos estarão providos, isso basta para a minha consciência. Três: nunca mais na sua vida — e eu disse nunca mais, entendeu?, se atreva a me ligar. Porque se você fizer isso, seu grandecíssimo filho da puta, eu saio de onde estiver e te meto uma bala na testa. Tenha certeza, cidadão Jorge, você será *catapultado* rapidinho, em dois segundos te mando pro inferno.

Começo a gostar dos palavrões. Sempre achei que era um recurso pobre na falta do termo mais apropriado. Bobagem, nada substitui um termo chulo quando este se faz imprescindível: "Vá tomar no meio do senhor seu cu, Jorge filho de uma puta!" É isso, pronto.

— Alô, Janaína?

— Sim, é ela.

— Olá, Janaína, é Figueira...

— Escuta, você não tem nome não?

— Como é ?

— Essa história de Figueira. Ninguém se chama Figueira, isso é sobrenome, ora.

— Ah, sei lá, sempre me chamaram assim.

— Mentira, sua mãe não te chama de Figueira, tenho certeza.

— Deixa isso pra lá, Janaína — mas que saco.

— Já sei, você não quer me dizer seu nome, é isso, é sim.

— Ok, Janaína, me chame de P.A.

— P.A.? É apelido?

— São as iniciais do meu nome: P e A.

— E o que são o P e o A ?

— Você tem a noite inteira pra descobrir.

— Uau! Quem disse que eu tenho a noite inteira?

— Eu.

— Você é muito convencido, sabia?

Ouço umas risadinhas de fundo. Deve ser a colega.

— Pois então, Janaína, estou ligando só para confirmar...

— Escuta, P.A., será que não é melhor a gente sair de carro?

É esta palhaçada descabida que chamam de namoro?

— Não Janaína, impossível, sairemos de moto — tento manter a calma.

— Você não tem carro?

— Sim, Janaína, tenho, só que hoje nós vamos sair de moto. Não foi isso o que combinamos?

— Então tá, não precisa ficar tão sério, credo, é que deu uma esfriada.

— Janaína, minha flor, você não tem casaco?

— Não trouxe, estava quente hoje cedo.

Devia ter comprado a maldita jaqueta.

— Providenciaremos um casaco, se for o caso.

— Como assim, *providenciaremos*? — se faz de desentendida.

— Da única maneira possível, Janaína, comprando.

— Uau, você vai me comprar um casaco?! — aumentam as risadinhas.

Gosta de presentes, a pilantra. Que se dane, todas gostam, darei o que ela quiser, tanto faz, só não me venha com agradecimentos efusivos, basta que me deixe chupar seus peitos.

Não sei se devo dizer que estou careca e perfurado. Melhor não, ela pode se assustar, deixa quieto, depois tudo se arranja, eu acho.

***

— Dá licença? — é o coveiro dos cinqüenta paus. É o que me faltava. Antes que eu possa dizer não o desgraçado puxa uma cadeira e senta.

— Mais uma vodka aqui pro meu amigo!

— Não, por favor, não é preciso, já estou de saída.

— Que isso, faço questão, estou cheio da grana hoje, eh, eh, eh.

Dou sinais de que vou me levantar mas o estúpido me impede.

— Cinco minutos, colega, vou te contar uma história boa. — Deu uma tragada no cigarro, me olhou bem nos olhos. Me parece um homem mau, não sei, no mínimo castigado, rancoroso. Prosseguiu: — Você sabe que eu não teria deixado você entrar se não fossem os cinqüenta, né?

— Pouco me importa, eu precisava entrar e consegui. Você está aí, certamente acreditando que fez um bom negócio, sua consciência não deve incomodá-lo mais do que essas unhas sujas de terra. Quer saber? Você é um idiota, teria dado cem, se me pedisse.

— Somos.

— Somos o quê?

— Idiotas, os dois. Você perdeu cinqüenta e eu também. Se eu te devolver a grana ou se você me der mais cinqüenta, então restará apenas um idiota, percebe? De qualquer maneira, amigo, nossas relações começaram pela porta dos fundos, sempre haverá pelo menos um idiota, quando não os dois.

— De que diabos você está falando? — sujeito irritante.

— Simples — puxou a nota de cinqüenta e pôs na mesa.
— Te faço uma proposta: vamos apostar estes cinqüenta, assim podemos absolver um de nós.

Silêncio.

— Faço um desafio — prosseguiu — sou capaz de adivinhar alguma coisa muito íntima sua, uma particularidade que só alguém que trabalha alí, junto dos mortos, poderia saber. Duvida?

— Realmente, não estou interessado.

— Amigo, você não sabe do que eles são capazes — e apontou o cemitério. — Posso dizer coisas da sua intimidade; nomes de parentes, datas. E então?

— Já disse, não me interessa sua arte divinatória.

— Porque você tem medo, amigo, tem medo de que eu esteja falando a verdade.

— Então está bem — me enchi — vamos acabar com esta palhaçada. O que você quer adivinhar?

— Hum, qualquer coisa simples, nada do passado, mortes e essas coisas. Vamos dizer que eu posso adivinhar... sei lá, o quanto você tem na carteira, cada centavo, inclusive.

— Pois bem, me diga.

— É bastante.

— Sim, quanto?

— É muito, é muito. Diria... Três mil cento e trinta e três

e quarenta e cinco centavos. Correto?

Olho atordoado para o sujeito. Meto a mão no bolso para pegar a carteira. Está vazio. Ele me olha com atenção, sério. Desgraçado. Tira do bolso a minha carteira e joga sobre a mesa.

— Você deixou cair.

Confesso, estou sem graça. Isso é raro, mas o desgraçado me deixou sem jeito. Então o homem mau tem seu lado honesto? Veremos.

— Tome, fique com isso — estendo-lhe algumas notas. Ele examina as cédulas na minha mão e retira uma de cinqüenta, pega a que ficou sobre a mesa e mete as duas no bolso.

— Bastam cem. Foi o que combinamos.

Eu poderia ter previsto esta cena, sou um idiota. O idiota que sobrou. Se ele veio devolver a carteira, com aquele papo de jogo e aposta, é evidente que não esperava gratificações, não um sujeito como esse. O que ele espera é outra coisa; quer dizer para mim e para si mesmo que não é um aproveitador, um filho da puta que se deixa subornar por cinqüenta pratas. Nada disso, aceitou o dinheiro porque certamente acredita que precisa, talvez uma necessidade, uma premência que o fez, digamos, deslisar. Mas tal atitude não o faz menor, porque é grande o suficiente para devolver trê mil. Este é o recado do desgraçado. Decerto espera que eu o reconheça como uma alma nobre. Balela, pra mim esse cretino não passa de um sujeito orgulhoso. Orgulho que lhe custou três mil. Quem afinal é o idiota?

— Por um momento você chegou a acreditar, verdade? — pergunta sorrindo.

— Na sua vidência?

— É, justamente — ainda sorri, o boçal.

— Não sei, verdade.

— Há quinze anos trabalho aqui, na Porta do Inferno, como gosto de chamar. Se você me perguntar eu não ia saber dizer o porquê. As pessoas gostam de saber das histórias de cemitério, verdade mesmo. O ser humano é sinistro, obscuro, pode crer. Já vi coisas de fazer o cão borrar as calças.

— Se você está falando de histórias de fantasmas, esqueça, não dou a mínima.

— De jeito nenhum, pelo contrário. Há quinze anos espero por um contato com o mundo dos mortos, mas garanto, se eles continuam vivendo não querem papo comigo. Mas tem uma coisa pior do que espírito, fantasma, alma. O silêncio. Aí dentro, à noite, o silêncio pode enlouquecer um homem. O silêncio, garanto, é a maior assombração que existe. Quando neguinho diz que ouviu coisas, vozes e essas bobagens, talvez tenha ouvido mesmo. Mas o cara criou os sons na própria cabeça porque não pôde suportar o silêncio.

Silêncio.

— Eu mesmo invento muitas histórias — prosseguiu. — Não posso decepcionar as pessoas. Seria igual a trabalhar na Playboy e dizer que não vejo a mulherada nua, entende? É isso, pra todos os casos já vi assombração de tudo que é jeito. Mas o que pega mesmo, o que assombra de verdade é o que acontece daquela porta até a hora em que a gente desce o caixão. Garanto amigo, quem faz o que eu faço todos os dias, não tem medo de fantasma.

Silêncio.

— Já vi tanta cena ruim, colega, que parece que nada mais no mundo vai me causar emoção. É mãe desesperada, é pai tendo enfarte do lado do corpo do filho, gente querendo se matar e os parentes impedindo. E essa desgraça toda deixa a gente duro, descrente. Eu até tinha fé, há quinze anos, hoje só acredito na carne, na sorte de estar vivo, porque do lado de lá, a cada dia duvido mais. Por isso, amigo, quando alguém vier com o papo de adivinhação, espíritos mensageiros, essa novela toda, cuidado, certamente ele está mais interessado em saber quanto dinheiro você tem na carteira.

Levou os cem, mas deixei que pagasse a conta.

***

Acho que fui grosso com Margarete. Normalmente não

sou filho da puta com as pessoas, apenas indiferente. Posso estar mudando, isso não é bom, eu acho. Talvez eu ligue para ela amanhã, pode ser, sei lá, acho que não, o que eu poderia dizer: "desculpe, Margarete"? Seria ridículo.

Faz de tudo para agradar os outros, a Margarete. É um comportamento detestável, se for pensar. A gente está sempre em dívida com essas pessoas ditas muito boas; gente que não guarda mágoa, do tipo compreensiva, altruísta, coisa e tal. Como desdenhar alguém que chupa, engole, sorri e ainda te faz uma massagem nos pés? Foi difícil romper com Margarete, não pelas chupadas, quanto a isso a gente sempre se arranja, mas sim pela dívida que essas doses de generosidade podem gerar. Se as pessoas lidassem melhor com dinheiro eu teria feito um belo cheque para Margarete na ocasião do rompimento. Mas ela iria se ofender, embora adore grana, é verdade.

— Você não acha que é muito dinheiro para uma motocicleta?

— Para uma moto sim, talvez, mas para me atirar com ela do Viaduto do Chá, não. É até barato, se for ver — alfinetei.

— Não diga bobagens, Figueira. Você parece que quer chamar a atenção.

— Pode ser. Passei a vida no anonimato, sempre é tempo de irmos atrás do nosso sonho, da nossa lenda pessoal.

— Figueira, pare com isso, você é um homem interessante...

— Mentira — interrompi.

— Pois eu acho, ora — retrucou meio assustada.

— Não Margarete, você não acha, não pode achar, eu não sou interessante. Pessoas interessantes despertam interesse e, definitivamente, não sou uma dessas pessoas. Sou estranho, obtuso, funesto, egoísta e mais uma dúzia de adjetivos que podem me fazer valer de uma série de pechas, é verdade, mas não há em mim um único atributo de homem interessante.

— Quando foi que você se tornou tão amargo?

É incrível a influência da TV sobre as pessoas.

— Anteontem à tarde... ou foi à noite?

— Não ironize, Figueira, sou sua amiga.

— Não, Margarete, você não é minha amiga. Não tenho amigos. Amigos se vêem, trocam confidências, são cúmplices, jogam futebol e sobem em árvores. Não estou habilitado à amizade.

— Você não sabe o que diz...

— Engano seu. Sempre sei o que digo.

— Parece que você não admite que as pessoas gostem de você.

— Por deus, Margarete, me diga algo que não sei. Estou cansado de ouvir a mesma fita, a ladainha de sempre.

— Impossível, Figueira, não cabe mais nada aí dentro.

— Ótimo, é isso, concordo — talvez agora ela pare.

— Sabe, Figueira, eu teria te amado a vida toda...

— Bobagem.

— ... a vida toda, você pode ter certeza. Mesmo com toda a sua estranheza, achei que pudesse te compreender. Olho para você agora e posso intuir que algumas coisas não vão bem. Não vou perguntar o que você pretende, não tenho o direito, mas tente não fazer besteiras. Momentos ruins passam, Figueira...

— Momentos? Não sei do que você está falando. Não sei de momentos, bons ou ruins. Minha vida é homogênea como uma massa de pão. É sempre quarta-feira, Margarete, sempre quarta-feira.

— Assim como a nossa relação...

— Não entendi...?

— A nossa relação, Figueira, não foi mais do que um naco dessa massa de pão, não é?

— Sim, Margarete, um pão com bromato numa quarta-feira, como tantos outros.

***

Acelero tudo para ver se a minha calça seca. Janaína, aí vou eu!

oito

Estes malditos furos não param de sangrar. A dor não me incomoda, até gosto um pouco, para ser franco. Vou ao banheiro, lavo os piercings com cuidado, removo o sangue seco das peças. Não quero assustar Janaína. Espero que ela não se incomode com a careca. Rapaz, fiquei feio mesmo, puta que o pariu. Mas dane-se, não me importo, desde que chupe Janaína. Como disse o imbecil do táxi, elas gostam de expressão, estilo, enfim, se impressionam com essa bobagem toda.

A idéia é chupar Janaína durante muito tempo, não tenho nada para fazer na seqüência, e neste mundo miserável temos sempre que pensar em termos de pensamento produtivo. Terei que aprender a ser contraprodutivo, e isso pode levar dias, meses, sei lá. Nada ajuda a nos tornarmos vagabundos, ociosos, amantes das sensações, chupadores lascivos, observadores maledicentes do mundo. O que está impresso na ficha de admissão deste planeta é o seguinte: "Ocupe o menor espaço físico possível, produza o máximo dentro dele, respire apenas o suficiente para se manter vivo, pague antes e usufrua depois, não esqueça de amar seu semelhante (por mais semelhante que seja), lave as mãos, apague a luz ao sair e não se esqueça de puxar a descarga".

Tomei três doses de vodka. Cabe mais. Talvez devesse comer alguma coisa, estou apenas com as esfihas no estômago, a azia ameaça voltar. Não gosto de comer, seja lá o que for. Algumas coisas são menos detestáveis: esfihas, por exemplo. De qualquer maneira vou esperar Janaína, poderemos jantar depois da felação.

Estou quinze minutos adiantado. Peço outra vodka.

Beber é uma estupidez, tanto quanto viver, me parece. A bebida ajuda a tornar o mundo suportável, por isso é que ela não vale nada. Duas doses de uísque e o idiota começa a achar que a coisa toda vale a pena. Estou aqui, ligeiramente bêbado, segurando uma sacola com dois brinquedos estúpidos, achando tudo muito engraçado, imaginando que talvez seja legal visitar os meninos e brincar com os bonecos. O ridículo da situação é que, passado o fogo, não poderei sequer cogitar uma pieguice de tal quilate. Isso, claro, se já não tiver esquecido a sacola em algum canto da cidade. Um brinde aos sóbrios, eles são os verdadeiros desgraçados.

***

Eis Janaína, a melhor mulher do mundo. Figueira, és um homem de sorte: vodka e Janaína, rapaz, mas que combinação!

***

Só que....

Está parada na porta da lanchonete, tentando me localizar. Agora é que eu quero ver, que diabos eu faço? Nada. Estou paralisado. Não há o que fazer, estou ferrado, é isso, acabou. Nada de peitos, passeio de moto, japona nova para Janaína, jantar, já era. O que eu posso dizer? É ridículo: e aí, Janaína, gostou do visual? Não tem o menor cabimento. Sou um palhaço, idiota e inconseqüente. Vá embora, sua chatinha, não preciso de você. Pare de me procurar, não estou na lanchonete, Janaína, furei, dei o cano, esquece, vai pra casa, sua mãe deixou a janta no fogão. O que você está esperando? Anda, caminha, vai, vai...

Dane-se, posso bater punhetas. É mais higiênico, inclusive. Não sei onde estou com a cabeça; raspar o cabelo, me encher de piercings, vir atrás dessa suburbanazinha chinfrim. E a maldita motocicleta, mais um imposto para pagar, um punhado de lata automotiva que requer cuidados, óleo, combustível, água, sabão, uma porcaria tão caprichosa e necessitada de atenção quanto qualquer criança remelenta. Figueira, você está acabado, chegou no fundo do poço, vá bater sua punheta, desgraçado, o mundo é demasiado real para você.

Lá está ela. A prima-dona do Tucuruvi. Quem precisa daqueles peitos? Pra mim tanto faz, que se dane. Que se dane. Melhor que suma, a pilantra. Posso tomar vodka, quantas eu quiser, ninguém vai me impedir, tá ouvindo sua chata? Eu disse quantas eu quiser!

Faz cinco minutos que está lá fora, me esperando. Olha prum lado e pro outro. Aguarda o Sr. Richards, o bem-apessoado quarentão, mais um de cabelos grisalhos, carteira de couro, as notas devidamente ajeitadas em valor crescente. Gosta disso, a putinha; homens que chegam à noite com a sensação de missão cumprida, que não deixam nada para o dia seguinte, riscam a agenda à cada compromisso cumprido. Homens que pisam o chão com segurança, pagam as contas em dia. Diferentes de seu pai, um bêbado fracassado, endividado até o pescoço, atolado em hipotecas. Isso é demais para você, não é Janaína? Como viver neste mundo sem sua japona nova? É impossível sobreviver sem uma jaqueta de couro, não é mesmo? Não quer muito, Janaína, apenas uma casa geminada, bons eletrodomésticos, um carro com ar e direção. Não faz questão de sonhar, mal tem tempo para devaneios, só pensa num pedaço de pau boiando, qualquer coisa na qual possa se agarrar, porque jamais saberia viver à deriva.

Sinto muito, Janaína, mas você chegou vinte quatro horas atrasada.

**

Dos dez aos treze anos li onze vezes Meu Pé de Laranja Lima. É o único livro no mundo que presta. Li muitos outros, é verdade, mas era tudo porcaria. É complicado quando as coisas boas caem muito cedo nas nossas mãos, a gente passa a vida tentando recuperá-las.

Uma bela mensagem, a do livro. Zezé aprendeu, já aos seis anos, que não dá para contar com ninguém, estamos sós. O mundo é inóspito, a gente se estranha e se debate como peixe trazido ao convés. Faz das tripas coração para aprender a respirar fora d'água, cria pernas e aprende andar, parece que vai dar certo, mas então seu melhor amigo morre num acidente de carro, metem uma machadada na sua consciência. Fim.

Você pode aprender aos seis, aos dezoito, quarenta, noventa, o recado está aí... Tem gente que não aprende nunca. Segundo Suzana, vão voltar. Voltar pra cá, noutra vida e tal. Sinceramente, não sei como tem gente que se ocupa de vida passada, vida futura, marcianos. Mal damos conta desta vida, caramba.

Minha consciência é uma árvore seca, com raízes fincadas em solo estéril. Recorrer a ela é o mesmo que buscar pérolas no lodo; pode ser que encontre, se passar uns quinze anos revolvendo a lama. Não vale a pena, eu acho. Não tenho mais seis anos, o tecido regenerativo entrou em colapso, deixei a coisa ir longe demais. É fácil perder as rédeas da biga, chafurdar, ser tragado pelo redemoinho num irremediável descenso. Gastei todas as fichas quitando carnês, chamando a mulher de esposa, sorrindo nas repartições da Leidermman. Sobrou pouco. A gente passa a vida reprimindo a libido e de um dia pro outro quer que a testosterona transborde. Já era, esquece. Não tem Janaína que dê jeito nisso, dinheiro que te console ou revolta que logre êxito. É por isso que você, Figueira, tem mais é que se foder.

***

— Olá, Janaína.

Digamos que algo me levou até ela. Foi persistente, a menina. Faz mais de meia hora que está sentada diante da mesma Coca-cola, olhando para a porta. Discou várias vezes o celular, coitada, e a cada tentativa eu sentia meu aparelho vibrar no bolso. Puxei a cadeira em frente e me sentei. Não preciso dizer que ela está assustada. Não preciso dizer que ela não consegue atinar. Não preciso dizer que é incapaz de emitir um silvo. Balança a cabeça para os lados numa negativa peremptória. Passa a mão na bolsa, se levanta, joga uma nota sobre a mesa e desembesta porta afora.

Sobe a Augusta em direção à Paulista, apressada, sempre virando o rosto e apertando a passo. Sigo Janaína a uma distância que me permita não perdê-la de vista e ao mesmo tempo não caracterize perseguição. Tudo menos escândalo. A cada passo encurto a distância. Maldita Janaína, suburbana miserável. Que diabos estou fazendo? Figueira, essa história não vai acabar bem, pode ter certeza.

Na Paulista o movimento é grande, ela perde tempo desviando das pessoas. Estou a um metro dela e prosseguimos correndo.

— Janaína — digo ofegante, — espere por favor, vamos conversar.

— Me deixa.

— Janaína, eu quero conversar, só isso.

— Sai, cara, não quero papo.

— Mas o que é isso, Janaína? Eu só cortei o cabelo.

— Sai, já disse — parece apavorada. Seguro seu braço.

— Janaína, ouça!

Ela pára, se vira bruscamente e manda ver.

— Olha aqui, cara, se você insistir eu vou gritar, armo um escândalo.

Há situações em que a gente fica tão desnorteado que o cérebro embota. O que mais eu podia dizer a Janaína senão:

— Janaína, não é nada do que você está pensando.

— Olha aqui, P.A., estou cansada de homem louco, conheço o seu tipo, de dia é uma coisa, de noite outra. Se você é desequilibrado, vá se internar. Eu é que não vou dar a minha cara pra bater. Já me ferrei demais.

— Janaína, deixe eu explicar, só isso — imploro.

— Está tudo muito estranho, muito estranho. Você é esquisito, cara. Vou pra casa, estou indo.

"Estou indo" mas fica aí parada, balançando a cabeça pros lados, esperando ser convencida do contrário. Assim seja.

— Janaína, o que pode acontecer? Se você não quer passear de moto, muito bem, não vamos. Podemos jantar aqui perto, comprar seu casaco...

— Casaco pra quê, se não vamos mais passear?

— Pois bem, você decide...

***

Zezé não pagaria esse mico, o garoto sabia sofrer, não tinha medo da dor. É muito bom, quero dizer, suportar a dor, sustentar o fardo. Coisa de gente grande. No mais das vezes não dá, pra cada escoriação saímos atrás de analgésicos, um paliativo qualquer. Não curam, é verdade, mas dão uma aliviada. Chupa-se um peito aqui, uma boceta acolá, ora uma punhetinha de leve, depois vodka no bar, e a gente vai tentando não pensar naquilo que fere e rasga, no exercício hercúleo que é levar o dia até o fim, na sobrevivência e na degeneração celular. Às vezes eu acho que o mundo é um parque de diversões. E um parque ruim, que fique claro. A gente pega duas horas de fila e passa trinta segundos experimentando calafrios.

Há sujeitos que têm colhões, verdade seja dita. Se tiver que doer, que doa. Deixa sangrar. É na cruz que vai rolar? Muito que bem, vamos aí, joga nas costas que o cara agüenta... Mas você, Figueira, há anos não sentia angústia, dor, alegria, passou incólume os últimos tempos. De pé, na fila, esperando sabe deus o quê. E ao mínimo aperto no peito você se agarra ao primeiro par de tetas que aparece. Vai chupá-los com avidez de vampiro, porque é isso, Figueira, você é um vampiro, e só o sangue novo poderá te manter vivo, porque você, cara, está seco que nem galho velho.

Mas dane-se, isso eu já sabia.

***

Analgésico:

— E aí, Janaína, tá gostando?

— Uau, é demais... Pode correr, eu adoro.

À toda velocidade na Marginal Pinheiros. As tetas de Janaína esmagadas contra as minhas costas. Como se não bastasse; as mãos de Janaína nas minhas coxas, quase na virilha. Tudo indica uma possível ereção.

— Meu, sua moto é o máximo. Nunca tinha andado numa dessas — gritou no meu ouvido.

— Pois é, Janaína, existe motocicleta e existe a HARLEY DAVIDSON.

— Como é, não ouvi? — berrou.

— Nada. Deixa pra lá.

Vrrruuuuuummmm...

nove

Vou ao banheiro urinar, quando volto Janaína está de cara feia com meu celular na mão.

— Você não vinha eu atendi. Disse que é sua mulher. Me xingou e tudo. Olha aqui P.A., você...

— Cala a boca, Janaína, me dê o telefone — digo calmamente.

Suzana:

— Figueira, seu desgraçado, pode se preparar, pode se preparar, eu vou acabar com você. E que porcaria é essa de P.A.?

A primeira coisa que as mulheres perdem quando estão nervosas — antes mesmo da razão, é o controle dos agudos. Como desafina, a desgraçada.

— Você não é homem, Figueira, você é um... é um... um...

— Rato?

— Pior, desgraçado, você é pior que rato. Rato tem perna, cabeça, olho, rato tem cérebro, pensa antes de fazer as coisas. Você é uma gosma, Figueira, uma ameba, um molúsculo.

— É molusco.

— O que que é? — gritou.

— Não é molúsculo, é molusco.

— Vá se foder, Figueira, não me tome por essa vagabunda aí do seu lado.

Olho para Janaína, braços cruzados e cara amarrada. Meu amigo, que situação.

— Eu te dei a chance, seu pulha, agora acabou. Vou ligar já pro Dr. Siqueira, ouviu?

O que é pulha mesmo? Não lembro. Já o Dr. Siqueira sei bem quem é. Ótimo, é o advogado da firma dela, não me lembro de ele ter ganho uma única causa.

— Faça o que achar melhor, Suzana — fui franco.

— Eu sei bem por que você está tranqüilo, desgraçado. O Jorge me falou, você está desviando dinheiro. Já sei de tudo, Figueira, pode fazer o que você quiser, não vai adiantar nada, nada mesmo. A justiça está do meu lado, sou mãe, abandonada. Melhor, trocada por uma vagabunda que não sabe nem atender telefone. Se prepare, você vai perder tudo, até seus filhos, vou alegar insanidade, vou dizer que você é louco, e pode ter certeza, vai ser fácil provar.

— É, acho que sim — concordei.

— Pare com esse maldito cinismo, Figueira! — gritou.

— Não estou sendo cínico, Suzana, e por favor não grite, as crianças não precisam participar disso, é deprimente.

— Não precisam uma ova, uma ova! Elas vão saber o pai que têm. Você abandonou sua família, Figueira, deixou os coitadinhos na miséria.

— De que diabos você está falando, Suzana? Eles terão tudo o que precisarem, não seja ridícula.

Janaína ameaça ir embora. Seguro seu braço: — Só um minuto, Janaína, por favor.

— E pare de falar com essa piranha, Figueira!

Pode ser piranha, pra mim tanto faz. Melhor que seja, que desperdício seria uma moça de classe com um par de peitos desse naipe. Pensando bem detesto gente de classe. Bela porcaria.

— Suzana, vamos evitar desgastes. Peça ao Dr. Siqueira para me telefonar.

— A sua covardia vai te custar caro, Figueira. Vou queimar suas roupas, vou jogar fora os seu livros e tem o cofre. Eu sei que tem dólares lá, tá ouvindo? Amanhã eu vou arrombar o cofre...

— Não é preciso, te passo o segredo.

— Como é?

— Te dou a combinação.

Silêncio. Depois:

— Você acha que eu sou burra? Já entendi, você deve ter limpado tudo, é isso, é sim...

— Está tudo lá, Suzana.

— Duvido — gritou.

— Suzana, não enche o saco. Já disse, peça pro Dr. Siqueira me ligar.

— Olha, Figueira, aqui se faz, aqui se paga. É a lei da vida, ninguém sai ileso. Você vai ser cobrado por tudo que está fazendo.

— Quem vai cobrar, o Dr. Siqueira?

— Não se faça de idiota, você sabe muito bem do que estou falando. É Deus, Figueira, DEUS, está ouvindo?

Os credores, sempre os credores.

— Contanto que não seja você, Suzana, pra mim tanto faz.

— Eu te odeio, juro, te odeio. Você não vale nada, nada, você é... é.... é...

— Um *molúsculo*, já sei.

— Vá se foder. Te espero no tribunal, desgraçado.

Bem, voltemos à Janaína...

Janaína:

— " Você está feliz por ter desmanchado uma família?" Foi isso o que ela disse, a sua mulher. "A vida vai te ensinar, vagabunda". Então eu falei que tinha te conhecido só hoje, aí ela perguntou se eu achava que ela tinha cara de idiota, então eu falei que não fazia a menor idéia de que cara ela tinha, aí ela disse que eu era dissim... dissim...

— Dissimulada.

— É, dissimulada. Ela disse que eu era dissimulada e que eu ia pagar por tudo, nem que fosse na outra vida. Aí me deu medo, P.A., e raiva também, porque essa história tá muito mal contada. Você disse que era separado, aí essa louca diz que você é marido dela e eu nem sei se essa mulher é dessas que faz trabalho.

— Faz o quê?

— Trabalho, P.A. Macumba, caramba.

— Não sei. Tem macumba no espiritismo?

— Não, só no Candomblé e na Umbanda.

— Então pode ficar tranqüila, ela é espírita, diz que é, sei lá.

— Mas então, P.A., você é ou não é?

— O quê?

— Casado, ora.

— Não, já disse, me separei. Hoje.

— Como assim, hoje?

— Porra, Janaína, um dia eu teria que me separar, e esse dia é hoje. Poderia ter sido ontem, há cinco anos ou amanhã, tanto faz, só que foi hoje. Simples.

Começou a balançar a cabeça de novo, mau sinal.

— Agora estou entendendo — disse, — faz sentido.

— O quê?

— Tudo. Você se separou, deve estar cansado de tudo; da sua mulher, da sua cara, da sua vida. Por isso você raspou o cabelo, pôs esse monte de piercings, comprou a moto. Aí você ficou com pena das crianças, comprou os brinquedos... E agora quer ficar comigo pra tentar esquecer o resto.

Caramba, viver exige um sacrifício dos diabos.

— Bem, Janaína, diria que você está parcialmente certa.

— O que que tá certo e o que que tá errado?

— Você está errada em quase tudo, exceto na parte em que eu quero ficar com você.

— Mas não é porque sou eu, podia ser qualquer uma. Você tá carente, ora.

— Engano seu, Janaína, eu nunca estou carente. Gostei de você, só isso.

— Hum, sei não. Você é estranho, sabia?

— Fique tranqüila, Janaína, beba sua caipirinha.

Estamos no balcão de um desses bares idiotas da Vila Madalena. Janaína escolheu. Música ruim alta, muita gente, garçons interativos, desses que puxam papo, perguntam onde você comprou isso ou aquilo. Me tratam como semelhante, deve ser por causa dos piercings, claro. É fácil fazer amizades, é só cortar o cabelo de acordo com o público alvo. Mas não preciso de amigos, já tenho Janaína. E vodka.

Janaína chupa o resto de sua caipirinha pelo canudo. Barulho horroroso, mas melhor que beba, quanto mais bêbada melhor.

— Não ficou mal, sabia? — já está com os olhos meio injetados.

— Não ficou mal, o quê?

— Seu visual — passou a mão na minha careca. — Não consigo lembrar direito como você era hoje de manhã, lá na loja, mas tá legal assim. Você se arrependeu?

— De raspar?

— É, de raspar, de pôr esses piercings todos.

— Não.

— Dói?

— Sim, um pouco.

— Por que você escolheu esse estilo?

— Não sei, foi o que apareceu.

— Como assim, apareceu?

— Eu estava em frente à loja, sei lá, resolvi entrar...

— Você é louco, cara. A sua cara, os seus olhos...Tenho medo de você, sabia?

— Não, não sabia — saco.

— Pois é, mas eu tenho.

Droga. Mudar de assunto, rápido.

— Sabe do que mais gosto em você, Janaína? — desconversei.

— Da minha sinceridade?

— Não, dos seus peitos.

— É nova. Homem é tudo igual mesmo.

Merda, o que ela quis dizer com é nova? Safada, sabe deus quanta saliva já não escorreu por essas tetas. Uma pilantra, essa Janaína. Como é que eu posso me excitar com uma sem vergonha dessas? Você faz um elogio e a desgraçada te esnoba, te joga na mesma lata de lixo em que deposita suas raspas e restos de pratos. "Homem é tudo igual". Igual é o cacete, sua mequetrefe. Melhor sair fora, estou de bobeira, perdendo meu tempo. Se bem que tempo é o que mais tenho.

— Mas são bonitos mesmo. Tenho orgulho deles. — Alongou o tórax, olhou para o decote, depois pra mim e sorriu. Caramba, ela sabe, claro que sim, sabe que eu estou obcecado por essas tetas. Fui um idiota, pra que fui endossar o que ela já está farta de saber? Era só ter dito "sim, Janaína, adoro sua sinceridade", pronto, tava tudo resolvido. Figueira, você manda mal, cara.

— Janaína, me diga sinceramente, quanto podem valer esses lindos peitos?

— Como assim, valer? — parece ressabiada.

— Exatamente o que você ouviu; quanto eles podem valer?

— Escuta aqui, P.A., você está insinuando que eu me vendo? Você acha que eu faço programa, que sou puta? — *bem* ressabiada.

— De jeito nenhum, Janaína, putas não trabalham em lojas de brinquedos.

— É isso mesmo, P.A., mas continuo não entendendo sua pergunta.

— Estou falando de um valor mais simbólico, Janaína.

— Mas é grana, dinheiro?

— Depende...

— Depende do quê, P.A.? Não estou entendendo, você é louco, cara.

— Veja bem, Janaína, seus peitos são supostamente lindos...

— Por que supostamente? — interrompeu.

— Porque eu não vi os peitos, ora, estou imaginando, pela amostragem, — apontei o decote — percebe? Mas sinto que poderia venerá-los, reverenciá-los. São valiosos para mim, como uma obra de arte, entende? As pessoas pagam fortunas por um quadro, por quê? Porque é a única maneira de exaltar sua real beleza. É como dizer; esta maravilha é de uma beleza capaz de transcender a própria matéria, é espiritual, portanto pago uma quantia irreal, uma fortuna que supere o próprio lastro da moeda, entende?

Está colando. Continuo.

— Se esse valor é uma vida ou se é dinheiro, pouco importa, mas o fato é que os homens precisam sempre mensurar o valor das coisas belas. Se digo que pagaria uma fortuna para repousar minha cabeça sobre os seus peitos, essa é apenas uma maneira de reconhecer a divindade que há em você. Enfim, quero apenas dizer que eles me parecem de valor inestimável.

— Mas o valor é espiritual ou grana? — parece interessada.

— Dá no mesmo, Janaína. Pode-se estipular um valor monetário para medir a grandeza espiritual, a moeda é uma unidade de medida, como uma balança ou régua.

— Ah, agora entendi. Legal. E quanto você acha que poderiam valer?

— Valer, o quê? — me faço de besta.

— Os meus peitos, ora.

— Ah, claro. Olha janaína, se eles são o que eu imagino que eles sejam... muito, muito mesmo.

— Muito quanto?

— É difícil dizer, não sei... realmente, mas olha, é bastante. Pensaria em dólares, euros...

— Dólares? — palavra mágica.

— Claro: moeda universal para beleza universal.

— Ah, mas agora eu tô curiosa. Fala quanto, vai.

— Não sei Janaína, estou por fora dos preços de mercado.

— Mercado? Mercado do quê? — se assustou.

— De arte, claro, obras de arte.

— Hum. É mais de cem?

— Cem o quê, cem dólares?

— É.

— Pelo amor de Deus, Janaína, cem dólares não pagam nem esse decote. Estou falando de mercado de arte.

— Duzentos?

— Janaína, não brinque comigo. Quando se fala em mercado de arte nunca se concebe menos de três zeros.

— Três zeros, três zeros... Deixa ver... Mil?

— Pra começar, pra começar.

— Uau!

Figueira, você é do grande, do grande...

***

Observo Janaína ir até o banheiro. Tem uma bela bunda, mas não dou tanta importância às bundas. Cus então, passo longe, verdade mesmo, não sei como tem gente que come cu. O homem não pode ver um buraco, é triste. Onde já se viu, comer cu? Coisa mais descabida.

Faz tempo, devíamos estar casados havia um ano, um pouco mais, sei lá. Suzana me aparece com uma pomadinha suspeita, se achega com uma conversa mole: que sei lá... estive pensando... a gente poderia... variar... e coisa e tal... experiências diferentes... então, sei lá...

— Você quer que eu te penetre por trás, é isso?

— Ai, Figueira, que grossura, isso é jeito de falar?

Grossura, sei, fino é dar o rabo, então tá.

— Você quer uma experiência anal, é isso?

— É, acho que pode ser legal, o que você acha? — e veio se enroscando.

— Se você fizer questão...

— Como assim, se *eu* fizer questão? Até parece que você não quer.

— Por que eu deveria querer?

— Ah, Figueira, todo homem quer, caramba.

— Hum...

— Olha, Figueira, estou ficando constrangida, droga. Até isso eu tenho que mendigar? — me empurrou e foi pro outro lado da cama.

— De jeito nenhum, já disse, se você quer...

— Se *eu* quero, é isso? Pelo amor de Deus, Figueira, se *nós* quisermos, *nós*. Somos um casal, caramba. Você sempre estraga tudo, porcaria.

— Suzana, a relação anal pode ser...

— Pode ser porra nenhuma, Figueira, não quero mais, desencanei, deixa pra lá. Você é capaz de fazer broxar a mulher mais quente do mundo.

Silêncio

— E tem mais, você ainda vai me implorar um anal, e aí vou ser eu a fazer cu doce, pode ter certeza. Nunca vi, só nesta casa, não é possível.

Contrariando suas previsões, nunca a procurei para fins dessa prática indigesta. Não se tocou mais no assunto. Creio que o sujeito da bolsa de valores tenha comparecido prontamente para executar o serviço sujo. Pior pra ele, eu acho.

Janaína vem voltando. Prefiro ela de frente, com certeza.

dez

— Qual o seu signo?

— Por quê?

— Por que, o quê?

— Por que você quer saber?

— Sei lá, P.A., curiosidade.

— Capricórnio.

— Tinha *certeza*, *certeza*.

É, e eu tenho *certeza* que ela diria que tinha certeza mesmo se eu dissesse que era virgem, gêmeos ou qualquer outra porcaria. Já fiz esse teste em outras ocasiões.

— Sua ex-mulher é o quê?

— Mas que diabos, Janaína, o que te interessa o signo da Suzana?

— Nada, ora, quero imaginar como era a relação de vocês.

Silêncio.

— Fala, P.A., vai.

— Touro, Janaína, ela é de touro — coisa mais idiota.

— Hum. É, vocês combinam, têm tudo a ver — concluiu.

— Bem, é você que está dizendo.

— Eu sou sagitário.

— Isso é bom ou ruim? — finjo me interessar.

— É bom, claro. Você não me acha legal?

Olho pros peitos.

— Acho, claro. São boas de cama, as sagitarianas — inventei isso, lógico.

— Você é bem mulherengo, né P.A.? — intimou.

— Não, Janaína, o pior é que não. Tive pouquíssimas mulheres.

— Duvido, esse seu jeito...

— Duvide se quiser, mas é verdade.

— Quantas?

— Quantas o quê, mulheres?

— É, quantas?

— Contando você?

— Ai, P.A., como você é convencido. Quem disse que eu quero ficar com você, hem? — empinou o nariz, bem safada.

— Eu acho que você quer — arrisquei.

— Hum... Será?...

Ela segura meu rosto e vem direto na minha boca.

Janaína sabe beijar, não tem mau hálito, a língua é bem macia. Beijos podem ser muito perigosos, até nojentos, mas Janaína está indo bem. Não gosto de beijar em público, mas a essa altura quero mais é que se dane.

— Não vá pensando que só por causa desse beijo a gente vai transar — arremata.

— Cala a boca, Janaína — dou mais um beijo.

***

Câncer, aids, falência múltipla dos órgãos. Nada é pior que a flacidez da pele. Janaína tem dezenove anos, sua pele é consistente, rija, parece borracha. Não tem quase nada na cabeça, bom sinal, tem a vida toda para enchê-la, seja lá com o que for. É disso que preciso; muita casca e pouco recheio. Sou um homem de opinião formada, tenho conceitos e pareceres a respeito de todas as coisas, o que me torna um sujeito chato, detestável e pernóstico. A gente se preocupa muito em aprender, definir, conceituar, mas talvez o caminho inverso fosse a melhor solução. Seria bom poder esvaziar a cabeça ao longo dos anos, morrer quase vazio, por vias que não fossem as das doenças degenerativas, claro.

Vovó morreu de arteriosclerose, aquilo foi demais pra mim.

Mal conheci minha mãe, ela morreu no parto da Marta, quando eu tinha dois anos. Morávamos eu, meus irmãos, meu pai e a vovó numa casa no bairro de Santana. Foi ela que cuidou de nós três. Gostava da velha, era maluquinha, engraçada até. Mas então as doidices foram perdendo a graça; incontinência urinária, perda gradativa da memória, fezes pra todo lado. Era comum topar com ela de madrugada na cozinha, nua, o corpo disforme, a pele flácida cumprindo o desígnio da existência: ascensão e queda. O peito vincado coberto de farelo de pão, boca suja, desdentada, as mãos trêmulas e o olhar vazio, perdido, como se não pudesse me focar. Me chamava de Valter, Ari, ou qualquer nome que lhe viesse à cabeça. Chegara a hora em que os papéis se inverteriam; teríamos que alimentar, lavar e pentear a velha todos os dias. Tarefa para a qual os filhos se preparam ao longo da vida, só que ela não era minha mãe, essa missão veio cedo demais, eu acho. Não podia mais amá-la, não naquela condição deplorável, não valia a pena. Talvez somente as mães possam amar incondicionalmente. Exceto o amor materno, o resto é conveniência, a gente escolhe amar ou não. Me senti aliviado quando ela morreu. Tinha dezesseis anos.

Dane-se, não sei por que fico remoendo. A vida é isso: a gente perde muito mais do que ganha. Hoje conquistei Janaína, menos mau, amanhã eu quero que se dane, invento qualquer coisa, sei lá, de qualquer jeito sobreviverei, é sempre assim, não é?

***

Tudo é questão de colágeno, crescimento celular, poros fechados. "A juventude é em si mesma uma virtude", frase boa, muito boa mesmo, não lembro quem inventou, mas poderia ter sido eu, garanto.

Estou bem animado, isso pode ser ruim. Janaína parece ser bem quente, me beija e vira o pescoço pra que eu morda.

O que eu faço? Mordo, lógico. E também aperto sua cintura. Depois não sei mais como agir, não aqui no bar, não sei o que se pode fazer em lugares públicos. Reparo nos outros casais, a turma é bem desinibida.

— Janaína, vamos beber mais — sugiro.

— Meu, amanhã eu tenho que estar às oito e meia na loja...

— Não vá, ora.

— Você tá louco, não posso perder o emprego.

— Pode sim.

— Cara, eu preciso do trabalho, da grana...

— Não. Você *pensa* que precisa.

— Você tá pirando. Ninguém paga as minhas contas, cara.

— Eu pago, se você quiser.

— Não gosto que homens me sustentem — diz sem muita convicção.

— Não é sustento, é ajuda de custo — corrigi. Ela ri.

— Tá bom, só mais uma....

Quanto mais a gente bebe mais porco vai ficando. Janaína enfia cada vez mais fundo a língua na minha orelha. Faço o mesmo e sinto gosto de cera. Dou um belo gole na vodka, que se dane. Agora deu de querer morder o lóbulo, caramba, vai me matar de dor, por causa dos brincos, mas deixo que continue, não quero que ela pare, dane-se, pra que existe vodka? Chupo seu pescoço, está salgado, mas não vou parar. Outro gole. Ela está arrepiada, emite uns sons guturais, pode ser de tesão, mas também pode ser nojo, vai saber. Então mordo forte sua jugular, afinal sou vampiro, arrepia inteira, aperta minha coxa, me empurra e fica me olhando.

— Sabe P.A....

— Não, não sei.

— Cara, você é muito louco...

— Não, não sou.

— Sabe o que eu acho?

— Não, não faço idéia.

— Tenho medo de você, sabia?

— Sim, sabia, você já disse.

— Ao mesmo tempo, sabe o que eu acho?

— Não, você ainda não disse.

— Sinto atração por você, sabia?

— Não, não sabia.

— É, mas eu sinto...

— Ótimo, isso é bom.

— Será que vou me ferrar?

— Não posso saber.

— Ai, P.A., fala alguma coisa, só eu falo — resmunga.

— O que você quer ouvir?

— Ah, P.A., sei lá... Aquelas coisas legais que você tava falando, de beleza, de arte. Você fala um monte de coisas e depois fica quieto, estranho, nunca sei pra que lado você vai, ora.

— Teria que pensar...

— Como pensar? Fala o que você tá sentindo, ora.

— Tesão, Janaína, tesão.

Ela riu, olhou pros lados, disfarçou, depois encostou rapidamente as costas da mão no meu pau.

— Não é que é verdade? — cai na gargalhada.

Tenho vontade de estuprar Janaína aqui mesmo. Ela está linda, um pouco desfocada, os peitos, os olhos claros, tudo. O que vou dizer agora ela jamais compreenderá em toda extensão, porque para entender ela teria que saber o sujeito doente, estranho, miserável que sou e talvez ela não tenha tempo para inferências.

— Janaína, acho que sou capaz de chupar você inteira.

— Ah, é nova.

***

Se há uma coisa tão improvável quanto possível esta coisa se chama extraterrestre. Ou ereção, tanto faz. Suzana amargou muitas brochadas minhas. Dizia que não se importava, primeira mentira. Disse também que manteve contato com seres de outro planeta, segunda mentira.

Parecia estranha, olhar perdido, ausente, evasiva. Não que eu me importasse, pelo contrário, tanto mais distante e mais sossego eu tinha. Mas sabe como é, as pessoas não cabem dentro de si mesmas se estão atormentadas, precisam disseminar o mau humor. Estávamos na cama e eu senti que seria possível, depois de uma longa estiagem, tentar alguma coisa. Foi só me aproximar e...

— Figueira, você não vê que estou estranha?

— Sim.

— E você não vai perguntar o que eu tenho?

— O que você tem?

— Figueira, sei que você não é a pessoa mais indicada para eu falar do assunto, mas sei lá, você é meu marido e o que aconteceu acaba por atingir você... Figueira: eu fui abduzida.

Pensei que ela estava falando do sujeito da bolsa de valores.

— Você tem certeza de que quer discutir o assunto? — só de pensar me arrepiei.

— Eu preciso, Papai, não consigo mais suportar.

— Não me chame de Papai nesta circunstância, por favor.

— Tudo bem. Então, eles eram três...

— Três?!

— É, assim desse tamanho, baixinhos. Entraram pela janela do nosso quarto, você dormia e...

— Suzana, que diabos você está dizendo? — levantei a voz.

— Tá vendo, é inútil, sabia que você nunca iria acreditar.

— Mulher do céu, não se trata de acreditar, o ponto não é esse. Você diz que três caras entraram pela janela e te seduziram e quer...

— Figueira!

— ... que eu ache a história...

— Figueira!! Larga de ser tapado — gritou. — Eu não disse que fui *SE*duzida, caramba, eu disse *AB*, Figueira, *AB*duzida, porra!

— Ah, bom, então tá, tudo bem...

— Tudo bem uma ova! Estou cheia de chips implantados no corpo.

Me lembro desse dia não tanto pela história intergaláctica, mas porque foi a última vez que me aproximei de Suzana para fins sexuais. Isso foi há mais de dois anos. Ainda cheguei a pagar uma puta aqui, outra acolá. Então cansei. Cansei de foder, de falar, respirar, comer. Essas coisas enchem o saco mesmo, se for pensar.

***

Janaína está urinando pela centésima vez. Estamos bêbados, mas posso dirigir, claro, poder a gente sempre pode, só não sei se chego inteiro. Quero comer Janaína, é a única coisa que me passa pela cabeça. Não me importa o cheiro de xixi, o suor, nada. Ela quer dançar, mas que merda, dançar aonde? Pra quê? Não sei dançar, tenho vergonha, parece que todo mundo me olha, me sinto ridículo, não dá, é demais.

O telefone toca. Não o meu, o dela. Olho no visor: Robson.

Mas que porra, é uma vagabunda essa Janaína. Eu sabia, eu sabia, não vale nada. Deve dar pra meio mundo, a piranha. Você é um idiota, Figueira, ela é profissional, tá na cara. Coma essa putinha e pronto.

Olho pra trás, nem sinal de Janaína. Foda-se vou atender, ela não fez o mesmo? Pois é, já dizia Suzana: aqui se faz, aqui se paga.

— Alô!

— Quem fala?

— Figueira.

— É o celular da Janaína?

— Sim.

— Por favor, me passe pra ela — parece irritado.

— Está urinando.

— Olha aqui, posso saber quem é você?

— Já disse: Figueira.

— Que mané que Figueira o caralho. Quem é Figueira? — engrossou.

— Figueira, o namorado dela.

— Escuta aqui, filho da puta, tá de sacanagem? — berrou.

— Não.

— Vai se foder, viado do caralho! Põe aquela vaca na linha.

— Já disse, está urinando. E ela não é vaca.

— Olha aqui, seu manezinho de merda, você não me conhece, eu acabo com a tua raça e com a dela — tá bem exaltado.

— Vá dormir, rapaz, já é tarde.

— Escuta, ô bunda mole, escuta bem o que eu vou dizer. Você não faz idéia de quem eu sou...

— Faço sim.

— O que que é?

— Você é o Robson, correto?

Janaína aparece do nada. Passo o telefone: — É o Robson.

Ela está branca, muda, há quase um minuto ouvindo Robson. Seus olhos fixos em mim. Tento lê-los; medo, raiva, indignação, sei lá.

Ela desliga o aparelho, passa a mão na bolsa e sai correndo pra rua.

Vou na cola. Ela corre e eu corro atrás, devo estar ficando louco. Ela se vira, se certifica da minha presença, acelera e atravessa a rua sem olhar. Eu grito.

Não deu. Vejo Janaína voar uns cinco metros antes de estatelar no chão.

onze

Gasolina.

Serve pra tudo, a gasolina. Eu poderia atear fogo no meu corpo em frente a um órgão público. Encher vasilhames e enforcá-los com trapos velhos, lançar bombas. Fósforos e gasolina, bela receita para quem acredita em presságios, para quem tem lá os seus motivos, suas razões. Me basta o tanque cheio e nenhum lugar aonde ir. Quantos quilômetros um homem pode percorrer antes de parar; responder aos chamados fisiológicos, sentir o peso do chão comprimindo suas pernas, invertendo toda ação da gravidade? O que pode ser melhor no mundo do que a rodovia, o tanque cheio e a sensação ilusória de que tudo pode ficar pra trás? Impossível. O mundo vem no encalço, farejando o passado com ferocidade canina, tenacidade de credor, disfarçado na pele cândida de uma criança cruel que te lembra a todo instante das promessas não cumpridas. Mas a cento e cinqüenta quilômetros por hora a gente chega a acreditar que a vida ficou no último pedágio, que se livrou de vez dos holofotes delatores da memória. É quando acaba a gasolina, você pára e o passado surge como uma onda gigantesca no horizonte: água suficiente para esmagar cada célula do corpo.

O combustível sempre é pouco, não dá para ir muito longe. O entusiasmo seca, a curiosidade evapora no calor do dia, o ímpeto é sorvido pela rotina com sede de oito cilindros. Inesgotável é a mente e sua cruel capacidade mnemônica de repetir a vida, de infundir o passado no presente; transformar a existência numa pasta monocromática e insípida. Devo ser mesmo a tal gosma de que falou Suzana. Mas uma gosma mimética, que fique claro; reflito exatamente o que vejo. E o que me cerca é cinza, inanimado, disforme e fadado à desintegração. É questão de tempo, litros de gasolina, fósforos e uma pitada da inconseqüência humana. Porque a vida é isso, meu amigo, uma Caixa de Pandora: muita miséria e um punhadinho de esperança. Esperança volátil como combustível em chamas.

Então a gente compra um cachorro, uma japona de couro, uma motocicleta. Já é alguma coisa, eu acho. Dá pra se distrair um pouco enquanto aguardamos a morte, em total aquiescência. Mas ela pode custar a vir, o homem é resistente, no mais das vezes a febre não cede, mas também não mata.

Posso encharcar meu corpo e riscar o palito, mandar pro inferno os deuses da natureza e seu calhamaço de leis invioláveis. Talvez eu faça isso, amanhã, se me sobrar força, combustível.

Gasolina.

Não sei quantos quilômetros já fiz. Tenho que parar para abastecer. Não quero parar. Estou indo por aí e não sei se estou no sentido certo, mas dane-se, uma hora vou chegar. A gente sempre chega.

Deve ser três horas da manhã. Sinto frio, mas não importa. Nada importa se você tem uma estrada pela frente e motivos de sobra para continuar acelerando. Com sorte a gente consegue cumprir o tempo da vida antes de a gasolina acabar: morrer dez minutos antes de lançarem a próxima porcaria. Não quero aprender mais nada. Cansei de bulas e manuais de instrução, da telefonia celular, do sexo e sua inexorável condição de prazer. Realmente, não quero saber se foi bom pra você, dane-se, basta que tenha sido suportável pra mim. Lamento, Suzana, mas ao nosso redor há uma casa, crianças, o ranço das nossas glândulas, o azedume dos suores, o peso dos hálitos, densos e inflamáveis. Cansei da "nossa" música apenas sua: Sweet Caroline. Já disse, Suzana, não suporto a voz humana, se deveríamos ter uma música, que fosse instrumental. É impossível amar pessoas, você sabe, pessoas respiram, e cada vez que inalam estão tragando o que está em volta; tédio, dor, crime, revolta, merda: tudo aquilo que acabaram de expelir segundos antes. Nós, Suzana, somos isso: violência, desigualdade, supuração, náusea, mendicância, trânsito e também essa pílula que à duras penas douramos em nome de uma suposta felicidade.

Alegria, amor, liberdade, da maneira como entendemos são exercícios do ego e não uma qualidade da condição humana. Não existe a mulher que não faz mal a uma mosca, será que você não vê? O que existe é o cartão de crédito, Suzana, sua afetação, e a cegueira que te permite respirar alegremente dentro dessa bolha de ignorância que você chama de felicidade. Eu gostaria de odiá-la, verdade. Ódio é gasolina. Mas meu sentimento por você é o pior que existe, é de total indiferença. Já das crianças, bem, gosto, é sempre mais fácil gostar de crianças, ainda não foram concluídas.

Mas dane-se, você já não pode me alcançar, não enquanto o tanque estiver cheio, não enquanto esta motocicleta correr, não enquanto houver combustível.

Para todos os males: Gasolina.

doze

Não sei se Janaína sobreviverá. Fazer o quê? Não sei se sou culpado ou parcialmente responsável. Quem poderá dizer é ela, se não morrer, evidente. Devia ter olhado pros lados, é o básico, a primeira das leis de sobrevivência na cidade grande. Engraçada, essa história, a gente tem que seguir em frente, é o que dizem, mas perdemos metade da vida olhando dos lados e pra trás, porque é daí que vêm os ônibus, assaltantes, sócios salafrários e o probabilíssimo amante da sua mulher.

Estava bastante ensangüentada.

Uma cena chocante, recheada de ingredientes clássicos. Os desastres são mesmo uns clichês. "Crime hediondo", "acidente violento", "assassinato cruel"... Como se assassinato houvesse que cruel não fosse, engraçado.

Pois é, foi um acidente violento; dessas cenas que quando ocorrem em lugares ou horários de lazer não podemos mais nos divertir sem carregar certa culpa. Não dá para continuar na praia depois que um menino de cinco anos morreu afogado. Não fiquei para assistir, mas imagino que o bar deva ter esvaziado depois do atropelamento. Pra falar a verdade fiquei completamente sem ação. A presença de espírito nunca foi meu forte, sob efeito das vodkas o estado de inércia só agrava. Tinha uma mulher estúpida que não parava de repetir: "Meu Deus, que cidade é esta?". Falou isso umas dezenove vezes. Não sei de que diabos ela precisa se convencer. É um comentário desprezível, essas coisas me enchem o saco. Todo mundo acha que tem algo pertinente e original pra dizer a respeito do crime, da violência, do trânsito. Balela. Vão pro inferno ou como costumava dizer a minha finada vó: Vai reclamar pro padre. É isso aí, pra alguma coisa o padre tem que servir.

O que me lembro:

Um: o automóvel amarelo, em velocidade razoável, vem da Rua Aspicuelta, vira à direita na Fidalga e acerta Janaina, que olhava pra trás.

Dois: uns poucos segundos de silêncio absoluto.

Três: explosão de vozes: "Corre", "Ajuda", "Meu Deus!", coisa e tal.

Quatro: surge o voluntarioso. É o cara que comandará as ações. Sempre tem um cara desses.

— Dá licença, dá licença. Não encosta, não encosta, pode quebrar o pescoço... Está respirando. Alguém liga para o hospital. Depressa, porra, depressa!

O sujeito tira um canivete do bolso. É o típico cara que anda com uma bobagem dessas. Puxa a lâmina e encosta no nariz de Janaína.

— É, está respirando, está respirando — tudo ele repete duas vezes.

O motorista que atropelou desce do carro:

— Meu Deus, não tive culpa, ela entrou na frente. Não tive culpa, vocês viram, foi ela, atravessou sem olhar...

— Meu amigo, não é hora, aconteceu. O que já foi, já foi — decretou o chefe. Grande frase: "O que já foi, já foi", vou usar mais pra frente.

A perna de Janaína vertia sangue à torneirada. Aparece gente de tudo que é lado, em questão de minutos Janaína desaparece atrás da multidão. Eu não podia mais vê-la. Ouvia o comandante gritar.

— Vamos levar ela pro hospital. Não dá pra esperar ambulância. Abre caminho, abre caminho, porra!

E a outra:

— Meu Deus, que cidade é esta? Que cidade é esta?

— Quem está com ela, quem está com ela? — ouço o comandante perguntar.

Permaneço mudo. O que eu poderia dizer além de "eu, eu estou com ela, amigo"? Seria ridículo. Sou o cara menos indicado que existe para socorrer alguém. Mal posso ver uma mulher menstruada, que dirá estancar o sangue de Janaína. Há uns dois anos apliquei um Band-aid no Lucas. Mas isso foi há dois anos, a gente envelhece e vai perdendo o jeito pras coisas. Outra: não estava com Janaína. Não mais. O fato de sair com uma fulana não implica em ter de acompanhá-la na missa, ora.

— É ele ali ó — o garçon interativo me aponta. O povo se vira na minha direção.

— Calma cara, vai ficar tudo bem — alguém me diz. Que bonito, que bonito... O que seria do mundo sem os brandos e gentis?

— Você está de carro? — pergunta o comandante.

— De moto.

— Caralho. Um carro, rápido, um carro!?

Alguém aparece com um utilitário. Preto. Me ocorreu... sabe como é... carro funerário, coisa e tal... melhor não pensar.

Baixaram o banco de trás e acomodaram Janaína. Até ajudei um pouco. Parecia morta. O sangue jorrando, boca aberta, um resto de olho por trás da pálpebra. Um pé de tênis perdido. A barriga um pouco à mostra. Tinha uma tatuagem abaixo do umbigo, uma serpente. Quando as pessoas morrem é que a gente vê que não sabia quase nada delas. Quem diria, uma tatuagem... Pois é.

Uma mulher me entregou a bolsa de Janaína. Segurei aquilo como quem recebe condolências. Senti um aperto no peito. Que bosta, pensei, não o acidente, acidentes acontecem, o pior são estes vazios no estômago que sobram pros ilesos, as pessoas que, por força do destino, lá um dia se percebem enfermeiras, coveiras, babás. Pra trocar uma fralda geriátrica tem que amar pra caralho. Pra caralho. E você, Figueira, não é capaz sequer de odiar.

— Você vem comigo? — indaga o motorista. Perguntinha capciosa. Não sei quanto tempo levei pra responder, não faço idéia, mas sei que poderia passar o resto dos meus dias questionando a respeito. Sangue, acidente, Suzana, crianças, canivete, peitos, Power Rangers, vodka, interrogatório, boletim de ocorrência, Robson, motocicleta, hospital, éter, formol, madrugada, sala de espera, culpa(?), RG, CIC, ereção, UTI...

— Não, te sigo de moto — claro.

— Estou indo pro HC — e pulou no carro.

— Leve pra mim — eu disse e entreguei a bolsa.

— Abre, abre, abre — disse o comandante, afastando o povo.

Cinco: do lado da moto estava o tênis de Janaína. Ânsia de vômito. Mas talvez fosse a vodka, nem sei.

***

Estávamos na sala. Minha vó bordava uma porcaria qualquer, sentada na poltrona, de frente pra mim. A história era a seguinte: vovó sofria de varizes, erisipela, gota, sei lá, essas coisas que a idade contrai. Não podia passar muito tempo com as pernas abaixadas, eu me sentava num banco um pouco mais alto e ela descansava as pernas no meu colo, por horas. Detestável. Como uma pessoa consegue fazer isso com uma criança? Fácil, ora, chantageando. Eu ganhava cinco dinheiros da época para me prestar àquele trabalho insano. Procurava não olhar para os pés. Eram deploráveis.

Ao menos a velha contava hitórias. Eu ainda não tinha descoberto Zezé e Meu Pé de Laranja Lima, suportava até com certo interesse aquelas fábulas, quase tão chatas quanto a própria vida. Gostava de uma em particular, a do terrível e abominável Bicho Manjaléu. Cruel, o monstro. Basicamente o seguinte: a criatura devorava impiedosamente crianças mentirosas. As fábulas devem servir pra alguma coisa, pois apesar da enxurrada de defeitos, não sou mentiroso. Não vejo nisso uma virtude, simplesmente não minto, sei lá por que; preguiça, tédio, falta de criatividade ou talvez por medo de que uma fera me devore em nome da verdade. Sei lá, tanto faz, só sei que prefiro a crueldade dos fatos, normalmente são mais fantásticos.

— Vó, qual a graça de viver se a gente sabe que vai morrer?

— Ora, Figueirinha, é uma pergunta que não faz sentido...

— Faz, sim, ora, claro que faz!

— Então me diga: não é bom comer um chocolate?

— É.

— E você sabe que ele vai acabar, não sabe?

— Sei...

— Então, é a mesma coisa.

Janaína foi isso: um chocolate. Um doce que vislumbrei na prateleira. Cheguei a tocar mas nem tirei do papel. Porque a vida é assim: uma enorme loja de conveniências, entulhada de porcarias sofisticadas e caras que raramente podemos levar.

Assim que subi na moto desisti de Janaína. O carro virou à esquerda e eu segui em frente, porque é isso o que deve ser feito, era o que eu *deveria* ter feito ao longo da vida: seguido em frente, sempre em frente, ao invés de patinar na mesma maldita merda por mais de quarenta anos, olhando pros lados e indo até a janela pra ver se o carro ainda estava no lugar.

Talvez eu tivesse socorrido Janaína se não aparecessem aqueles caras, pode ser, não sei. Questão de humanidade, solidariedade, sei lá. Se bem que não possuo tais virtudes. Pra falar a verdade pouco importa, detesto os altruístas, heróis da pátria, os filantrópicos e sua insuportável aura de super-herói. Mas o fato é que o planeta precisa desses tipos, alguém tem que fazer o serviço sujo, porque se formos esperar ajuda do céu estaremos mais do que fodidos. É, é bom poder contar com um cara como esse do carro preto. Como é que esse sujeito tem coragem de fazer uma coisa dessas; sair do bar, largar a namorada, meter o corpo semi-morto de um desconhecido no porta-malas e se mandar pro hospital? Vai entender... Isso é a mesma coisa que ir a uma festa depois de terminada só pra lavar a louça. Vai entender... Deve sentir prazer em sangue, morte, sei lá, só pode ser por aí. O mundo está cheio de gente desequilibrada, impressionante.

Caramba, se a gente for ver é só desgraça. Miséria, tragédia e desgraça. Mas enfim, a vida é isso: tirando a trilha sonora os filmes musicais são espetaculares.

***

— Completa até a boca.

— De quê?

De merda! É o que tenho vontade de responder.

— Gasolina, rapaz, gasolina.

— Comum ou aditivada? — tá afim de papo.

— Tanto faz, cara, qualquer uma.

— Então aditivada. Uma máquina dessas merece coisa boa. Olha, vou dizer...

— Onde é o banheiro? — interrompo.

O banheiro fede. A privada está cheia de cocô espalhado pela porcelana. Ao menos mijamos de pé e não menstruamos, já adianta um lado, eu acho. Urino na pia enquanto me olho no espelho. Parece que foi há anos; a loja na Augusta, os piercings, a moto, Paulo Augusto, casamento, Suzana, Janaína. Tudo aconteceu há meio segundo. O passado é um saco cheio de tralhas que carregamos nas costas, todo o entulho que juntei veio parar na minha cabeça assim que brequei a motocicleta.

Janaína. Que merda. Maldita biscate, me deixa de pau duro e se enfia na frente do carro. Estava bom com Janaína, os beijos e tudo. Eu tinha um lugar pra ir com ela: a cama. Peitos pra chupar, coxas, boceta, bunda, essa coisa toda. Vai morrer, Janaína, sei que vai, fiz bem em me mandar. Devo estar triste, pela minha cara acho que sim. Dane-se, qual o problema? Não há mal nenhum em ficar triste, ora. Não mesmo, caramba, não tenho do que me envergonhar, tem gente que vive chorando, caramba. E tem mais: nem sei se estou mesmo triste, estou supondo, analisando, pesando os fatos, não dá para afirmar nada por enquanto. É normal ficar pensando nela, afinal estávamos juntos há poucas horas. E teve o acidente, porra, também não sou um monstro. Tudo bem, sei que não sou o tipo que oferece a mão, concordo, mas ainda tenho sentimentos... poucos, é verdade, mas tenho.

Pensando bem, não estou triste. Estou preocupado, é bem diferente. Se Janaína tivesse morrido na hora eu não estaria nem aí. Mas ela pode sobreviver, e esta possibilidade me deixa apreensivo. Torço pra que tudo corra bem, afinal é um ser humano. No mais, belos peitos a gente vê de tonelada, tem sobrando, todo mundo sabe, é só prestar atenção.

Dane-se.

Lavo os piercings e removo o sangue seco. A careca parece que está mais branca, não sei, ou pode ser esta maldita luz florescente. Transforma qualquer ambiente numa sala cirúrgica. Somos muito mais humanos sob o foco inquiridor dessas luzes. Luz florescente e merda, Deus do céu, é como meter um fragmento de consciência no microscópio.

Penso naquela turma lá na Índia, dividindo o tempo entre preces, jejuns e excreções... Pois é, parece um contra-senso; aquela gente mal se alimenta e o país parece atolado em merda, sei bem como é, vi na televisão: merda pra todo lado, a oração acompanhada de desarranjos. Verdadeiramente, preferia ser um caranguejo, juro por Deus. Um país literalmente chafurdado na merda, uma cultura incompreensível, inexpugnável, fundada sobre pilares de merda seca, cascalho e o aço inflexível de uma fé cega e caótica. Na maior latrina do mundo se ora e se caga, se ora e se caga... Agora me digam: em nome do quê? Sei lá, devo ser louco.

Olho pra esta privada entupida de merda e penso que daria um ótimo púlpito para um pastor evangélico. Escritura numa mão, sacolinha na outra.

Dois frentistas examinam minha motocicleta. Saco, farão perguntas, já sei.

— Quanto vale?

— Dezenove mil dólares.

O pobre coitado assobia e baixa a cabeça. Talvez não ganhe isso durante a vida. Fazer o quê? Neoliberalismo. Quis saber o preço, não quis? Pois é, só fiz informar. No fundo é bom, quero dizer, ele saber com exatidão contábil a discrepância do mundo que habita. Lamento, rapaz, de verdade, você parece menos idiota que o seu colega aí. Talvez um dia compreenda que este objeto de fetiche é só um amontoado de lata altamente oxidável. Mas é difícil, não é? Não dá pra imaginar a vida sem a veemência perecível dos descartáveis. É, eu sei, também já fiz questão dessa tralha toda.

— Escuta — desconversei —, qual é a próxima cidade?

— Paraíso do Sul, dezesseis quilômetros. Cidade boa, comida...

— Tem puteiro lá? — vamos ao que interessa.

— Vish... que tem, tem, sô. — Riram, os dois, parece que contei uma piada.

— Mandá ele na Vilma...

— Vish! Lá o bicho pega. Só que é caro...

— Caro. Tá louco, Zé? Caro pra gente, o amigo aí fecha o lugar.

— Ainda está aberto? — interrompo.

— Vish, lá num fecha não. Não sei como é lá de onde o senhor vem, mas aqui puta é vinte quatro horas. Se tem mulher trabalhadora em Paraíso é puta.

Noventa e cinco milhas. Não sei quanto dá em quilômetros, mas estou correndo. Sinto frio, mas dane-se, gosto do vento e de ultrapassar caminhões na curva. Não há banco de passageiros, não conduzo mulher e crianças. Se eu morrer vai ter muita gente soltando fogos. Suzana poderá torrar dinheiro à vontade, provavelmente num balneário de mau gosto, tipo Cancun, ao lado do recém-assumido noivo: o simpático Carlos da bolsa de valores. Bem melhor que o finado Figueira, com certeza. Já as crianças, coitadas, acho que sentiriam. Precisam da família, essa "invenção neolítica", como disse um cara aí. Antes da maldita fase neolítica e do advento da deplorável sociedade, o homem andava em bando. O negócio era o bando. Família veio bem depois, para povoar o planeta de pequenos quistos auto-protetores, ensimesmados, mesquinhos. Daí para as grandes famílias: família judaica, família católica, família corintiana, família negra; esses conglomerados de gente reunida em torno da mesma neurose. Quero que se danem. Não existisse família e teríamos muito menos marmanjos mamando nas tetas da mãe até os trinta anos.

Paro numa ponte. A noite está clara, dá pra ver o rio lá embaixo. Abro a mochila, tiro o celular, os bonecos Pawer Rangers e arremesso os três com toda força. Abro a carteira e tiro a fotografia do Eduardo. Sinto um impulso idiota de beijá-la, mas me contenho. Solto a foto e ela cai em ziguezague, feito folha seca.

Agora, rumo à Vilma. Família Vilma.

treze

Suzana sempre soube que eu freqüentava puteiros. Não se importava. Não que ela consentisse, mas havia uma espécie de conivência tácita, devidamente adequada aos padrões burgueses: melhor aceitar que o marido recorra ao serviço profissional do que conviver com a idéia de que ele possa vir a se apaixonar pela secretária. Afinal, "homem é assim mesmo, ora". Os caras da Leidermman, por exemplo, freqüentam casas de massagem a cada quinze dias. Vão lá comer rabos, mijar em cima das putas, pedir que lhes enfiem os dedos no próprio cu, em suma: obscenidades chinfrins que por culpa, vergonha, pudor ou sei lá o quê, não têm coragem de praticar com as digníssimas esposas.

Freqüentei a putaria durante um bom tempo, mas por outros motivos. Diria que por razões justamente opostas àquelas do pessoal da Leidermman. Antes de me tornar um pedaço de carne ambulante sujeito à ereções, atender por Papai e me curvar definitivamente à eficácia inanimada do sexo papai-mamãe, eu e Suzana tivemos lá nossos momentos. Acho que sim. Fazíamos o meia-nove, eu gozava nos peitos dela, na cara, na boca e até aprendi saborear sua vagina. Não era ruim não.

Lá um dia ela inventou de chupar meu cu. No outro pediu que eu chupasse o dela. E de imundice em imundice a gente ia vivendo, se sujeitando a essas porcarias. Até o tal dia em que ela veio com aquela história de sexo anal. Como se não bastasse ter enfiado o dedo no meu rabo, agora eu teria que fazer o mesmo, eu estava cercado. Já estava pelas tampas com as experiências nauseabundas de Suzana e sabe deus aonde essa escatologia toda nos levaria. Uma porca pervertida, a Suzana.

Uma vez que eu não me sujeitava às novas experiências, Suzana deu pra falar obscenidades durante o coito. Mulheres e sua irrefreável loquacidade.

— Vai, isso, isso, fode gostoso, fode, isso...

— Estou fodendo, Suzana — saco.

— Vai, então fode, enterra tudo, enfia mais, enfia mais... (Já *tinha* enfiado tudo).

— Deixa eu ser sua puta, deixa, fala, fala que sou sua puta, fala, fala...

Silêncio.

— Ai Figueira tesudo, fode, me fode. Vai, me chama de puta. Fala, por favor, fala que eu sou sua puta...

Mas que saco.

— Você é minha puta — ponto.

— Ai... isso, eu sou, sou sua puta, sua, só sua. Me rasga toda, me faz escorrer, encharcar o lençol, isso... me fode... Isso, me fode que nem um cavalo isso... Adoro ficar de quatro pra você... Cavalo... Fala, fala que você é o meu cavalo cacetudo, fala...

Silêncio.

— Fala, Figueira, fala: "Sou seu cavalo, minha égua arreganhada", fala, vai, quero ouvir, isso... ai... isso...

Silêncio.

— Fala! — já está aos berros — Fala que você é o meu cavalo...

Interrompi o ato. Ela me olhou assustada.

— Porra, Suzana, não vou falar um absurdo desse. Não tem o menor cabimento: "Sou o seu cavalo cacetudo, minha égua arreganhada", onde já se viu tamanho despropósito?

Suzana armou um escândalo, me expulsou do quarto. Passei quase um mês dormindo no escritório. É, coisas de amor e sexo, que com o passar dos anos derivam para o ódio e masturbação.

Por isso, vez ou outra, me entregava à luxuria silenciosa e calma das profissionais. Não há mais espaço para amadores neste mundo.

Lugar escondido, a casa da Vilma. Desligo a moto. Tem cinco carros na porta. Uma das meninas espia pela janela. Toco a campainha e um bicha travestido de Marilyn Monroe abre a porta. Começou mal.

— Boa noite, entre, por favor. Já conhece a casa?

— Não.

Marilyn me leva até uma sala cafona; meia-luz, um bar de mogno horripilante, música lenta, dois ambientes compostos de sofás de napa e poltronas engorduradas. Quatro caras e umas onze putas espalhados pelo recinto. Um dos caras dança com uma das meninas.

— Quer beber alguma coisa?

Concordo. Sentamos no bar. Marilyn explica como funciona a casa, enquanto o garçom me serve um copo duplo de vodka. A bicha fala sem parar. Desfoco o ouvido e observo as meninas. Quero uma peituda.

— No quarto tem banheiro, ventilador de teto, rádio FM, roupão...

Caralho, não tem uma peituda que preste.

— ... e o tempo é de cinqüenta minutos. Se for ficar mais de duas horas tem desconto de dez porcento e dá direito ao drinque da casa. Se for dormir...

Que bosta de puteiro.

— ... então, por mais $ 50 você também pode...

— Escuta, — interrompi — a Vilma poderia me atender?

— Tá falando com a própria, fofo.

Caramba, tô é fodido.

— Olha, Vilma, vou ser bem objetivo. Estou atrás de uma mulher de peitos grandes e rijos. Tem que ser duro, não interessa teta caída.

— Hum — me mede, na verdade a bicha não tira os olhos dos piercings. Não deve ter muita gente assim por aqui. — Tá vendo aquela alí, é a Claudia, ela...

— Não serve. É velha. Qual a idade da mais nova aqui da casa?

— *Dezoito*, filho, claro.

— Hum, sei, entendi... Me diga uma coisa, Vilma, vamos supor que você tenha, para clientes especiais, alguma garota de dezoito, claro, mas com aparência de quinze. Sabe como é, uma peitudinha com jeito de catorze. Entende?

— Claro — me olha desconfiada.

— Posso pagar o suficiente — facilito as coisas.

— Veja bem...?

— P.A. Me chame de P.A.

— Pois é, P.A., me diga uma coisa, você está na cidade desde quando?

— Acabei de chegar.

— Hum. Por que você não escolhe uma das meninas que estão aqui? Tem mulher pra escolher... — agora fala com voz de homem, sem afetação.

— Vilma, não gostei de nenhuma. Se você me conseguir esta especial, sempre de dezoito, claro, mas com jeitinho de treze, muito bem, caso contrário, pago a vodka e me mando. Vou procurar na rua.

— Na rua, aqui em Paraíso, às quatro e meia da manhã? — se indignou.

— Justamente.

Silêncio. Ô bicha desconfiada. Me olha séria, sisuda até.

— Termine seu drinque, vou ver o que dá pra fazer.

A bicha pede o telefone sem fio pro garçom, vai até o canto da sala e volta um minuto depois.

— Quinze minutos — me diz.

— Me diga, Vilma, ela...

Sai andando e me deixa falando sozinho. Bicha de merda.

Lugar deplorável, não sei se agüento quinze minutos. Viro a vodka, peço outra. Não consigo parar de pensar na maldita Janaína. Talvez devesse ligar para o hospital, questão de solidariedade. Aquilo era mulher, se era. Beijava bem. Eu poderia casar com Janaína. Melhor, seria seu amante, o idiota do Robson que se prestasse a pagar as contas. Filho da puta, tudo culpa dele, por que tinha que ligar? Ela deve gostar do cretino, saiu correndo daquele jeito. Uma vaca, Janaína, se for ver. Não vale a pena pensar, a essa hora eu já teria gozado duas vezes e não estaria suportando seu jeito suburbano. Tatuagem de serpente em cima da boceta, onde já se viu? Uma baranga de segunda, Janaína. Me deixou com tesão, a desgraçada, agora vim parar nesta espelunca. Tudo culpa sua, Janaína, sua e do Robson. Vão pro inferno!

***

Outra vodka. Já se passaram vinte minutos, melhor ir embora. Foder é um troço complicado, uma porcaria, se for pensar. Depois de gozar é que a gente vê que foi tudo em vão. Vou me arrepender depois de comer a putinha mirim, sei que vou, certeza. Se bem que é bom comer uma menina de doze anos. São durinhas e tal. Pelo menos Suzana não sai da academia. É bem dura, a estúpida, sarada, como ela mesma se define.

A mais nova que comi tinha treze. Mas eu tinha quinze, então não conta. Aos trinta e nove comi uma de catorze no puteiro de Pindamonhangaba, quando fomos visitar tio Agenor, aquele que bolinava Suzana. Quem me levou foi o marido de Soraya. Eram recém-casados, um sujeito até que decente, um tanto emotivo, mas boa praça. Tanto é verdade que só ficaram casados quatro meses.

— Sabe, Figueira, essas meninas que comemos não têm quinze anos...

— Provavelmente não.

— Pois é, cara, isso me deixa mal.

Sei, por que não pensou nisso antes de comer?

— Bobagem, Edson, deixa pra lá.

— Não, Figueira, sério. É um pecado uma menina dessa idade trabalhando num puteiro. Sei que sou um filho da puta, estou agindo a favor do crime, da delinqüência, da perversão...

— Você não perverteu ninguém. Ela é uma puta.

— Mas Figueira, as meninas não tinham quinze anos...

— Olha Edson, quando eu tinha quinze comi uma de treze que morava na minha rua.

— Pois é, você disse tudo. Você tinha quinze e não quarenta.

— Pior pra ela.

— Como assim?

— Eu teria trepado bem melhor e ela teria sido melhor tratada se eu titivesse trinta ou quarenta. Simples.

— Você está brincando...

— Não, não estou. Se a menina dá prum cara de quinze, dezoito ou quarenta, a questão é pura e simplesmente numérica. Matemática. E matemática não tem nada a ver com sexo.

— Será?

— Quando a mulher menstrua ela está fisicamente pronta para a cópula. A maldita natureza atesta isso. É assim entre os índios, em certas culturas. O que acontece é que as mães educam suas crias para preservarem o cabaço o máximo possível. Em nome do quê, realmente não sei. Parece um desperdício.

— É, mas não é assim que funciona. Tem a questão do preparo psicológico. Muitas vezes a menina de quinze é uma criança, se bobear ainda brinca de boneca.

— Culpa da família, então. Da cultura, sociedade, sei lá. Pouco me interessa, se você quer saber. Se o pai cria sua filha para casar com um sujeito educado, de pau pequeno e conta bancária gorda, pior pra ele, ora.

— Pior por quê?

— Porque a possibilidade do contrário ocorrer é muito maior.

— Você realmente não se sente culpado, né?

— Culpado? Por favor, Edson, pagamos uma nota pelas duas. Se há motivos para culpa, é apenas este: estamos mais pobres.

— Fala sério, cara...

— Eu *só* falo sério, Edson. Entenda o seguinte, rapaz, a Natureza é cruel, impiedosa, elege e depõe com a frieza de uma massa enfurecida. Você hoje é jovem, forte, saudável. Seus músculos atendem às suas vontades, seja para erguer seu falo, para defecar ou simplesmente conter a urina. Num piscar de olhos — porque acredite, é muito rápido, você estará engruvinhado, impedido de fazer as coisas de que sempre gostou. Estaremos presos a uma cadeira próxima da janela, observando ela, a Natureza, plena, prolixa, acontecendo diante dos nossos olhos praticamente cegos. E a mulher mais próxima estará vestida de branco, trocará as fraldas, limpará o ranho, enquanto experimenta um misto de nojo e piedade.

— Caramba, Figueira, quanta revolta... Sei lá, a vida é assim...

— Justamente, Edson, a vida é assim. É a irrevogável condição humana. Já nascemos sentenciados, a única verdade dada como certa é esta: adubaremos a terra, o resto são meias verdades. Então não me venham com a história de que uma menina de treze anos, exalando sexo e hormônios, transbordando de dentro de si, não pode fazer sexo porque ainda não tem idade. Pois então me diga, quando ela terá idade? Aos quarenta, quando o sexo deixa de ser a prática do prazer e se torna exercício de sobrevivência? Aos setenta quando ela mal lubrificará, numa tentativa grotesca de contrariar o inevitável? Ora, francamente...

— Talvez você pensasse diferente se tivesse filhas.

— Engano seu, Edson, muito pelo contrário. Enterrei meus melhores anos. A bem da verdade ainda não nasci. Talvez eu nunca saia do útero no qual me recolhi. Mas é outra história, não vem ao caso. Não desejaria o mesmo para um filho meu. Que desse aos treze anos para um cara de quarenta. Melhor que dar para um de dezoito aos sessenta e cinco.

— Com certeza — soltou uma gargalhada.

— Não se sinta culpado, pode ser que ela tenha gostado, vai saber...

— É, Figueira, teoricamente você pode ter razão...

— Teoricamente?

— É, quer dizer, até entendo a parte do sexo aos treze, mas é foda ver uma menina prostituída.

— Com certeza. Mas não é uma condição muito pior que a de um rapaz de quinze anos que é assistente de operações no pregão da bolsa. Passará quinze, vinte anos, dedicado ao culto da especulação, fabricando lastro, tirando seu sustento de uma moeda virtual. Um atravessador sanguinário que no futuro chamarão de bem sucedido. Mais ou menos como um corretor de imóveis.

— Boa — ele riu. — Sabe, Figueira, estou surpreso, mesmo. Não imaginava que você tivesse tantas idéias. Você está sempre quieto, quase não fala, a gente sempre acha que você está insatisfeito...

— E estou.

— O quê?

— Insatisfeito, as coisas me aborrecem.

— Mas cara, veja bem...

— Deixa pra lá — interrompo — já falei demais. Deve ter sido a vodka.

***

Vodka. Estou quase bêbado e nada de puta. Vilma sumiu. O garçom não sabe de nada. As putas não falam comigo. Caramba, sou cliente, porra. Que merda de puteiro é este?

Problemas. Dois homens mal encarados caminham na minha direção, seguidos de perto por um policial e Vilma, a bicha mundana.

— Investigador Alcides — abre a carteirinha. Cinema, cultura de massa, enfim. Não digo nada.

— Documento — não tira os olhos de mim.

Aguardo.

— O que você está fazendo em Paraíso? — parece um cachorro latindo.

— Estou de passagem. Parei para tomar uma bebida. A casa foi bem recomendada.

— Recomendada? — Aproximou seu rosto do meu. Deve se tratar de alguma técnica de investigação.

— No posto de gasolina, antes da cidade.

Vilma está mais afastada. Braços cruzados, olha para o chão, bate o pé no assoalho. Não estou entendendo nada.

— Vem de onde? — rosna.

— São Paulo.

— Hum. Destino?

— Não sei. Estou viajando.

— Fala mais alto, não ouvi — latiu.

— Estou viajando, só isso.

— Ah, você está viajando, mas não sabe aonde vai... sei. A moto aí fora, é sua?

— Sim.

— Posso ver os documentos?

Entrego. Vilma me olha de esguelha.

— Onde está sua bagagem?

— Não tenho.

— Como é, não ouvi? — gritou.

— Não tenho bagagem.

— Não tem bagagem. Está viajando sem bagagem?

— Algum problema?

— *Eu* faço as perguntas — faltava esta frase, agora está perfeito.

— Com licença, investigador, não quero contrariar o senhor, mas fiz algo errado? — também assisto a uns filmes. Ele demora a responder, também faz parte.

— A moça aqui, quer dizer, o rapaz, — apontou Vilma — disse que você está procurando crianças. Do que se trata, é alguma sobrinha, filha perdida?

Começou a ladainha. Olho pros lados e todos sumiram, exceto nós cinco e o garçom.

— Investigador, é um mal-entendido...

— Porra, dá pra desligar essa merda de rádio!? Mas que caralho... porra... Continue.

— Como eu disse, só parei para uma bebida e...

— Pretendia dormir aqui? — cortou. Caramba, sinuca de bico.

— Não, não pretendia.

— E ia dirigir depois de beber, é isso?

— Não, pretendia esperar...

— Esperar o quê?

— Baixar o efeito, foi só um drinque...

— Denílson, — grita para o garçom — o que o cidadão aqui bebeu?

Todos olham pro Denílson.

— Vodka, doutor, só vodka — responde, cabisbaixo.

— Quantas?

Ele estende a comanda.

— O senhor tomou seis doses. Três duplas, pra ser preciso, procede?

— Procede — assumi. Fazer o quê?

Silêncio. O desgraçado se senta no banco colado ao meu e aproxima o carão. Olha pro meu documento, confere o nome.

— Escuta aqui, Vanderlei, onde você estava ontem de madrugada?

— Na minha casa, em São Paulo, dormindo.

— Alguém pode confirmar?

— Sim, minha mulher.

— Telefone?

— Não vou dar.

— O quê? — e parou a dois centímetros de mim.

— O senhor ouviu, investigador. Não infringi lei alguma. Bebi sim, é permitido por lei, não estou dirigindo. Estou quieto, aguardando uma amiga de Vilma, que ela — apontei a bicha — queria me apresentar. Estou bebendo vodka, no que parece ser um bar, não incomodo ninguém. Se o senhor tem alguma coisa a acrescentar por favor seja objetivo.

O policial e o outro, à paisana, se aproximam.

— Você é bem atrevido, meu amigo.

— Não, não sou atrevido. E nem seu amigo.

Ele praticamente cola seu rosto no meu.

— Olha aqui, ô babaca, tô tendo paciência, tá ouvindo? Você nasceu e eu já pedalava. Você vai me explicar muito bem explicado o que veio fazer aqui. Não sou idiota. Você vai dizer o que pretende com uma menina de quinze anos, o que está fazendo em Paraíso e por que suas botas e sua calça estão sujas de sangue.

catorze

Estou comendo Soraya, minha cunhada. Ela está de quatro. Percebo que tem a bunda firme e consistente para quem não faz ginástica. Geme bastante, mas sem os exageros da irmã, gosto disso. Penso que talvez tenha optado pela irmã errada, fode muito bem, a Soraya. Sei que não é correto, mas dane-se, ela quis, não quis? Pois bem, agora que se entenda com Suzana, lavo minhas mãos, sei que sou inocente. Fodo cada vez mais forte, mais rápido. Estou a ponto de gozar quando Eduardo, meu filho mais velho, abre a porta do quarto. Interrompo o coito imediatamente e corro na sua direção. Ele dispara escada abaixo e eu o persigo pelado pela casa. Nunca vai me perdoar, o pestinha. Vasculho a casa atrás do garoto. Desapareceu. Volto pro quarto e Soraya também sumiu. Estou ferrado. Encontro meu filho na casa do vizinho. Está chorando, sentado numa poltrona enorme enquanto os pais do coleguinha o consolam. Não sei o que fazer, as palavras não saem, viro as costas e corro para a rua em disparada. Corro, corro, corro...

— Acorda, desgraçado! O delegado vai te ouvir.

Calor miserável. Sinto dores na região abdominal, nas costelas e nos locais das inserções. Me bateram, os desgraçados. Onde estão meus coturnos?

— Tenho que urinar — digo ao carcereiro, — preciso das botas.

— Vá descalço.

O desgraçado funga no meu cangote enquanto esvazio a bexiga. Sinto o cheiro azedo de esmegma subir da glande. Sou um ranço só.

— Lava essa cara, você tá nojento — ordena.

Me olho no espelho. Há muito sangue seco na sobrancelha e no nariz. O investigador, foi ele; segurava o piercing e torcia. Caramba, minha cabeça lateja. Maldita ressaca. Maldita surra. Lavo o rosto e bebo água da torneira, pouco importa. O carcereiro me encaminha depois de me algemar.

Estou há quarenta minutos esperando que o delegado decida que já me humilhou o suficiente. 12h45min. Calor senegalês, fome, dor e a maldita sensação de que seu destino pode ser decidido por um estúpido qualquer. Hospital, delegacia, quartel, banco, são lugares onde se tem a certeza de que não valemos nada. Não sei o que é pior: se o veredicto do policial ou do médico. Não se condoem, nem um nem outro, pelo contrário, devem experimentar o formigamento excitante e prazeroso do inquisidor. "Vá para a fogueira, para a UTI, para a cadeia". Deve ser bom, quero dizer, esta ascensão sobre a vida alheia.

Tenho medo de toda e qualquer instituição que aja em nome da lei. O Estado só aparece na vida da gente pra criar problemas; cobrar, exigir, condenar, estabelecer, autuar. Nunca ajudam, os desgraçados. Vão à merda. Nascemos condenados, fisiológica ou socialmente falando.

— Vanderlei Araújo Figueira. Você?
— Exato.
Silêncio.
— O senhor sabe que prostituição de menor é crime?
— Sim.
— Ah, sabe?
— Sim.

O homem é magro de vincar. Carrega uma arma no coldre preso ao tórax. Sotaque caipira acentuado. Não tem cara de muito mau, só de mau.

— O que o senhor estava fazendo no puteiro esta madrugada?

— Não sabia que se tratava de puteiro. Não conheço a cidade, o pessoal do posto de gasolina indicou. Tomei vodka, só isso.

— A informação que eu tenho é que o senhor procurava meninas... menores de idade.

— Seu delegado, o senhor é advogado, decerto é esclarecido, sensato. Vou facilitar as coisas. Pois bem; é verdade, cheguei à casa da Vilma e logo percebi do que se tratava. Sou homem, estava num daqueles dias que não dá mais para adiar, acho que o senhor entende. De fato ela quis me apresentar as meninas, sugeriu uma ou outra. Eu achei as moças, digamos, caídas, velhas até, o senhor sabe. A única coisa que fiz foi perguntar se não teria uma de aparência mais jovem, o que me parece normal.

— Normal? O senhor acha normal pedir uma menina de treze anos para satisfazer seus desvios sexuais? — foi firme.

— Não se trata disso...

— Olha aqui, cidadão, repudio gente como você. São a escória social. Juntam dinheiro e acham que podem comprar o mundo, isso inclui xoxotas de treze anos. O senhor é desequilibrado, basta olhar pra sua cara: parece um adolescente revoltado. Meu filho de quinze anos é mais maduro. Com certeza você se veste assim pra comer menininhas. Vou te mostrar... — está irritado. Abre a gaveta, tira umas fotografias e espalha na mesa.

— Veja bem o que o seu "colega" fez...

São fotos de uma menina nua, morta no mato.

— Morreu ontem, é a segunda em seis meses. A cidade está chocada. Os únicos crimes que costumavam ocorrer por aqui sequer justificavam meu salário, que não é muito. Aqui tinha gente pobre mas não existia miséria, salvo um ou outro indigente que dormia no coreto. Depois a cidade prosperou por causa da laranja. Pronto, veio gente de todo canto, trazendo desemprego, favela, crime. E agora tipos como você: babacas endinheirados que acham que podem comprar o que quiserem.

— Lamento por isso, delegado — apontei as fotos, — mas não tenho nada a ver com essa história.

— Sei que não. Ligamos pra sua casa, sua esposa confirmou sua versão dos fatos. Falamos na imobiliária onde você trabalha, disseram que você esteve lá ontem pela manhã. Você tem a ficha limpa.

— Então, isso quer dizer...

— Quer dizer apenas que você não tem nada a ver com o caso da menina, mas olho pra você e sinto cheiro de arroz queimado. Sua esposa diz que você abandonou o lar ontem de manhã. Na imobiliária me informam que você não está de férias ou de licença. Ontem à tarde você comprou uma motocicleta de valor... Caramba, nem podia imaginar que uma moto custasse tanto. Ô Jair, você que gosta de moto — grita para um sujeito na outra sala, — sabe quanto vale essa aí que está no pátio? Coisa de cinqüenta mil... é brincadeira!... Pois é, cidadão, você disse pro Alcides que está viajando. Não sabe aonde vai, não tem bagagem, aparece com as botas e a calça respingadas de sangue. Diz que socorreu uma moça... Muito nobre pra quem gosta de currar adolescentes.

— Sei que parece estranho, mas tudo que disse é verdade.

— Não posso prender você por suspeita, só por desacato e resistência à prisão.

— O senhor está brincando — digo e me arrependo na hora.

— Eu tenho cara de quem brinca? — ergueu a voz — Escuta aqui, eu posso complicar a sua vida.

— Eu fui agredido, quero um advogado.

— Tem certeza? É a sua palavra contra a de cinco pessoas. Tudo bem, você pode fazer o que quiser; abrir processo, ser processado, sujar sua ficha, se submeter a exame de corpo de delito, essa pentelhice toda, faça o que quiser. Eu, particularmente, estou bem humorado hoje. Tudo é questão de composição: bom pra mim, melhor pra você...

— Não seio do que o senhor está falando.

— Ah, não?

— Delegado, eu tenho direitos, o senhor os seus deveres — enfatizo a palavra, — faça o que achar melhor, pra mim tanto faz.

***

Poucas coisas no mundo podem se tornar tão nojentas quanto um colchão. Nos seus últimos meses vovó urinava na cama todas as noites. Eu e Valter nos revezávamos na tarefa, recolhíamos o colchão e o estirávamos no quintal para secar. Marta se encarregava de lavar a roupa de cama.

Artur, nosso vira-lata quase tão velho quanto vovó, se deitava no colchão mijado e dormia passivamente. Muitas vezes seu mijo se juntava ao da velha.

Além de lavar a roupa, Marta dava banho na vó. Às onze da manhã chegava D. Zélia, a empregada gorda cercada de varizes por todos os lados. Se bobear era mais velha do que minha vó e o Artur juntos. Dava uma ordem na casa, fazia o almoço e "cuidava" da velha enquanto estávamos na escola.

Morria de vergonha daquilo tudo; o bodum das secreções irreprimíveis, os móveis puídos, o mapa fluvial que eram as pernas de D. Zélia, o único banheiro — de onde emanava ininterruptamente o cheiro de merda recém-cagada. Sempre havia alguém trancado. No desespero a gente catava o pinico e se fechava no quarto. Uma casa onde a circulação era perigosa: abrir uma porta era invariavelmente uma experiência traumática. Vivíamos à meia-luz, não sei bem por que, as janelas não eram pequenas. Acho que até o Sol se recusava a freqüentar nossa casa. Não recebíamos visitas. Cinco corpos melancólicos mais a D. Zélia: seis fantasmas prendendo a respiração. Cheiro de merda e a televisão ligada vinte e quatro horas. De fundo, os grunhidos de minha vó — uma onomatopéia dela mesma.

Às vezes Paulo Augusto vinha me chamar em casa. Me desesperava com possibilidade de ele querer usar o banheiro ou de pedir um copo d'água. Os Dal Basso também eram gente simples mas moravam melhor, a casa era limpa, as poltronas eram gordas, confortáveis, não havia velhos na sala e D. Cândida, a mãe, servia o lanche da tarde sempre com toalha na mesa. Deixei de freqüentar a casa de Paulo Augusto para não ter que recebê-lo na minha.

De qualquer maneira a rua era bem mais interessante.

Vem dessa época minhas desavenças com Valter. Ao invés de nos solidarizarmos diante da desgraçada tarefa de assistir a velha, passamos a trocar acusações, transferir responsabilidades. Mais eu do que ele, é verdade, não sou um sujeito solidário, concordo, mas ele podia ter dado um desconto. Me entregava pro pai, o alcagüete. O velho, por sua vez, vivia mais nas malhas turvas e baças da inconsciência do que na realidade das conta a pagar. Freqüentemente cortavam nossa luz. Me dirigia seu olhar perdido, quase morto: "Figueirinha, meu filho, ajude seu irmão...". Não dava para esperar muito de um professor de arte da escola pública.

Nunca entendeu de arte, o velho. A coisa estava mais para terapia ocupacional. A gente fazia porta-lápis com pregadores de roupa, quadrinhos com palitos de sorvete, vazo com tampinhas de garrafa. Ah, deus, aquilo me constrangia diante da escola inteira. Minha vida era pior que a do Zezé, ele pelo menos tinha um pé de laranja lima.

Queria plantar um árvore, só pra mim, mas nosso quintal era acimentado. Tínhamos um cágado, o Janjão. O próprio tédio, sempre atrasado, se arrastando atrás da folha de alface ressecada pelo sol que vez ou outra alguém lembrava de atirar pro infeliz. Uma merda, tudo aquilo.

A casa ficou para Marta, depois que se casou foi morar lá. Nunca fui visitá-la.

***

Estou cansado demais para não deitar neste colchão. Cela de cadeia, caramba Figueira, você está abaixo de pé-de-mesa. Tem umas marcas brancas de porra seca no colchão. Tem que ser criativo, deus do céu.

Não sei no que vai dar essa história. Pra falar a verdade não estou muito preocupado, só dolorido. Filho da puta, aquele Alcides. É difícil me tirar do sério, ainda criança aprendi que me deixariam em paz se não cedesse ao impulso de defender meus pontos de vista. Concessão, é a palavra mágica. Pra mim tanto faz quem está com a razão, gritem à vontade, contanto que me sobre um pouco de ar — encher os pulmões já exige muito, respirar é um exercício cão. Mas eles têm técnica, os policiais, fazem o sujeito perder a cabeça num estalar de dedos. Não deu outra, lá pelas tantas perdi as estribeiras.

— Quer saber? Que se dane você, Alcides, esta cidade estúpida e aquela bicha acabada — apontei Vilma. — Vão pro inferno!

Levei a primeira. A segunda. Terceira. Daí pra frente tudo se limitou ao exercício do sadismo, com os três se revezando na função de carrasco. Vilma emitia pequenos silvos de horror, bem à maneira viada. Cobria os olhos com as mãos mas espiava tudo por entre os dedos. Suportei da maneira mais digna que pude, ou seja, gemendo como um cão atropelado.

Deve ser bom espancar as pessoas, pareciam satisfeitos. Alcides segurava o piercing da sobrancelha e torcia.

— Ouvi dizer que tem gente que põe isso no cu, verdade?

— Vá se foder, cara.

E tome porrada.

Me pergunto se teriam feito o mesmo se eu estivesse configurado na versão Sr. Richards, com meu Honda Civic preto, escolhido por Suzana.

Podia ter negociado com o delegado, mas dane-se, por enquanto está bom aqui na cela, apesar das dores. Tanto faz, quer dizer, não ter nada pra fazer aqui ou lá fora, é a mesma coisa, basta que não me surrem e que falem comigo o mínimo possível.

Já estive preso uma vez, numa colônia de férias.

Meu pai era pobre, óbvio, não podíamos viajar nas férias. Paulo Augusto ia para a casa da tia dele em Santos, se cercar dos seus primos fantásticos. Era a morte para mim. Mas teve o tal ano da viagem: 67. A escola promoveu o pacote de uma semana numa colônia. Eu e meus irmãos éramos filhos de professor, fomos de graça. Aos dez anos eu ainda não sabia que o que é grátis geralmente não vale um centavo. Por isso é grátis.

Um quartel da primeira idade, é isso. Eu era do Pelotão Azul, lembro bem, a primeira militância a gente nunca esquece. Detestei a vida em caserna desde o primeiro dia; toques de despertar, recolher, refeitório, dormitório e meia dúzia de sargentos a nos incitar à auto-superação, ao companheirismo, à competição e toda sorte de disputas e atividades físicas que julgavam saudáveis. Eu queria morrer. Como previra antes mesmo de partir, fui posto de escanteio logo no primeiro dia. Não despertei simpatia nos colegas e muito menos nos sargentos. Não que eu fosse preterido, simplesmente não tomavam conhecimento da minha existência. Pouco se me dava, quando voltasse brincaria com Paulo Augusto.

Foi no terceiro ou quarto dia. Corríamos em volta do lago no horário livre, um dos raros momentos em que os sargentos nos davam sossego. Lá pelas tantas os intrépidos rapazes do Pelotão Azul decidiram eleger um pobre diabo pra trancar no depósito de rações. Quem senão o inexpressivo Figueirinha pra servir de prisioneiro?

Talvez eu não quisesse contrariá-los ou foi por pura indiferença, não sei, mas o fato é que não ofereci a menor resistência.

Ainda ficaram um tempo por ali, certamente esperavam pra me ouvir berrar de pavor, implorando para que me soltassem. Depois simplesmente devem ter se esquecido de mim e sumiram. Já era noite quando o resgate chegou, o sargento de lanterna em punho, fazendo um rebolico dos diabos. Eu dormia tranqüilamente sobre os sacos de ração, cercado de ratos gordos.

Foi o dia mais legal naquela maldita colônia.

***

— Levanta aí, meu. Vieram te buscar.

— Vou ser transferido? — estranhei.

— Não, idiota, vai ser liberado. Peixe é assim mesmo, não fica trancado muito tempo.

— Quem está aí? Quem veio me buscar, que história é essa?

— Sei lá, cara, seu pai, sua mãe, o bispo, quero que se foda. Levanta, anda.

Sigo apavorado pelo corredor. Só pode ser Suzana, é ela, tá na cara. Veio com Soraya, trouxe a vagabunda pra me humilhar de vez. Delegado desgraçado. Mas que merda, só tem dedo-duro nesta porra de cidade? Estou quase correndo. No final do corredor topo com Evaristo.

***

Evaristo é o motorista do Sr. Jacob. Por uma dessas infelizes coincidências começamos a trabalhar na Leidermman no mesmo ano, mesmo dia, mesmo horário: segunda-feira, oito e trinta da manhã. Esta maldita eventualidade conferiu ao idiota do Evaristo o direito de se julgar meu íntimo. "Fazemos aniversário no mesmo dia", é sua graça predileta. Adora repetir a história, falar daquele dia, fazer piada da roupa que eu usava, besteiras assim. Não é engraçado, o Evaristo. Trata-se de um negro boçal, fofoqueiro, leva-e-traz, língua solta e acima de tudo um puxa-saco de primeira grandeza. Morreria pelo Sr. Jacob. Melhor, pelo dinheiro dele.

***

Assim que me vê franze a testa e abre a boca.

— Figueira... rapaz... então é verdade?

— Explique Evaristo, quem te mandou? Quem está aqui?

— Mas rapaz, tu tá bonito que é a porra. Hi, hi, hiii...

— Evaristo, não estou de bom humor, vamos, explique, você veio sozinho?

— Figueira, Figueira, quem diria?! O cara mais sério da Leidermman.

— Responda Evaristo — estou perdendo a paciência — parece que está se tornando um hábito.

— Figueira, mas rapaz. Sua mulher já viu isso, já?

— Porra Evaristo, dá pra responder? — berrei.

— Eia, calma, só tô comentando...

— Você está sozinho? — já estou desesperado.

— Não, claro que não. O homem tá aí, falando com o delegado — não tira os olhos perplexos do meu rosto. — Mas Figueira...

Era o que faltava: o Sr. Jacob em pessoa.

— Evaristo — imploro, — preste atenção homem, por deus. Por que o Sr. Jacob está aqui?

— Por quê? Você ainda pergunta, caramba? Pra te soltar, porra.

— Como ele soube, quem contou?

— Sei lá, parece que telefonaram daqui, não sei bem...

Inacreditável a maledicência das línguas caipiras.

— Quem vai gostar de te ver assim é o Jorge. Hi, hi, hiii...

— Vá se foder, Evaristo.

— Agora deu pra falar palavrão?

— Anda — interrompe o carcereiro, — estão te esperando.

O Sr. Jacob e o delegado conversam de pé. Homem de princípios, o Sr. Jacob, não se sentaria com esse sujeitinho, conheço bem o velho. Param de falar assim que me vêem. O velho me lança seu olhar insondável, desprovido de qualquer juízo, nem que sim nem que não, placidez monástica. Me sinto lavado por uma torrente de água morna, insossa.

— Figueira...

Só faltou ele dizer "...me abrace..."

QUINZE

Suzana compra meus sapatos na Side Walk. Diz que é pelos pés que se avalia o pedigree do sujeito. Como é ela que compra deve estar subentendido que me falta critério, bom gosto, verniz e a herança ancestral adequada para entrar numa loja e dizer: me dá um sapato.

De uns tempos pra cá andou comprando uns modelos pesadões de bico quadrado, como os que meu pai usava para dar aulas no início dos 60. Meu pai era cafona. A moda tem seus mistérios. Uso o que ela compra, pra mim tanto faz, desde que não me encha o saco.

Sumiram com meus coturnos. Simplesmente evaporaram. Saio da delegacia descalço. Entregaram as pulseiras de metal, o cinto, plaquinha de identificação, mochila e minha carteira faltando $ quinhentos. Deve ser o que o delegado chama de *composição*.

Foi constrangedor me vestir em público; colocar as pulseiras, o colar e o cinto enquanto o Sr. Jacob me analisava do cume de sua complacência, assim como um pai observaria o filho se vestir para um show de rock. Ridículo, se for pensar.

O delegado indicou a loja Calçados Marta. A julgar pelo modelo que ele usa a loja da Marta deve ser uma porcaria. Dane-se.

Evaristo quase tem um orgasmo ao me ver sair da sala descalço, segurando um par de meias.

— Quer que eu te leve no colo? Hi, hi, hiii...

São quatro e meia, a cidade ferve. Não há como me esquivar de uma conversa com o Sr. Jacob, bem sei. Que seja breve.

— Seu Jacob, lhe agradeço, mas...

— Figueira — interrompe, — vamos comprar seu sapato, depois a gente conversa — abre a porta do carro, — por favor, entre.

Não dizemos nada. O velho está tranqüilo e curioso, espia a cidade como se fizesse um city tour. O desgraçado do Evaristo não tira os olhos do retrovisor, está satisfeitíssimo, o miserável. Eu, claro, me sinto o próprio idiota.

Circundamos a praça. Tem o tal coreto onde dormiam os indigentes que o delegado falou. Tocador de tuba no coreto de Paraíso. Tem função pra todo mundo, incrível isso. Meu pai tentou a todo custo me convencer de tocar na fanfarra da escola, vê se pode. Ele mesmo desenhara a farda: vermelha e branca, com uns penduricalhos dourados, meu deus, como era por fora, o velho. Meu pai não pertencia a este mundo, não falava a língua terráquea ou qualquer dialeto de outro planeta. Um ser à margem do Universo, caminhando ao largo da vida, sem amigos, colegas ou mulher. Custo a crer que tenha penetrado minha mãe. Um homem na contramão da humanidade, incapaz de realizar qualquer tarefa que não fosse se sentar atrás da mesa escolar e balbuciar palavras incompreensíveis para os seus alunos. Gastava cinqüenta minutos para explicar como se cola um pregador de roupas numa lata velha. Jamais vi tamanha dificuldade de cognição. Os alunos tripudiavam em cima do velho, faziam com ele o que bem entendiam. Ninguém respeitava meu pai, que por sua vez considerava até Janjão, o cágado.

Era um homem bom, no sentido mais negativo da palavra.

Tento não pensar no meu pai. Sinto pena, constrangimento, uma espécie de desamparo que achata meu corpo e faz crescer os prédios. Então já não sei se me deprimo por ele ou por mim. Provavelmente pelos dois. Não sei quando termina Figueira e começa o Figueirinha. Dane-se, acho que é assim pra todo mundo.

Não tem coturnos, compro um tênis qualquer. Feio, me parece. Pelo menos é caro, a tal da Marta fica satisfeita.

— Combina com você, é moderno.

Figueira, o moderno, justamente.

— Desculpa a indiscrição, onde você perdeu sua bota?

— Não me lembro de ter dito que perdi botas — respondi.

— Não... é... quer dizer... acho que você falou sim...

— Não, não falei — insisti.

— Ah, sabe como é cidade pequena, né?

Malditos lugarejos, você espirra e a cidade inteira grita saúde.

***

Terminamos o almoço. Quer dizer, eu terminei, o Sr. Jacob já tinha almoçado. Fez questão de me ver encher o bucho, coisa de velho. Saco, esta situação é uma paródia dantesca. Isso tudo — a cidade, Sr. Jacob, Evaristo, delegado, é o próprio inferno. Tenho que sair daqui o quanto antes ou vou enlouquecer, ah vou, pode crer. É surreal, o restaurante vazio, Evaristo montando guarda na porta, o Sr. Jacob dissertando sobre a filha: perdeu trinta e cinco quilos num spa suíço. Agora me diga: pra que diabos eu preciso dessa informação? Que se dane a tal da Sarah e sua nádega adiposa. Não tenho nada a ver com as disfunções glandulares dessa baleia. Por deus, tudo que mais desejo neste momento é que me esqueçam. Posso explodir antes de a Sarah comer seu próximo chocolate. Não quero mais saber de livros, cinema, mulheres, Janaína, nada, que o mundo vá pro inferno, ou melhor no inferno estou eu, vão pro céu, atrás dos seus anjos, santos e o cacete. Vão lá, suas bestas, comer mandiopã e tomar groselha pelo resto das vossas existências miseráveis.

Estou perdendo a paciência e confesso: estou com medo, porque a paciência é meu último copo d'água neste maldito deserto.

Como pudim de leite. Melhoro um pouco, deve ser por causa da glicose. O Sr. Jacob vai falar, sei disso porque ele acaba de cruzar as mãos sobre a mesa. Me antecipo.

— Seu Jacob, agradeço sua atenção, não queria causar transtornos. Aliás, não sei como chegaram no senhor, devem ter pego meus cartões. Eu não sabia de nada, verdade.

Silêncio.

Caramba, esse velho não vai falar? Não sei o que dizer.

— Pois é, seu Jacob, é isso...

Silêncio.

— ... mais uma vez agradeço... A história da prisão foi um mal entendido, não vale a pena explicar. No lugar errado na hora errada, sabe? Então...

Silêncio.

— ... tudo bem lá na imobiliária?...

Silêncio.

— ... o Edifício Ambrósio está quase alugado. Pode passar pra Ana, ela está a par...

Silêncio.

Porra, mas que merda. Estou num constrangimento dos diabos; careca, perfurado, vestido que nem idiota. Devia estar pouco me lixando pros julgamentos do Sr. Jacob. Não fez mais do que a obrigação em vir me resgatar. Deixei meu sangue na imobiliária. Está rico, o desgraçado, tem dinheiro pra tudo: entope a filha de comida e depois manda esvaziar na Suíça, à custa de Figueira. Situação mais besta, fica aí, o velho, se escorando nos jargões da maturiridade: olhar sapiente, economia de palavras, complacência de eremita. Parece um maldito terapeuta esperando que eu tropece numa palavra prematura. Dane-se, não falo mais nada.

Silêncio.

— Figueira... — Rompe o silêncio com seu maldito sotaque alemão.

— Sim seu Jacob?

— ... não vou falar pro senhor das suas responsabilidades...

— Veja bem, seu Jacob, a imobiliária está...

— Não seja idiota, Figueira — interrompe, — não estou falando do porcaria de imobiliária. Falo dos seus filhos, da sua mulher e do mais importante, Figueira: de você, da sua vida. Que se dane imobiliária.

Encheu a taça de vinho.

— O homem faz o que ele quer, Figueira. Eu não tenho orgulho da minha vida, pode ter certeza. Se você perguntar vou dizer que passei a vida num trem; indo e voltando no mesmo trilho. Quem tem a minha idade e vem de onde eu vim não quer se afastar muito, a gente tem medo de ficar longe de casa, da mulher, da família. Com quinze anos já tinha visto tudo que era pra ver. Depois era só isso: trabalhar. A gente trabalha tanto que depois não sabe mais parar. O meu filho, você sabe, trabalha mais que eu, acho que dei mau exemplo pra ele. A gente sempre erra, Figueira, é isso que eu tenho pra te dizer: a gente sempre erra. Até quando faz a coisa certa.

Deu um gole e arrotou.

— Seu Jacob, não adiantaria explicar que...

— Não estou pedindo explicação, Figueira — cortou. — Quero te dar um conselho, embora você não tenha pedido nenhum. Como eu disse você sabe das suas responsabilidades, é um homem inteligente. Difícil, verdade, mas inteligente. Não vou dizer o que o senhor já sabe.

Silenciou um minuto. Matou o vinho do copo e tornou a encher.

— Vou justamente dizer o que o senhor não sabe. E não sabe porque não pode saber, e não pode saber porque só vai saber depois de entrar de cabeça, e isso não é bom. Tem umas horas na vida da gente, Figueira, que pisamos em terreno perigoso. É que nem cavar um buraco: quanto mais terra a gente tira mais a gente afunda. Não falo do moto que você comprou e nem dessa careca horrorosa. Nem de imobiliária, mulher, filho, nada dessas coisas. Eu falo é disso! — apertou o indicador contra o meu peito. Parou de falar e me encarou com os olhos arregalados, a boca entreaberta. Não sei o que dizer, o que pensar, estou completamente nu. Droga.

— Conheço o senhor há vinte anos, Figueira. E não estou dizendo que você trabalha pra mim há vinte anos, não, estou dizendo que conheço o senhor. Na vida é assim: tem pessoas que a gente sempre conhece ou reconhece, pode ser, e outras que a gente não vai conhecer nunca. E na minha idade não tenho porque não dizer o que penso. Não vim pra ajudar um amigo, porque sei que não somos amigos. Vim pra ajudar uma pessoa que eu gosto, porque eu gosto do senhor, seu Figueira... Da mesma maneira que eu sei que o senhor gosta de mim. Pode ser que o senhor não tenha pensado nisso, bem provável, mas pode ter certeza: o senhor gosta de mim. Eu sei.

Procuro um lugar para olhar; forro descascando, imagem da Virgem, assoalho, saleiro, qualquer coisa, tanto faz; um pedaço de parede mal tratada ou uma fresta entre os tacos cobertos de gordura, o diabo que for, tudo menos encarar vinte anos de verdades postergadas. E quem disse que eu gosto do senhor, seu Jacob? Me dê uma única razão pra gostar do senhor e lhe dou dez para odiá-lo. Respeito o senhor, é bem diferente.

— Você tem idéia do que vai fazer, Figueira?

— Não.

— Imaginei.

Silêncio.

— Viajar, talvez... — falei mais para quebrar o silêncio.

Silêncio.

— ... é, acho que vou viajar.

— É bom, faça isso, descanse um pouco. Seu emprego está lá, se você quiser. E se tirar esses brincos ridículos, lógico.

— Não, seu Jacob, agradeço, mas não vou voltar. Essa viagem é só de ida, se o senhor me entende.

Silêncio.

— A gente precisa de um lugar pra voltar, Figueira.

— É o senhor que está dizendo, não creio, sinceramente.

— Não estou falando do lugar físico, rapaz. Vou repetir: o senhor está pisando em terreno perigoso, Figueira. Está andando na beira de um precipício. A cabeça do homem pode ir muito mais longe que o corpo, e isso é bom se a gente sabe como voltar, mas se não sabe então a gente sucumbe. E isso tem um nome: loucura. Existem lugares proibidos que não valem a pena, eles roubam a luz, matam nossa alma. Aí não sobra nada.

— Não acredito em alma, seu Jacob, pra mim tanto faz.

— Pouco importa se você acredita ou não, vai estragá-la do mesmo jeito, rapaz. Eu vi de perto, Figueira, na guerra, as pessoas serem roubadas do corpo. Sobra só um monte de carne, o olhar perdido, quase morto. Mas não vou falar disso, essa coisa de guerra não serve pra nada. A minha gente adora remoer passado, mas sou contra, acho que homem tem que olhar pra frente. A gente não tem olho nas costas.

Pede outra garrafa. Aproveito o intervalo.

— Seu Jacob, compreendo tudo, mas sinceramente não estou preocupado em me preservar, seja lá do que for. Passei a vida me preservando...

— Mentira — cortou, — o senhor não se preservou de nada. O senhor se omitiu, é diferente. Passou a vida espiando o mundo pelo buraco da fechadura, pisando leve pra não estragar seu sapato, é isso que você fez, Figueira.

Tomou um gole e bateu o copo na mesa.

— Você é um homem sensível, mas acho que isso te incomoda. Verdade Figueira, você é diferente da maioria. Só que as pessoas diferentes têm que arranjar um jeito diferente de viver. O mundo é pesado demais pra você, rapaz, e ao contrário do que você diz, não soube se preservar. Não mesmo. Você chegou no seu limite, tem a sensação de que vai explodir. Sei como é, conheço bem. O seu estilo frio, controlado, sempre eficiente, ah, Figueira, eu sempre soube que isso não era você. Tentei me aproximar do senhor. Eu e outras pessoas, mas não preciso dizer, o senhor sabe, é impossível.

Não sei o que dizer... Aliás, sei sim.

— Senhor Jacob, agradeço mais uma vez, mas tenho que ir...

— Sente-se Figueira! — ordenou. — Ainda não terminei.

Tirou o lenço, enxugou a testa. Há coisas que só os velhos fazem. Não é um homem mau, se for pensar. Se bem que ninguém é mau aos oitenta anos. Na velhice somos apenas velhos. Se o sujeito não gravou discos, escreveu livros, essas coisas, então é apenas um ancião, e ninguém estará interessado em decifrar o caráter escondido por trás das rugas.

— Figueira, desculpe, não queria levantar a voz — disse após outro silêncio. — Nunca discutimos, você sabe, e não vai ser hoje. Ainda acredito em você, Figueira, verdade. Acho que o senhor pode acordar pra vida, abrir a porta e tomar o que é seu, ser um homem completo.

— Talvez seja tarde, seu Jacob. A vida não perdoa os atrasados.

— O senhor se engana... As oportunidades estão aí.

— Pode ser, mas falta gasolina.

— Perdão?

— Gasolina, seu Jacob. O tanque seca muito rápido, o combustível evapora, a gente pára no meio da vida. Tem gente que acha a vida curta...

— E é – cortou.

— Depende da gasolina, então. Sei lá, estou esgotado.

— Escute, meu filho...

— Por favor seu Jacob — interrompo, — não me chame de filho, por favor, não faça isso.

Silêncio.

Estou sendo torturado, preciso sair daqui. Não quero mais olhar o velho, já deu, chega. Ele não tem o direito, não lhe devo satisfações, não quero saber. Sinto um nó na alma...quer dizer, na garganta. Preciso de ar. Maldita apnéia.

— Seu Jacob, eu preciso ir...

— Vá, Figueira, vá. Vejo que o senhor está ansioso. Espero de coração que o senhor encontre algo que possa aliviar sua dor. E não esqueça: você tem pra onde voltar.

— Adeus.

Ainda ouço ele gritar enquanto disparo porta afora:

— E pare com essa história de comer menininhas, o senhor vai acabar se complicando!

dezesseis

Quando era criança cheguei a ficar onze dias sem tomar banho, mas logo a gente cresce e se rende à assepsia. É incrível como negamos nossa condição. Suzana e sua maldita valise; creme, cera, gilete, perfume. Um arsenal de bactericidas, rejuvenescedores, anti-sépticos e perfumes de aroma tão insuportável quanto a secreção sudorípara. Definitivamente: intimidade não cheira bem. Pelo menos nunca fizemos cocô na frente do outro. Cada um por suas razões: eu porque jamais me permitiria tais intimidades, e ela porque faz questão de estar acima de todo e qualquer decreto fisiológico que a condição humana nos impinge. Parece viver além de toda necessidade primária. Talvez por isso tenha tentado, a todo custo, transformar seu orifício excretor em órgão sexual; não se rende ao fato de ter um ânus tão-somente limitado à condição primordial: eliminar. Se alguém lhe perguntar, provavelmente dirá que nunca evacuou. E é bem possível que esteja dizendo a verdade, já que seus dejetos devem ser expelidos por funções orgânicas das quais ela não participa. Sai meio que por milagre. Simplesmente se senta e espera que tudo ocorra segundo os desígnios da Vontade Suprema.

Depois de obrar vêm os fósforos: uma caixa por empreitada. Exige que eu faça o mesmo, é o fim da picada. E o pior é que me presto à tarefa. É isso que sobrou pra você, Figueira: incinerar bodum.

Sinto a água escorrer pela careca. É bom tomar banho. Menos pela limpeza do que por esta sensação de relaxamento. Ainda estou dolorido, maldito Alcides. Acho que poderia dormir dois dias seguidos, mas não quero ficar nesta cidade nem mais um minuto.

Faço tudo conforme os manuais: uso sabonete, fio dental, cotonetes. Comprei na Droga Guiomar. Também comprei uma camiseta branca escrito Racionais em vermelho. São aqueles sujeitos que fazem música de preto. A cueca é Hering. A camiseta e a cueca são da Boutique Mariana. Parece que aqui em Paraíso só tem comerciante mulher.

Deito por alguns minutos na cama. Fecho os olhos e vejo Janaína. Abro os olhos e vejo o quarto, onde caberia perfeitamente Janaína. Acho que vou procurá-la se algum dia voltar pra São Paulo. Ainda não desisti daqueles peitos, tomara que não tenha morrido.

Me masturbo um pouco pensando nela, mas sei que não vou gozar, estou muito aquém de uma remota possibilidade de prazer.

Melhor me mandar.

— Mas já vai deixar o hotel?
— Sim.
— Algum problema, algo errado?
— Não.
— Posso saber se...
— Não!
— Ok, o senhor manda.

***

De novo na estrada. Nunca mais Paraíso, Sr. Jacob, prisão e o resto. Velocidade é o que importa. Vento no rosto, gasolina e pôr-do-sol. Estou me sentindo muito bem, incrível. Foi bom ter tomado aquele banho. Que delícia, o vento, sensacional. Posso ir aonde eu bem entender, fantástico.

Vou parar de complicar a minha vida, pode crer. O que mais eu posso pretender? Tenho dinheiro, moto, liberdade... Posso ir até o Alaska, se quiser. O Sr. Jacob até falou, é bom que eu viaje. E eu não vou ficar louco, nem a pau, aquilo é terrorismo do velho. Se o sujeito não enlouquece morando quarenta anos em São Paulo, freqüentando reuniões de condomínio e almoços de família, não vai pirar justamente quando dá uma banana pra isso tudo, ora. Estou a cem milhas, não há mazela que me alcance, passado que me ultrapasse. Gosto de deitar nas curvas, ultrapassar em locais proibidos, andar no limite, subverter as leis da dinâmica. Quer saber? Eu sou muito louco. É isso aí, Figueira, quebra tudo, você é muito louco.

***

Não sei se é correto gostar mais de um filho que do outro. Acho que todo mundo têm suas predileções, mas não assumem. Eu gosto mais do Eduardo, fazer o quê? Não vou mentir, ora. O Lucas é legal também, mas sei lá, é o segundo... e o segundo, bem... é segundo, fazer o quê? Este é mais um lado bom de sair de casa: não vou ter que lidar com discriminações. Uma hora o Lucas iria perceber, não sei disfarçar. Os dois foram abandonados, ora, não poderão dizer que fiz diferença.

Não queria pensar nos meninos, mas é impossível não lembrar das próprias crias quando se está cercado de crianças. Quatro, para ser preciso. O menorzinho no meu colo e os outros três com os olhos pregados nos piercings. Cheiro de fralda suja e bolacha de maisena. Coisa de fazer babar o cão. Tudo isso num dos menores espaços já concebidos pela tecnologia: o banco traseiro de um Volkswagen.

Tudo ia bem até o pneu da moto furar. Sete e meia da noite. Pelo menos estamos no horário de verão, ainda tinha um pouco de luz. "Maldição", gritei pra quem quisesse ouvir, mas só os grilos responderam.

Foi quando passou essa gente pobre, fedida e solidária. Gente tão acostumada às intempéries e desgraças de uma vida moribunda — borrifada por goteiras e aquecida à folhas de zinco, que deve ser normal para eles acudirem um motoqueiro suspeito a mais de duzentos quilômetros de qualquer lugar que se possa chamar de cidade. Gente para quem um motoqueiro careca assume ares de extraterrestre. Gente pronta a se curvar diante da primeira conjugação correta. Descrentes de si, da energia virgem que a ignorância lhes garante, da força vital que os impulsiona para frente a despeito da geladeira vazia. Têm vergonha da própria força, da roupa puída, das canecas de alumínio e dos sapatos. Sobretudo os sapatos. Gente para quem a palavra oportunidade significa aquiescência, prosperar quer dizer subir na vida, e a realização se mede por meio de uma escala aferida a ferro, fogo e eletrodomésticos. À noite contam moedas como quem reza um terço, fazem sexo na esperança infundada de que aquilo lhes dê prazer — como se fosse possível satisfação sem dignidade. O gozo vem acompanhado de um pedido de desculpas, sexo ilegal, com gosto de apropriação indébita, num mundo onde nada é permitido.

No espelho retrovisor está pendurado um crucifixo. Talvez deva bastar.

Me deixam num posto de gasolina, não aceitam pagamento, vão embora de consciência tranqüila, acreditando estar em crédito com seu deus. Aquele mesmo que há pouco desejaram que me acompanhasse.

Pra mim tanto faz.

***

Acho que estou me tornado alcoólatra. Já estou no terceiro copo de vodka. O maldito borracheiro foi jantar na mãe, que é "logo alí". O tal do Cuíca se ofereceu pra chamar. Vi o negrinho sair em disparada, mas isso não quer dizer que vai dar o recado. Cacete.

O restaurante do posto é uma mistura de ambulatório com câmara frigorífica; luz florescente e azulejos brancos pra todo lado. É churrascaria, lanchonete e loja de quinquilharias ao mesmo tempo. É um desses lugares que pode levar um sujeito deprimido a cometer suicídio. Posso facilmente me imaginar pendurado por uma corda naquele ventilador de teto. No bolso da calça o bilhete: DESCULPE SUZANA, FUI ME ENCONTRAR COM JANAÍNA.

Eis o negrinho Cuíca. Está ofegante:

— Elefalouquetáterminandoajantaejávem.

— Não entendi nada, rapaz, fala devagar, porra.

— Ele falou que tá terminando a janta e já vem.

— Tome — estendo $ cinco. Ele abre um sorriso. Não sei se os dentes dos pretos são mais brancos ou se é questão de contraste. É bem preto, o Cuíca, só dá ele aqui no restaurante.

— Sua moto quebrou?

— Furou o pneu.

— É ruim hem... O noivo da minha irmã tem moto. Quando eu fizer catorze ele vai me ensinar a guiar.

— Quantos você tem?

— Doze. Passei pra quinta. Sem recuperação.

— Muito bem — é simpático, esse Cuíca. Vai até a geladeira de sorvetes e pega uma porcaria qualquer.

— Isso que cê tá bebendo é pinga?

— Não, é vodka.

— Hum... Uma vez eu bebi pinga escondido...

— Fez muito bem – disse sério. Ele me olha desconfiado.

— É, mas meu pai me desceu a vara. Criança não pode beber — me espia de canto de olho.

— Verdade — concordo.

— Então por que você falou que eu fiz bem de beber?

— Porque eu não sou seu pai, ora.

— Mas você é adulto.

— E o que tem isso a ver?

— Adulto tem que ensinar. Tem que dar o exemplo.

— Não perturba, Cuíca — começou a pentelhar.

— Você tem filho?

— Tenho.

— Cadê ele?

— Não te interessa. Chupa seu sorvete aí e fica quieto — fui dar trela agora agüenta.

Silêncio.

— Mais uma vodka, por favor.

— Quantas cê já tomou?

— Não interessa.

— Mais de dez?

— Não.

— Meu pai bebe mais de dez pingas...
— Ótimo, bom pra ele.
Silêncio.
— Você é roqueiro? — pergunta depois de me medir.
— Não.
— Mas sua roupa é de roqueiro.
— Deve ser, não sei.
— É sim, mas a camiseta é dos Racionais, que é rap.
— Sei...
— Eu tenho a fita deles — diz confiante.
— Ótimo.
— Eu gosto daquela, *Um homem na estrada*, sabe?
— Não.
— Não?!
— Não.
— É a mais legal: o cara sai da cadeia e tenta virar do bem, mas ele só se ferra. Ele tenta de todo jeito mas ninguém dá uma chance pra ele. No final matam o cara. Sei cantar inteira, quer ouvir?
— Pode ser — aceito, gostei do tema.

O negrinho Cuíca é muito bom. Surpreendente. O diabo da música não tem fim, mas a história é boa. Cuíca interpreta bem, arrisca uns passinhos, tem uns trejeitos engraçados, vai assumindo ares dramáticos à medida que a história avança. Não sei como o safado decorou a letra. Deve ir bem na escola, o pentelho.

A música é uma tragédia só; tiro, pobreza, crime e violência, tudo coroado com final infeliz. A rotina sem mostarda ou vidro elétrico, a desgraça apetecível, gratinada à rima e ao ritmo. Se só dispomos de lixo, muito bem, façamos música com lixo.

— E aí, gostou? — pergunta ansioso.
— Muito bem, Cuíca, muito bem.
— Sei outras, quer ouvir?

— Não, já ouvi o suficiente.

Deve se tratar de uma ceia natalina, o jantar do borracheiro. Não sei por que diabos a classe de prestadores de serviços nunca está disponível. Os caras nunca têm tempo, a tal da peça que quebrou está em falta ou a insuportável palavra de ordem: "Ah, não vai dar, tem jeito não". O desgraçado sabe que você está nas mãos dele, seu carro quebrou e a sua vida passa a depender do humor de um imbecil que pode ou não te jogar a corda. Então o sujeito se faz de prima-dona, encarna afetações próprias de um lorde: Sua Majestade O Borracheiro. Contratar os serviços desses caras é quase um ato de mendicância.

Mais uma vodka. "Cinco", conta o negrinho Cuíca. Mando ele calar a boca. Era o que faltava: um lacaio na minha vida. Já está ficando muito íntimo pro meu gosto, este negrinho. Saco.

— Vá brincar por aí, Cuíca. Quero ficar sozinho.

Ele sai meio magoado, de cabeça baixa. Problema dele, ora, quem manda ser pentelho? É bom se acostumar, Cuíca, a vida é assim mesmo. Você só vale alguma coisa enquanto puder entreter os outros com seus raps, pare de cantar e você é só mais um negrinho mequetrefe. O tempo passará, rapaz, você vai perder esta aura pueril, quando menos esperar se dará por adulto e ninguém mais vai prestar atenção nos seus raps. Mesmo porque você estará muito mais para personagem das letras do que para cantor. C'est la vie, mon cherry.

Quando éramos crianças, eu e Valter, chegamos a ensaiar um número. Imitaríamos a Jovem Guarda. Valter seria o Roberto, eu o Erasmo, e Marta continuava ela mesma. Senhoras e senhores: Roberto... Erasmo... e Martinha! Na platéia minha vó, meu pai, tia Vânia e tio Ari. A gente saía do quarto, o Valter entrava na frente segurando a vassoura que era o microfone: "Com vocês, meu amigo Erasmo Carlos..."

Eu deveria entrar nessa hora. Mas já tinha pulado a janela do quarto e fugido. Realmente não nasci para a carreira artística. Nunca tive outra oportunidade. Ainda bem. Uns dois anos depois o tal do Armstrong chegou na Lua, vi tudo pela televisão. No ano seguinte o Brasil ganhou a Copa, também vi pela TV. Mas então eu já tinha treze anos e discernimento suficiente pra saber que jamais seria artista, astronauta ou jogador de futebol. Um mês depois Paulo Augusto morreu. Pela primeira vez eu realmente olhei a vida nos olhos, entendi que eu não seria muito mais do que corretor de imóveis ou coisa que o valha.

A década de 70 foi pior. Não tinha mais o amigo, não gostava de música. Fui umas quatro vezes ao cinema. Li centenas de livros na esperança de que algum deles me tocasse como Meu Pé de Laranja Lima. Inútil. Fui expulso da classe pela primeira e única vez. Xinguei o professor de português por ele ter insinuado que José Mauro de Vasconcelos era medíocre. "Vá à merda".

Em 72 a primeira paixão, em 74 o sexo. Mas não quero pensar nisso. Pra falar a verdade nada fazia sentido, nada me dizia respeito. Em 75 lançaram livros do americano Miller. Eu lera no jornal que se tratava de um sujeito atormentado, ótimo. Então existiam outros Figueiras? Certamente, mas eu continuava só, circulando por fendas abissais, me alimentando de limo, fungo e bolores que proliferavam na casa de Santana. O espectro da velha arrastando os chinelos, o cheiro da decrepitude. Um ano após sua morte a casa ainda recendia a merda. Meu pai, o eterno conivente, cabeça baixa, olhar de quem pede desculpas por não ter pecado. Embora não se queixasse eu podia ouvir suas lamúrias; um grunhido congênito, atávico, e eu já podia identificar em mim essa herança. Então eu li os Trópicos e pensei em me mudar pra Paris, mas só pensei, afinal eu era apenas um suburbanozinho de Santana. Aliás, só conheço a Europa pela Internet. Suzana foi três vezes, sempre com Soraya à tiracolo. Preferi minha parte em travesseiros.

Eis o negrinho Cuíca mais uma vez. Só que agora em situação bem melhorada. Vem na minha direção acompanhado de uma negra sensacional. Meio chinfrim, a moça, mas isso só a torna mais interessante. Cuíca gesticula sem parar, parece apreensivo. Me aponta e insiste para que a moça o acompanhe.

— Tio — vai dizendo antes mesmo de chegar, — eu pedi dinheiro pro senhor, pedi?

— Devolva já, Marcelo! — ela ordena.

— Mas Rita, eu não pedi, foi ele que quis dar. Não é verdade, tio?

A negra não me olha. Está de braços cruzados mirando o teto, esperando que Cuíca obedeça. Vejo que é bem jovem... e deliciosa.

— Anda Marcelo, devolve o dinheiro. Já cansei de dizer que não é pra você pedir dinheiro pros outros. Vai, anda logo!

Resolvo interferir, mais pra me aproximar da negra do que pra socorrer o Cuíca.

— Com licença, é Rita o seu nome?

— É — continua olhando pra cima.

— Ele está dizendo a verdade. O garoto me prestou um serviço, foi chamar o borracheiro na casa da mãe.

— Mãe de quem? Que história é essa, Marcelo?

Silêncio.

Ela dá um cascudo no Cuíca, que olha pro chão. Rita está furiosa.

— Moço, a mãe do borracheiro mora na Paraíba! E você, seu peste — torce a orelha do menino — devolva já o dinheiro.

Me entrega umas notas de um e algumas moedas. Pagou o sorvete, o coitado.

— Vá já pra casa, quando o pai chegar a gente conversa.

Vai embora, cabisbaixo, choramingando. É, Cuíca, rapadura é doce mas não é mole não.

— Ai, moço desculpa, o meu irmão é terrível, todo dia ele apronta.

— Tudo bem, não se preocupe. Mas me diga uma coisa, o tal borracheiro existe?

— Claro, é o Émerson, deve estar no culto, ele é crente.

Daqui a pouco ele volta.

É melhor de corpo que Janaína. Perde no quesito peitos, verdade, mas o conjunto da obra é formidável. Veste calça branca e um desses... como chama mesmo?... Top, isso, um top vermelho. Que barriga tem essa menina. Ou esta vodka é muito da boa ou estou defronte da nova Josephine Baker.

— É que a minha moto está com o pneu furado, a uns dez quilômetros daqui... — tento conversar.

— Ah, pode ficar tranqüilo, o Émerson sempre faz resgate, essas coisas.

— O seu namorado também tem moto, certo? — Como você fala merda, Figueira.

— Meu namorado, motoqueiro? — estranhou.

— É, seu irmão, ele me disse...

— Moço, meu irmão é mentiroso, inventa os maiores absurdos. Meu namorado é pastor da Igreja Adventista de Paraíso, que é uma cidadezinha aqui perto.

Benza-me Deus. Sou o único sujeito normal por essas bandas.

— Você não tem jeito de crente — cutuco.

— Mas eu não sou, ora, meu namorado que é. Tá louco, eu gosto de curtir, dançar, beber cerveja... Adoro os Racionais — aponta minha camiseta.

— Eles são ótimos — concordo.

— Adoro *Diário de um detento*.

— É muito boa, mas a minha preferida é *Um homem na estrada*.

— Também gosto.

Silêncio. Não sei o que dizer.

— Bem, vou indo. Desculpa qualquer coisa do Marcelo.

— Espere, beba alguma coisa enquanto espero o borracheiro — truquei, não custa arriscar.

dezessete

    Já fiz sexo com uma negra. Não fodia bem, foi decepcionante. Sempre ouvi dizer que eram quentes, as negras. Trepava tão mal quanto a maioria das brancas, só que era preta. É questão de hormônio, não tem nada a ver com melanina, raça, credo. Tanto faz a procedência desde que se saiba fazer a coisa. Não ligo a mínima para as etnias, sou preconceituoso mas não sou racista. Pouco me interessam as raças e seus porquês. O fator humano já é em si um baita problema, quer dizer, todo mundo defeca, purga, sua, respira. Estamos todos nivelados por baixo, reduzidos à condição fecal; ingerindo carne e expelindo fezes. E aí, meu amigo, quando a verdade vem à tona o perfume é o mesmo na Suíça, Zâmbia, Telavive ou Vaticano.

    Passei um tempo sem comer carne, um médico estúpido me garantiu que até a "qualidade das fezes" melhoraria. Como se houvesse merda com qualidade, é um absurdo o que povo inventa. Nada de bife, nada de esfihas, uma bela duma porcaria isso tudo. Temos que comer, é a condição, o quê comeremos é detalhe. Não se come carne mas se come alface, dá no mesmo, vamos morrer. A longevidade é uma besteira descabida: o que são mais dez ou quinze anos nas nossas parcas existências? Nada. Não estou a fim de negociar mais meia dúzia de anos, passar a vida sentado num espinheiro com a garantia de uma compressa de água morna pra quando me levantar. Sinceramente, não me interessa uma sobrevida, mesmo porque não teria o que fazer. Já basta ter passado anos esperando que alguma coisa acontecesse, mesmo sabendo que nada aconteceria. Não que eu ache que o homem deva executar, fazer, acontecer. Pelo contrário, podendo não fazer nada, melhor. Mas aí, sei lá, tem uma hora que enche no saco, melhor inventar alguma coisa, qualquer besteira... Comer negras, por exemplo, ou amarelas, tanto faz.

Nunca chupei uma negra. Será que é bom? Que se dane, não pode ser pior do que chupar brancas. Tem outra: tá na hora de parar com essas bobagens, Figueira, se emenda cara, coma o que tiver no prato e não reclame. Uma bobagem, esta questão do paladar, um capricho da raça humana, coisa de espécie mimada.

***

A moto está pronta. Émerson é educado e eficiente, nem parece prestador de serviços. Consertou o pneu no local, "a frio", garantiu que fica bom.

A negra Rita já está no papo, eu acho. Tem o namorado pastor, verdade, mas o cara não mora aqui e mais: acho que ela está louquinha para dar uma pulada de cerca.

Mora a uns duzentos metros pra trás do posto, ela disse. Marcamos encontro para às dez, lá no restaurante. Vamos à festa de aniversário da amiga dela, um baile forró, parece. Nem tudo é como a gente quer, paciência, aquela Rita vale qualquer sacrifício. Acho que já esqueci Janaína, pode ser, não pensava nela desde que o pneu furou. Deixa pra lá.

Não vou nem acreditar se eu comer a Rita. Também estava na hora, francamente, faz dois dias que eu só chafurdo. Muito estranho isso tudo, se for pensar. Passei anos no mais absoluto marasmo, refogado em banho-maria, dormia vestido e acordava penteado. A coisa mais emocionante que experimentei nos últimos três anos foi ver a vizinha da frente com uma mangueira na mão lavando o pinto do cachorro (incríveis as coisas que dão tesão na gente). De uma hora pra outra a charrete desanda, os deuses decidem zombar do bom Figueira, no velho estilo requintes de crueldade. Se me encherem mais o saco vou me matar e acabo com esta palhaçada.

Todos me olham no restaurante do posto. Tem sido assim desde que saí daquela galeria na Rua Augusta. Poderia morar numa jaula, me alimentando da pipoca que me atirassem. Eu e a gorda de coturnos, ambos nus. A placa de identificação presa na grade: Humanos. Macho: Figueira. Fêmea: Gorda de Coturnos.

"Pai, qual deles que é o Figueira?" " É o que tem o pênis." "Ah... pequeno, né pai?" "É que ele vive em cativeiro, filho, não dá pra desenvolver muito."

Neste exato momento o macho Figueira persegue a fêmea Gorda de Coturnos pela jaula. O odor da vagina excita o macho a ponto de enlouquecê-lo. A fêmea esfrega o rabo gordo na cara do macho e foge em disparada, enquanto ele a persegue incansável, de falo em riste. O ritual de acasalamento nessa espécie não ocorrerá sem a presença de uma segunda fêmea. Para tanto o zootecnista Carlos B. Ramos traz a fêmea Rita, de tez mais escura, oriunda das savanas africanas. A presença de Rita provoca a fúria de Gorda de Coturnos, que parece desesperada diante da predileção do macho Figueira pela nova fêmea. Gorda de Coturnos se atira sobre o macho, que a enxota a golpes de pontapés. O macho Figueira parece experimentar uma espécie de prazer sádico: urina e cospe em Gorda de Coturnos, que por sua vez parece mais excitada do que nunca. Depois de surrar e humilhar Gorda, o macho Figueira parte pra cima de Rita das Savanas, mas esta é retirada por Carlos B. Ramos antes que o macho possa fecundá-la. Só resta ao macho Figueira enxertar a fêmea Gorda de Coturnos. Figueira soca-lhe o vergalho, a despeito das celulites e adiposidades.

"Pai, posso jogar um amendoim?" "Claro, filho, claro."

Álcool.

Estou bêbado. Rita, atrasada. Maldita festinha forró, deveríamos ir direto ao que interessa: penetração. Parece o detestável futebol, deve ser por isso que mundo inteiro adora esse jogo, é a mesma coisa que o sexo: muita enrolação e pouco gol. Isso se não ficar no zero a zero ou terminar em derrota.

Eu sou Santos, mas só quando estou bêbado. O Santos é o melhor, todo mundo sabe. Teve o chato do Pelé, sempre cercado de chatos menores: Pepe, Mengálvio, Coutinho, Edú, Dorval... é, meu amigo, estou a par. Grande Santos, grande Santos. Vou comprar uma camisa do Santos, isso mesmo. E vou usar.

Paulo Augusto era Palmeiras. Eu quis virar Palmeiras, mas

meu irmão disse que mudar de time era coisa de bicha. Tudo bem, o Santos também é bom. Quer dizer, é o melhor, todo mundo sabe. Meu filho Eduardo é São Paulo, o Lucas... sei lá, não lembro. Uma droga, esse São Paulo, ele tinha é que ser Santos! Devia ter levado ele ao jogo quando me pediu. Um jogo do Santos, claro. Mas deixa pra lá, que se dane, eu nem ligo pra essa porcaria, que torça pra quem quiser, de preferência pro que ganhe... ou perca, tanto faz.

Rita deve ser Corinthians, os negros torcem pro Corinthians, pelo menos era assim no meu tempo. Janaína deve torcer pro... Dane-se, Janaína é passado.

Ou já estou vendo as coisas multiplicadas ou aquela ali é Rita cercada de gente estranha. Saco.

— Oi P.A., deixa eu te apresentar...

Espero que esta gentalha tenha condução própria.

— O Dirceu, a Vilma namorada do Dirceu, a Berenice, que é esposa do Valdir, o Valdir, a Cláudia, a Binha e o Janjão...

— Janjão?! – pergunto surpreso.

— É, Janjão...

— Caramba, tive um cágado chamado Janjão!

Silêncio.

***

Rita bebe cerveja. Detestável. Quero que ela beba, claro, facilita as coisas, mas cerveja deixa bafo, amarga a boca, estufa a barriga. Tentei convencê-la a experimentar vodka ou uísque. Inútil.

Eu e a turma aguardamos o tal Ratinho, o sujeito que tem carro. Deve ser uma dessas latas velhas caindo aos pedaços. O roedor vai dar carona pra classe operária. Posso imaginar a cena: rádio ligado no último, gritaria, um sentado por cima do outro e Ratinho acelerando tudo pra assustar as mulheres. Sei bem como é pobre quando sai pra se divertir, se afogam em copo d'água, tamanha a sede. Tudo exagerado. Farofa é isso: excesso. Comida, bebida e decibéis.

Valdir é o líder, o cara das piadas — ou daquilo que ele julga ser engraçado. O que toma as decisões, o idiota que induz de forma aparentemente democrática as pessoas a optarem pelo frango à passarinho que *ele* quer comer. Chupa os ossos e fala de boca cheia, disparando perdigotos nos colegas. Eu meio que me entrincheirei atrás de Rita, uso ela como escudo. Não posso sequer conceber a idéia de ser atingido por um desses projéteis.

Decididamente, perdi as rédeas da vida. Que diabos estou fazendo aqui, me sujeitando a tamanha miséria, atrás de uma negrinha que come frango a passarinho e palita os dentes? Meu bom Deus, me ajude, sei que não acredito, que você não existe, sei disso, mas por favor, passo a acreditar, faço qualquer negócio se você matar essa ralé e me deixar sossegado por meia hora num quarto com Rita.

Era pra ser apenas uma bela trepada, cacete, não quero ser amigo dessa gente, falar de assuntos que não me dizem respeito; Grêmio X Corinthians, baile no Recreativo, filme Ghost, roda de liga leve. Pro inferno, todos vocês!

Melhor: fiquem aqui, deixa que eu vou.

— Rita, não estou me sentindo bem. Acho que já vou.

— Por quê? Você vai perder o melhor... — segura meu braço.

"Vai perder o melhor". Talvez ficasse se tivesse certeza de que está falando da sua xoxota. Mas pode estar se referindo ao maldito bailinho forró. Não, não, chega de arriscar.

— Você está se sentindo mal, é isso?

— Não. Quer dizer, sim e não... Sei lá, quero pegar a estrada.

— Você é muito estranho, P.A. — Caramba, de novo não.

Jogo uma nota sobre a mesa e me retiro sem dar explicações.

Pra mim chega, é o fim, desisto. Não quero mais comer ninguém, falar com ninguém, acabou. Quero silêncio, pago o que for preciso por alguns hectares de solidão. Danem-se todos. Pode ser até que eu venha protagonizar as profecias do Sr. Jacob, devo estar enlouquecendo mesmo, mas não vou babar na frente de vocês, podem ter certeza. Estou puxando a corda, aqui eu paro e desço.

— Com licença — vou logo enxotando a gentalha. Bando de caipiras, parece que nunca viram uma motocicleta.

— Espera! — É Rita, vem correndo. Tenho vontade de passar por cima. Parece zangada.

— Olha aqui, cara, alguém te fez alguma coisa? — chega intimando.

— Não.

— Você é muito metido. Metido e mal-educado. Só porque tem grana, moto, piercing, é de São Paulo, pensa que pode pisar na gente.

— Sem essa, menina, você não sabe o que diz.

— Sei sim, babaca, não sou idiota — cortou — conheço seu tipo. Isto aqui, ó, isto aqui — deu um tapa na bunda — me fez conhecer muita gente da sua laia.

— Não sei do que você está falando — desconverso.

— Achou que era chegar junto e levar a pretinha gostosa, né? Sou boa de comer, não sou? Mas sentar com a minha turma e tomar uma cerveja, nem pensar. Você não vale nada.

Desligo a moto.

— Ouça, Rita. Você tem razão, eu não valho nada. Não me importaria se o seu amigo Valdir me quebrasse a cara. Você está cem porcento certa, verdade. Fiquei louco quando vi você, foi só.

— Deixa de ser besta, cara — interrompe.

— O que você quer que eu diga? Você é gostosa, tem um corpo escultural, só se eu fosse cego pra não querer te agarrar. O que há de errado nisso?

— O que há de errado? Eu vou dizer o que há de errado. Sou uma moça direita, trabalho e estou noiva. Te convidei pra festa porque achei que você fosse legal. Você disse que queria passar uns dias por aqui e pensei em apresentar minha prima. Mas agora estou vendo o tipo de gente que você é.

— Ok, Rita, foi um mal-entendido, achei que você estava a fim de mim, e só — alfinetei.

— Não ficaria com você por nada, babaca.

— Por $ quinhentos?

— O quê?!

— Você ouviu, $ setecentos.

— Filho da puta! Plaft!

Mãozinha pesada, tem a Rita. Acelero.

Já saindo do posto vejo Cuíca brincando com uma bola. Paro rapidamente.

— Venha cá, Cuíca — chamei. Ele vem correndo.

— Ué, cê não vai na festa?

— Tome — estendo $ cinqüenta. Ele não se mexe.

— Vá rapaz, pegue. — Ele olha pros lados, pega a nota e enfia no calção.

— Escute Cuíca. Minta o quanto quiser, roube, peça, faça o que achar melhor, só você e mais ninguém pode decidir sobre a sua vida. Mas não seja idiota, faça o que fizer, você tem que fazer direito. Aprenda ser esperto, entendeu?

— Entendi.

— Isso mesmo, rapaz. E outra: nunca mais deixe a idiota da sua irmã bater em você, entendeu?... Entendeu, Cuíca?

— Entendi.

— Isso mesmo. Conheci um menino muito legal, um pouco mais novo que você. Zezé, o nome dele. Tinha uma irmã chamada Jandira, uma mulher má, batia nele e tudo. Não gosto que batam em crianças.

— Entendi...

— Adeus.

— Tchau.

***

Meu primeiro emprego foi de assistente de fotógrafo. Trabalhava na Foto Beatriz, de propriedade do Sr. Venâncio. Cerca de seis meses depois fui promovido a fotógrafo. Casamento, batizado, festas e eventos em geral, mas o grosso vinha dos álbuns de família. Eu e o outro assistente, o Bira, saíamos batendo de porta em porta no bairro de Santana, oferecendo o serviço. A empreitada era meio coercitiva, a gente forçava a barra, o negócio era entrar nas casas a todo custo e fazer as fotos "sem compromisso", se gostar depois a gente acerta. Com as ampliações na mão era só enfiar a faca, ninguém resiste às caras debilóides dos próprios filhos.

Emprego podre, sem dúvida, mas me rendia algum e, melhor, comi algumas coroas por conta dessas visitas. Sabe como é, o marido trabalhando, faz foto daqui, foto de lá, cruza a perna, levanta o rosto, mais pra cá, mais pra lá e quando dava por mim já estava na cama do laborioso.

Bira era pior, de um descaramento como nunca vi. Bolinava as senhoras na frente do marido, não podia ver um buraco, o cretino. Seria capaz de comer a mulher, o marido, as crianças e se a cadelinha estivesse no cio sobrava pra ela também. Um porco desprovido de neurônios, orientado exclusivamente pela testosterona, seguia o caminho que sua pica apontasse. Coçava o saco o dia inteiro, vivia com a mão enfiada na calça, seus dedos fediam a queijo rançoso. Suspeito que tivesse chatos. Um onanista miserável, se trancava no banheiro três ou quatro vezes por dia, sobretudo quando Beatriz passava na loja.

Beatriz era a filha do velho Venâncio, a que emprestou o nome à loja. Imagino que devia ter entre treze e catorze anos na época. A menina era de enlouquecer: linda, safada e proibida. Acho que não preciso dizer mais nada.

No dia em que velho Venâncio flagrou Bira, então com dezenove, deflorando a pequena Beatriz na câmara escura, o bairro de Santana foi palco de uma das maiores surras já vistas na capital paulista. O velho passou a mão num pedaço de cano, começou a espancar Bira ali mesmo. Ele tentava escapar mas era difícil com as calças arreadas. O velho ia batendo e Bira se arrastava em direção à porta da rua. Quando finalmente consegue subir as calças e ensaiar uma fuga o desgraçado tropeça num cachorro. E tome cano. Quando conseguiram conter o velho, Bira já estava reduzido a cacareco.

Não se falava de outra coisa em Santana. A merecida sova, as costelas quebradas, o descaramento de Bira e o atenuante: era difícil resistir, quanto a isso havia consenso. Pelo menos entre os homens.

Eu mesmo não presenciei, estava na rua. Quando cheguei só vi o final da feira, tentei me aproximar mas o velho Venâncio me pôs pra correr. "Some desgraçado, não quero mais vocês aqui". Quase sobrou pra mim. Dane-se, pensei, já estava mesmo de saco cheio daquilo. Bem feito pro Bira, aquele boçal. Aquelas coisas não me diziam respeito, fui embora pra casa.

Encontrei Marta e Valter chorando. Os vizinhos espalhados pela casa e dois policiais bebendo café.

Meu pai tinha metido uma bala no ouvido.

Eu tinha dezoito anos e estava desempregado.

***

Estou há dez minutos de pé, defronte do orelhão da praça da matriz de Paraíso do Sul. Pois é, o bom filho à casa torna. Tinha certeza de estar indo no sentido contrário, mas qual não foi minha surpresa ao ver-me novamente nesta simpática cidadezinha que tão calorosamente me acolheu.

São vinte e três e trinta. Por uma dessas pieguices que se apoderam da gente com a mesma impertinência de uma gripe, decidi ligar pro Eduardo. O problema é que é praticamente impossível chegar no garoto sem passar por Suzana. Já liguei duas vezes a cobrar, mas quando ela atendia eu deveria dizer: "É Figueira, de Paraíso", só que não vou falar um absurdo desses. Fico quieto, claro. Na segunda tentativa ela percebeu. "Sei que é você, Figueira, por favor fale comigo. Figueira? Figueira?" Desliguei, lógico, o que eu poderia dizer além de "Por favor, gostaria de falar com Eduardo"?

Filho é um saco por causa disso, a gente se preocupa, quer saber se comeu, se cagou, se dormiu. Acho que me arrependi dos filhos, não sei, pode ser, preciso pensar a respeito. Os filhos não podem se arrepender dos pais que tiveram, já os pais, sim. É melhor então ser filho, se for pensar por aí. Se bem que pai enche o saco ou se omite, dá no mesmo. Em contrapartida filhos são ingratos... Sei lá, que se dane, família só serve pra cobrar, criar problemas, encher o saco.

Ligo no celular de Janaína. "Após o sinal diga o nome e a cidade de onde está falando". O coração vem parar na boca.

— É Marcos, de São Paulo.

— Marquinhos, da tia Rute? — é voz de mulher.

— Não, é Marcos da loja Vida, no Center 3 — invento.

— Aqui é a irmã dela, Sandra — seríssima.

— Então, Sandra, fiquei sabendo... — jogo verde.

— Olha, não dá pra dizer nada por enquanto, ela ainda está inconsciente.

— Sei... Não tem mais detalhes?

— Não, os médicos não querem falar, disseram que tem que esperar, ver como ela vai reagir. Minha mãe está com ela no hospital... Mas Deus é grande, vai ajudar.

— Com certeza... Escuta, Sandra, vocês estão precisando de alguma coisa, não sei, dinheiro talvez?

— Não, obrigada, tá tudo em ordem. A gente só tá pedindo pras pessoas orarem. Faz uma oração pra ela.

— Claro, sem dúvida... Mas Sandra, que história estranha... Como foi?

— A gente não sabe nada, tá tudo confuso. Parece que tinha um cara perseguindo ela. Acho que é o cara com quem meu irmão falou pelo telefone...

— Seu irmão?!

— É, o Robson. Ele é ciumento, meio descompensado, discutiu com esse cara, parece... Não sei direito, tá tudo confuso... — começa a soluçar — desculpe, liga outra hora.

— Sandra, por favor... Alô?... Alô?... Sandra? Alô? Alô?

Eu não tenho culpa. Não tenho. Não e não. Preciso sair daqui, este lugar é amaldiçoado.

dezoito

Não é possível, um mundo deste tamanho e não tem lugar pra gente ir. Não mesmo. O que tem é gasolina (quando tem) e a possibilidade de rodar, rodar, rodar... Este é o planeta mais inóspito do Universo. Só se abre portas a pontapés, se faz amor de conta-gotas e se respira à prestação. Aquele americano maluco falou "não importa aonde você for, sempre será um maldito turista". O Sr. Jacob está errado quando diz que sempre há um lugar para voltar.

Um homem bom como o meu pai, por exemplo, o que mais ele poderia fazer além de sofrer? Nada, claro. Este não é o mundo dos pacatos, de jeito nenhum, esta é a terra dos homens fortes, tenazes, insistentes e teimosos. Em terra de destemidos o dócil não faz verão. Não há espaço para gente de unhas curtas e sorriso recatado, para observadores vadios e ociosos. É o mundo dos cidadãos, não de homens e mulheres, mas de cidadãos; daquilo que se cumpre e não do que se é. O planeta dos que subvertem as leis naturais, dos que dobram o mundo à sua maneira, fazem da Terra seu laboratório, o lugar dos detestáveis vencedores. Morreremos esmagados se nos recusarmos a subir degraus maiores que o limite das nossas pernas, só nos resta marchar, seguir em frente, é o que dizem: sempre em frente, rumo às medalhas, pódios e patentes. Um lugar inabitável para quem já nasceu em queda livre.

Continuo caindo, caindo... pelo menos o asfalto me espera, já é alguma coisa, eu acho. O fim não redime mas resolve. Dizer que a morte tem um fim em si mesma seria o maior de todos os pleonasmos, não fosse por essa gente que vê nela o princípio de uma nova vida. Bobagem: a morte tem um fim em si mesma: premiar a todos sem distinção, aniquilar a consciência do ser, apagar, suprimir... Perdão, Suzana, mas é assim mesmo que acontece, estou a par.

Janaína não perderia muito se morresse agora. O que ela poderia fazer nesta vida além de parir, trair, se cercar de eletrodomésticos e finalmente morrer sem as máculas e vincos que consagram os assassinos? Nada, Janaína não faria nada demais. Esperaria com passiva conivência a queda dos peitos, que despencariam umedecidos e embolorados pela vida de paredes geminadas e mijo de cachorro. Tetas boas sempre aparecem, Janaína, ninguém lembrará seu nome. Você não gravou discos. Você não é nada, minha filha, nadinha. Vá lá, tem um bom par de peitos e uma belo traseiro, verdade, mas o que é uma bunda a mais nos subúrbios, onde os rabos proliferam mais que ratos? Nada.

Quer saber? Talvez eu te mate caso você sobreviva. Você ocupa muito espaço, me consome, perturba, zanza pra lá e pra cá na minha cabeça, como se fosse um neurônio solto, ou a última cápsula num frasco de remédio. Não vou mais pensar em você.

Vou pensar na minha mãe.

É bom pensar em alguém que não conhecemos, dá pra imaginar a pessoa do jeito que a gente bem entender. Eu tinha dois anos quando ela morreu, não tenho lembranças da minha mãe. Tenho uma foto dela comigo no colo, me amamentando. Belas tetas. Não precisa ser gênio pra adivinhar porque adoro peitos. Que se dane, pouco me importam as previsíveis inferências psicanalíticas. Me contem algo que não sei e topo viver mais cinco anos.

Também não quero mais pensar em você, mãe.

***

Parece que me livrei definitivamente de Paraíso do Sul. Estou a dois quilômetros de Varzinha, distrito de Conceição, que é perto de não sei onde. Escolhi por acaso, queria pegar estradas de terra, foi isso.

Meia noite e meia, dormi muito pouco lá na delegacia, mas não tenho sono. Hoje é sexta-feira, talvez ainda encontre a cidade acesa... Se bem que o interior vive em trevas; um monstro adormecido que desperta ao menor sinal de algum forasteiro distraído, para então devorá-lo com sua língua cruel e alcoviteira. Depois volta a dormir.

Por um instante se tem a sensação de que o mundo ficou pra trás, que ninguém te encontrará num buraco desses. Bobagem, claro, tem sempre alguém no encalço, fungando no cangote ou a própria consciência soprando nos ouvidos: "Não está esquecendo nada?"

Estão me seguindo, tenho certeza. Suzana, Robson, Alcides & cia. Dá pra sentir a pressão na nuca, o ar se movendo, o resfolegar mal-intencionado. Desde que o mundo tem duas pessoas é assim: o sujeito caminha com medo de olhar pra trás. Janaína olhou pra trás, antes de ser atingida. Se olhasse pra frente se livraria do carro. Mas não de mim. Daria no mesmo, se for pensar.

— Uma vodka, por favor.

A praça e o boteco: o de praxe. Todos me olham, franzem a testa, tiram suas conclusões precipitadas e torcem o nariz: o de praxe. Incomodo mas não assusto. Hoje em dia ninguém se choca com o que quer que seja; crime, sexo, nudez, violência, todo mundo já se acostumou, tudo já foi visto e revisto, não há novidades. A informação precede o próprio acontecimento. Devem me achar apenas ridículo, no que convenhamos, têm certa razão. Faz tempo que motoqueiro não assusta mais ninguém, sou apenas mais um idiota fantasiado. Atualmente quem mete medo é japonês, com sua incrível discrição mimética e extraordinária capacidade de passar despercebido: um por todos e todos por um — ou vice-versa, dá no mesmo.

— Outra vodka, por favor.

A praça e o boteco: o de praxe. Já se esqueceram de mim, retomam seus diálogos, tão previsíveis quanto chuva de verão: o de praxe. Já não incomodo. Aliás, este é o problema: incomodo muito menos do que me sinto incomodado. No fundo gostaria da atenção de todo mundo por cinco segundos, o tempo necessário pra gritar: vão pro inferno!

Duas hippies vêm da praça direto na minha direção. Vão pedir dinheiro, já sei. Gente prá lá de ruim, os hippies. Fedorentos, têm bafo e fabricam coisas horripilantes.

— E aí, cara, beleza? — é a mais feia. Não respondo.

— A gente tá atrás de unzinho... — é a menos feia. Continuo quieto.

Silêncio.

— E aí, cê não tem nada? — a feia de novo.

— O que vocês querem, dinheiro?

— Uau! – a menos feia. — Pode ser, também, mas a gente tá é atrás de unzinho...

— Unzinho é maconha? — pergunto logo.

— Ih, ó o cara... — é a feia, está cabreira — A gente só quer dar um dois...

— Desculpe, não posso te ajudar — viro as costas.

— Então paga um goró, a gente foi roubada... levaram nossa grana...

— Desculpe — interrompo, — não sei o que é goró.

— Um bebum, qualquer coisa, pode ser desse aí que cê tá tomando.

Saco.

— Por favor, sirva duas vodkas pra elas — digo pro cara do balcão.

Uma merda, esses hippies mochileiros, nunca acabam. Entra ano, sai ano e os caras sobrevivem com tenacidade de bactéria. Não sossegam enquanto não te arrancarem alguma coisa. Fixo os olhos no meu copo, mas sei que estão me olhando, as fedorentas.

— A gente tá vendendo umas jóias. A gente que faz, quer ver?

— Obrigado, não gosto de jóias — cortei.

— Como não, cara? E esse monte aí que cê tá usando?

Caramba, tinha esquecido... vai explicar...

— Pois é, já tenho o suficiente.

— Esta aqui vai ficar legal — estende uma corrente medonha — Só $ dez, pra dar uma força, a gente tá afim de comer...

É nisso que dá, você calça uma nadadeira e logo começa a atrair patos. Maldita hora em que fui entrar naquela galeria. Desde quando corretor de imóvel contribui pra causa hippie?

— Desculpe, não estou interessado. Comam alguma coisa, eu pago, tudo bem. Mas nada de jóia, grana, papo, ok? — virei as costas.

As duas se sentam numa mesa de canto e pedem uma porcaria qualquer pro cara que serve, depois me apontam. Ele me olha, consinto com um sinal. Elas sorriem, finjo que não percebo. Uns escrotos, esses mochileiros.

***

Nunca viajei de mochila nas costas, carona, essas coisas. A bem da verdade, noventa porcento das minhas viagens foram a trabalho. Os outros dez foi acompanhando Suzana aonde ela decidisse: Nordeste, Pantanal, ClubMed, Miami. Zanzei um pouco de moto, é verdade, mas não se tratava de viagem, assim como agora.

A pior de todas foi em 92, no ClubMed. Mais insuportável do que a colônia de férias em 67. O ClubMed foi o mais próximo que já estive do inferno. Do excesso de comida à fanfarronice, passando pela idiotia dos organizadores e inépcia dos hóspedes, o Club Mediterranè foi, de longe, o pior lugar onde já pus meus pés. Ou talvez o melhor — já que foi a partir daquelas férias que comecei a pensar no meu atestado de óbito como uma possível carta de alforria. Eu queria morrer. Colônia de férias pra gente grande se sentir criança: gincana, concurso, prêmios, eleição do mais simpático, guias, sorrisos, enfim, a mais descarada hipocrisia a que já fui submetido. O ser humano visto através de raios x, em toda sua mediocridade, gordura e constrangimento. O pacote era de uma semana, mas já no segundo dia eu estava liquidado. O ápice foi um concurso de mambo, no qual fui inscrito sem saber. Suzana e Rob, um dos gentis organizadores, vieram me buscar no quarto. Rob chegou com meu crachá pronto: FIGA.

— Só falta você, Figa — veio sorrindo, o Rob.

— Meu nome não é Figa, é Figueira.

— Aqui todo mundo tem apelido — sorriu.

— Vamos, Figueira, nunca te peço nada, vai... – implorou Suzana. Não sei de onde ela tinha tirado o "nunca te peço nada". Não, pensando bem estou sendo injusto, de fato ela não pedia, ordenava. Aliás, se estávamos alí naquela situação idiota, mediada pelo pernóstico Rob, era por seu decreto.

Suzana inventara de engravidar: "Porque sim, porque sim, porque sim". Ok, começamos, todos os dias durante três ou quatro meses. Estava de saco cheio de tanta cópula. Foi quando ela concluiu sobre o que estava errado: não conseguia relaxar em São Paulo. Escolheu o ClubMed. Tudo bem, tem gente que faz filho em elevador, fazer o quê?

— Não Suzana, estou cansado — fui firme.

— Ah, Figueira, eu te imploro, vai....Va-mos, Va-mos, Va-mos... — começou a imitar torcida e a bater palmas. O idiota do Rob acompanhava.

— Va-mos, Va-mos, Va-mos... — De repente Suzana se desequilibra e se apoia no batente da porta. O eficiente Rob a escorou pela cintura.

— Suzana, você bebeu? — interrompi o coro.

— Só um pouquinho....

— Vão embora, me deixem sossegado — e fechei a porta.

— Abre, Figueira, abre já!

Esmurrou mais um pouco, depois o conscencioso Rob convenceu-a de desistir. Quando ela voltou, horas depois, fingi que estava dormindo.

— Acorda Figueira — enrolava a língua.

— Não enche, Suzana, você está bêbada.

— Acorda, vai... vamos tentar — e se atirou na cama.

— Hoje não — cortei.

— Hoje sim senhor, vai — me agarrou.

— Você está cheirando a bebida, me deixe.

— Só um pouquinho — segurou meu pau. Afastei sua mão.

— Dá um tempo, Suzana.

— Você é um idiota, Figueira — gritou. — E não entende nada de mulher.

— Provavelmente não — concordei.

— Não mesmo.

— Pois é...

Silêncio.

— Você tem que perceber a sua mulher, caramba.

Silêncio.

— Você não tá nem aí...

Silêncio.

— Você fica de bobeira, mas tem gente que presta atenção, sabia?

Silêncio.

— Porra, Figueira — berrou, — fala alguma coisa, caralho!

— Estou com sono, Suzana, amanhã a gente conversa.

Acendeu a luz e sentou na cama. Continuei dormindo.

— Será que você é cego, porra. O Rob estava dando em cima de mim na sua frente, Figueira. Na sua cara, porra. E você deixa ele me levar...

— O que você queria, que eu dançasse o mambo? — interrompi.

— Não, Figueira, eu não queria que você dançasse, só queria que você estivesse do meu lado, porra, me olhando, sentindo tesão, me querendo.

— Caramba, faz três meses que transamos todos os dias. Por deus, Suzana, o que mais você quer?

— Não tem nada a ver uma coisa com a outra. Uma coisa é fazer filhos, outra é seduzir, caramba. É tão difícil de entender, é?

Silêncio.

— E tem mais, Figueira, o Rob... ele...

Silêncio.

— Você não quer saber, né? Não está nem aí.

Silêncio.

— Mas eu vou falar, só pra você se ligar, Figueira: o Rob... ele... ele... Ele me beijou. Pronto, falei.

Silêncio.

— ... Mais de uma vez. Algumas, até.

Silêncio.

— Porra, Figueira, você não vai falar nada, nada? — gritou.

— Foi bom pra você?

— Vai pro inferno, Figueira, pro infeno! — desatou a chorar. E depois de um tempo: — Pelo menos abre os olhos, desgraçado!

Continuei dormindo.

***

— Mais uma vodka, por favor.

Devem ser lésbicas, as hippies. Estou vendo tudo, elas roçam as pernas debaixo da mesa.

— Não vai comer nada? — pergunta o balconista. Não tenho fome, mas melhor me alimentar. Já que decidi abraçar o alcoolismo é bom estar preparado, quanto mais cheio o estômago mais adiarei a úlcera.

— Tem esfihas?

— Uh, amigo, esfiha não tem — lamenta. — Tem coxinha, quibe, croquete, lanche de pernil...

— Hum... faça o seguinte: um sanduíche de pernil, com ovo frito, maionese, três rodelas finas de tomate. Aliás, me traga a maionese e os condimentos separados.

Pronto, assim já como de uma vez, que seja breve e indolor.

Lá fora venta. Aqui dentro faz calor. O bar é bem eclético. Homens de chapéus e calos nas mãos, com certeza lavradores, roceiros. Sentados na soleira da porta uns adolescentes bebem cerveja e falam alto. As hippies se roçam. Um automóvel de portas abertas, estacionado defronte, emite grunhidos inaudíveis... deve se tratar de música, esta cacofonia, pelo menos a garotada grunhe junto. Dois adolescentes debilóides esmiuçam minha moto. O cheiro de gordura é insuportável. O vento insiste, acho que vem chuva forte. E eu me sinto na Arca de Noé.

— Seu lanche — empurra o prato.

Viro a vodka. Examino o sanduíche. Deplorável, como deveria ser. "Você está pisando em terreno perigoso, Figueira". São os sinais. Este lanche é sintoma das profecias do Sr. Jacob. Só louco pra pedir um troço desses, só louco. Como se não bastasse, é enorme. Santo Deus, e pensar que isto tudo vai ter que sair.

— Vai continuar na vodka? — lá vem o balconista.

— Hum... não, preciso de alguma coisa doce. Cuba libre, isso mesmo, me faça uma cuba libre.

— Cuba?... É coca com o que mesmo?

— Rum, meu amigo. Rum, coca, gelo e limão — cara burro. Um barista que não sabe o que é uma cuba, caramba.

— É mesmo, verdade... É que é muita bebida, a gente confunde.

O sanduíche está ruim, claro, mas como assim mesmo. Já tinha decidido comer, então vou comer. Está muito seco, o pernil. Mastigo com grossos goles de cuba, pra ajudar na formação do bolo alimentar. O processo digestivo começa na boca, com a mastigação, que seria impossível sem o auxílio da saliva proveniente, todos sabem, das glândulas salivares. É importante saber que as glândulas salivares são um dos três órgãos anexos ao aparelho digestivo. Os outros dois são fígado e pâncreas.

A mastigação é importantíssima. Nojenta, é verdade, mas de suma importância. Mastigo cerca de trinta vezes antes de engolir. Não que eu precise contar, é automático. Na verdade foi Suzana que levantou os dados. Diz que é um horror, preciosismo, falta de educação. Me proibiu de mastigar mais de dez vezes na presença de terceiros. Dane-se a Suzana, agora posso mastigar quantas vezes quiser.

A hippie menos feia vem na minha direção. Merda.

— Pô, cara, cê tá comendo de pé. Não quer sentar com a gente?

Silêncio. Ainda estou mastigando, vai ter de esperar, a fedorenta.

Silêncio.

— Não — finalmente engulo. — Estou bem de pé, pode deixar.

Não vai embora, a vadia. Fica me olhando enquanto como. Sorri e não diz nada, muito estranha. Agora encasquetou com a plaquinha do Vietnã, não tira os olhos dela. Vai pedir, tá na cara.

Mastigação.

— Gostou? — pergunto depois de engolir.

— Gostei — continua sorrindo.

— É, mas não vou te dar — adianto.

— Mas eu nem quero... ó o cara, que desconfiado. Queria ler o seu nome, mas não tem nada escrito.

Comeria esta hippie se ela passasse um mês na soda cáustica. Já a outra eu mandava matar.

— Eu sou a Keila, ela é a Kênia — apontou a monstra. — Com K, as duas.

— São os nomes de guerra?

— Ei, ó o cara. Tá me tirando de prostituta?

— Escute, menina, é impossível que uma Keila encontre uma Kênia, formem uma dupla e passem a viajar juntas. Dois nomes exóticos com K, eu diria que chega a rimar. Isso contrariaria qualquer estatística, entende? Seria o mesmo que aqueles dois lavradores, ali no canto do balcão, dissessem que se chamam Jimi e Jack. Probabilidade zero, percebe?

— Cara... cê é muito louco... — voltou a rir.

— Não Kênia, sou bastante normal.

—Eu sou a Keila — corrigiu.

— Pois é, foi o que eu disse.

— Como assim?

— É parecido demais, a gente até confunde.

— Cara, é coisa de alma, eu e a Kênia. Cê não sabe...

Esta Keila me lembra Edite, uma secretária que trabalhou na Leidermman. É daquelas pessoas que parecem que estão sempre rindo. Até quando choram.

— Alma, você disse? — pergunto.

— É, cara, pode crer...

— Me parece mais coisa de tesão.

— Ah-ah-ah...também, é conseqüência...

— Vocês são lésbicas? — vamos esclarecer de uma vez.

— Nada a ver, cara, nada a ver. A gente se curte, só isso. Esse papo de gay tá por fora, é só um rótulo...

Mastigação... vinte e sete, vinte oito, vinte e nove...

— Me diga, Keila, de onde vocês são?

— De Londrina, no Paraná — ri bastante agora.

— Qual foi a graça? — quero saber.

— Nada. Outra viagem, outra viagem... Ah-ah-ah...

— Você usou drogas? — intimei.

— Cara... cê é muito engraçado, fala que nem velho...

— Eu *sou* velho, Keila.

— É nada, cê é muito louco. Conheço louco de longe, cara, pode crer...

Merecia um banho, essa Keila, merecia mesmo.

— Keila, chame sua amiga. Se não temos maconha vamos encher a cara.

— Pô... já ou imediatamente?

dezenove

"Agora quem dá a bola é o Santos. Santos é o novo campeão". Só sei essa parte, mas é muito boa. O Santos... o Santos... sei lá, não sei nem o que dizer. Quando estou bêbado é que me dou conta de como os sóbrios perdem rapidamente a lucidez. Incluindo você, Figueira. O que me dá raiva é que sei que amanhã, nauseado pela ressaca, continuarei dizendo que detesto futebol. Bobagem, claro, Keila acabou de dizer: "Tudo é referencial...". E é mesmo. Queria acordar, olhar pro sol e seguir meu coração, montar na minha Fatboy e só parar na Vila Belmiro. Que se dane, se precisar encher a cara todos os dias que me restam para amar o Santos, farei isso.

Santos... caralho. Figueira, o que você fez da sua vida? Onde você estava quando o seu time precisou de você? O Eduardo, ele não pode ser São Paulo. Vou mudar isso, vou mesmo. Terei direito a finais de semana com ele, vamos pra Santos, com certeza, podemos almoçar no Boa Vista, antes do jogo. Eu e ele, de boné e camisa. Bandeira também.

— Ei, ei, ei, P.A., acorda! — é Kênia, me chamando. Está batendo palmas na minha cara, que diabos?! — Voltando pro planeta Terra, alô P.A., câmbio, câmbio... ah-ah-ah...

— Porra, Kênia, não enche o saco....

— Eu sou a Keila, P.A.

— Ah... dá no mesmo.

— Parou de chover, o Jair quer fechar o bar. Vamos, vai, já são três horas...

— Vamos aonde, caralho?

— Pra nossa barraca, cê dorme com a gente — fala a monstra... se bem que ó...melhorou bastante.

— Barraca?! Nem pensar, prefiro dormir de pé. Vamos prum hotel, os três, tomar banho e tal...

— P.A., aqui não tem hotel. Só em Conceição, é longe, fica a quinze quilômetros — falou uma das duas.

— A gente vai de moto.

— O quê? Esquece, você tá bêbado.

— Melhor, a gente chega mais rápido.

— P.A., cara, você tá trelelê, vamos dormir na barraca.

— Porra, Keila, vamos pro hotel...

— Eu sou a Kênia, cara.

— É, então, foi o que eu disse: Kênia.

— P.A., é o seguinte, cara, três na moto não dá...

— Ô se dá, ô!

— Keila, vamos largar esse cara aqui, eu não vou de moto.

— Porra, ele é legal, Kênia, é sacanagem...

Falam baixo, as vagabundas, acham que não estou ouvindo. Tô ouvindo prá lá de bem.

— Olha aqui, meninas, nós formamos um trio: Keila, Kênia e Koala... Agora eu sou o koala, entenderam?

Estou falando demais, eu sei. Mas dane-se, que se dane!

— Cê vai devagar?

— Claro, Keila, claro...

Agora já decorei: Keila é a bonita, Kênia, a média. Keila dá risada, Kênia é séria. Devia ser ao contrário, pra compensar, mas dane-se.

Seguimos pela estrada de terra. Os três sem capacete, conversando. Kênia quer fazer xixi. Paro a moto.

Gosto disso, imaginar a mulher agachada no mato, o capim roçando a xoxota, a urina escorrendo... Devo estar pra lá de bêbado, não é possível. Vou beber todos os dias, até morrer. Hippie não usa calcinha... rapaz, prevejo ereções.

— Vamos?

A estrada é linda, a noite é fresca e clara depois da chuva. Tento desviar das poças. Impossível, estamos de lama até o pescoço. Dane-se, prometi comprar roupas para as meninas amanhã, lá em Conceição. Queriam desistir.

— Sem chance, cara, tem muito barro, vamos pro camping.

— A Kênia tem razão, P.A., melhor voltar.

— Porra, que frescura é essa? Vocês nem parecem hippies.

— Hippie? O que que cê tá falando, cara?

— Isso que vocês ouviram: nem parecem hippies.

— Cara, o último hippie deve ter morrido há uns vinte anos. Ah-ah-ah...

— Ah é? Vocês são o quê, então?

— Nada, a gente é a gente: Keila e Kênia. A gente não se rotula.

— Não se rotulam mas se molham — Acelero...

— Pára, P.A., pára, ai, ai, não, não...

Já era.

***

Faria minha primeira viagem sozinho com Paulo Augusto no final daquele ano. Tínhamos treze pra catorze, seria no verão de 71. Teria sido bom, acampar em Ubatuba, na praia, nadar, correr, conversar... Estar do lado da pessoa que mais amava, descobrindo a vida, nascendo.

Olhando pra trás os fatos se justificam, tudo se encaixa. Não nasci para viver experiências fantásticas; viagens maravilhosas, grandes amores, sucesso. Aos quarenta e cinco a gente sabe muito bem onde a coisa começa e termina, a parte precisa que ocupamos, a extensão exata dos braços, o limite do passo. A gente sabe se vai morrer de bala ou de morte morrida, se vão chorar ou suspirar, no dia em que desistirmos. É só olhar no espelho e dá pra saber com precisão decimal a parte que nos cabe, o quinhão que nos pertence.

A morte de Paulo Augusto faz sentido. Não consigo me imaginar correndo pela praia com meu único amigo, transbordando de felicidade. E se a gente não pode se ver numa cena então este quadro não nos pertence.

Quando o velho morreu eu sabia que não passaria dificuldade, sei lá por que, apenas sabia. Ganharia quanto dinheiro me predispusesse a ganhar, estava estampado no meu caminho, e eu podia ver. Da mesma maneira, tinha consciência de que a felicidade não me havia sido reservada. Paz de espírito nunca me interessou. E a alegria — esta faceta caricatural da felicidade, só existiria na medida exata em que eu pudesse prescindir das pessoas. A gente sempre sabe. Só não sabe se não quer. Eu quis.

Agora, vendo Kênia e Koala, quer dizer; Kênia e Keila — Koala sou eu — tão felizes e maltrapilhas, tão ferradas e predispostas, imundas e faceiras, a única coisa que me ocorre é meter um pregador de roupas no nariz e me embrenhar por suas pernas; mergulhar de cabeça no meio dessa felicidade descabida e infundada. Como o penetra numa festa: pronto pra arranjar uma briga e acabar com tudo.

***

Nunca fiz sexo com duas mulheres ao mesmo tempo. Já vi em filmes, sei como fazer, estou seguro. Vou agir assim: primeiro tomo mais uma ou duas vodkas enquanto Keila e Kênia vão para o chuveiro. Espero uns cinco minutos, o tempo necessário pra que o grosso da sujeira escoe pelo ralo. Então apareço já pelado, claro, e entro no boxe. Vamos nos ensaboar um pouco, os três. Tenho que me posicionar de maneira a olhar mais para Keila, que é a bonita, enquanto Kênia esfrega os peitos nas minhas costas. Aliás, são um problema, essas hippies, quase não têm peitos. Mas tudo bem, pelo menos são quatro. Depois a gente se enxuga e vai pra cama. Então, das duas uma: ou peço mais vodka ou apagamos a luz.

— É aqui, P.A.!

Grande Hotel-Pensão Vale Verde.

A cidade é um túmulo. Devem ser quase cinco horas, parecemos três monstros e o Hotel-Pensão Vale Verde está fechado.

— Acho que a gente tem que tocar a campainha — diz Keila.

O hotel deve ser uma porcaria.

— Meninas, será que não tem um hotel melhor?

— Acho que só tem esse...

Quem não tem cão caça com gato, dizia meu avô. Que se dane, basta que tenha um bom chuveiro.

Tocamos a campainha várias vezes. Nada.

— Pô, cara, eu falei, eu falei... — resmunga Kênia — Barca furada, eu sabia..

— Calma, Kênia, deve ter um tiozinho aí, daqui a pouco ele aparece...

— Porra, Keila, a gente tá parecendo uns monstros. Puta mico. Eu falei pra gente não vir, vamos voltar, já! — uma pentelha, essa Kênia.

— Esquece — interferi, — não vamos voltar. Estou cansado de dirigir. Keila tem razão, deve ter um responsável. Se acalme, Kênia.

Ela sai emburrada, resmungando, vai se sentar no meio-fio. Ótimo, que fique por lá, monstrenga.

A relação custo-benefício-vodkas-hippies está indo por água abaixo. Ou entramos já nessa espelunca ou vou ter de comprar uma garrafa.

— Vamos dar um tempo aí na praça — Keila aponta os bancos.

11 de janeiro, mais um dia está nascendo; outra quarta-feira, lenta, presumível e nada promissora. Keila fecha os olhos e encosta a cabeça no meu ombro. É o fim da picada. O quarentão Figueira coberto de lama, namorando no banco da praça de Conceição, defronte da igreja matriz, no dia em que completa quarenta e cinco anos de vida.

Isso tudo, meu deus, é entulho de uma obra que não construí. Esse lixo não me diz respeito. Cheguei no final da festa, apenas pra contar os mortos e feridos. Nada me concerne. Considerem-se semelhantes, façam como quiserem, pra mim tanto faz, mas não me incluam nos seus inventários. Estou aqui por acaso, uma falha biológica, um abscesso, quisto, sei lá o quê. Não há sapatos que me caibam, corpo que me aqueça.

Não posso dizer que tentei. Tentar o quê? pra quê? Em todo caso: não deu.

Desculpe, Figueirinha, mas você adulto é um fracasso. Desculpe pai, não venci, não pude redimi-lo, provavelmente repetirei seus passos. Desculpe Eduardo, mas te deixarei a herança atávica, tente sofrer o menos possível. Perdão, Sr. Jacob, mas não gosto do senhor, engano seu achar que sim. Lamento Suzana, não devia ter me casado com você. Desculpe, Janaína, você tem mais que um belo par de peitos. Perdão a todos, porque eu já perdoei vocês.

O dia nasce com suas carradas de razão. Nenhuma que me mova.

— Keila, Keila?! Acorde.

— Hum... — resmunga.

— Acorde Keila, estou indo.

— Indo aonde?... O hotel abriu?

É horrível acordar alguém que você mal conhece. Ela desencosta do meu ombro, me olha confusa. Até acordando ela ri.

— Escute Keila, já destratei gente demais nos dois últimos dias. Não quero prejudicar você. A Kênia pouco me importa, mas você parece legal...

— Cadê ela?

— Foi até a padaria, ali do outro lado — apontei.

— Não tô entendendo, P.A., que história é essa?

— Preciso ir, Keila, apenas isso.

— E você vai largar a gente aqui, cara, desse jeito? — mostra a roupa imunda.

Abro a carteira e tiro um punhado de notas.

— Comprem as roupas que prometi, comam alguma coisa e peguem um táxi de volta — estendo o dinheiro.

— Táxi?! Tá louco, cara, a última vez que peguei um táxi foi quando saí da maternidade, no colo da minha mãe, ah-ah-ah... A gente vai de ônibus — me devolve parte do dinheiro.

— Fique com isso, Keila, compre o tal negócio que vocês estão precisando pro artesanato...

— Durepox.

— Isso, compre durepox.

Silêncio

— Posso perguntar pra onde você vai?

— Não faço idéia... Na verdade não importa.

— Tem razão, não importa mesmo, cara, basta a gente estar em paz.

— Paz? Não Keila, não tenho essa pretensão.

Ela me examina. Tem essa mania.

— Pode confiar em mim, cê tá fugindo, né?

— A gente está sempre fugindo, eu acho.

— Não, cara, a gente tá indo ao encontro, até quando foge.

— Pode ser. Mas o movimento é de fuga. A gente foge da chuva, da dor, do medo, do Carnaval...

Silêncio.

— Há quanto tempo você tá na estrada? — tudo ela quer saber.

— Comecei anteontem.

— Mentira — diz surpresa.

— Eu não minto, Keila.

— Mente sim — intimou.

— Não, não minto.

— Você disse que P e A eram as iniciais do seu nome...

Silêncio.

— Você chama Vanderlei, cara, nada a ver com P.A.

Estou me lembrando da história do coveiro, lá no cemitério da Cardeal. Que diabos ela está aprontando?

— Olhei sua identidade quando você foi no banheiro, queria saber seu signo. Parabéns, feliz aniversário!!

Eu poderia esbofetear alguém por isso.

Que se dane.

— Seu ascendente deve ser Escorpião. Certo?

— Não faço idéia, Keila.

— Quer que eu calcule? — arregala os olhos.

— Não, obrigado, já tenho todas as informações que preciso.

Ela está me olhando. Eu olho mais adiante; a porca da Kênia come pão, sentada no meio-fio em frente à padaria. Simplesmente não consigo me levantar, estou pregado neste banco. Sinto um impulso ridículo de deitar minha cabeça imunda no colo imundo de Keila e chorar... Ou rir, rir como um louco acorrentado, rir, rir, rir até vomitar as tripas. Rir como o maior palhaço de todos os tempos, rir até perder o juízo — ou o que resta dele. Rir de fome e de fartura, de medo e ironia, de troça e vergonha, raiva e desdém. Rir até esgotar a esperança... pra ter certeza de que este mundo não tem a menor graça.

— Cara, se é verdade que foi anteontem, pô, cê ainda vai ver muita coisa.

— Talvez eu não tenha tempo.

— Tempo é relativo...

— Pare com isso, Keila — cortei.

— Parar com o quê?

— "Tempo é relativo", "é questão de referencial", "a força te move", "a energia rege", essa bobagem toda. Com a sua idade eu já sabia que tudo é embuste, que dirá agora.

— Idade, cara, não tem nada a ver — insiste.

— É isso, tá vendo?

— Isso o quê?

— Nada, Keila, nada. Esquece.

Silêncio.

— Cara, você é uma figura bonita. Complicada, mas bonita...

Era o que me faltava.

— Keila, numa boa, você decorou essas frases?

— Cara, não me tira de idiota, é feio. Você é um cara que saca as coisas, dá pra ver, mas eu não sou burra. Você tá no ponto do surto, P.A., tá na cara. Pega leve com você mesmo — passou a mão no meu rosto. — Você tem um lado gracinha...

— Lado "gracinha"? — interrompo — Você deve estar bêbada.

— Tá bom, cara, forcei. Me expliquei mal, não é isso, claro que não. Mas sei lá... Cê tem um barato. Cê tem a chama... Verdade, não é papo furarado... A sua energia, não sei...

— Lá vem você de novo.

— Mas é verdade, cara. Já vi que você é meio cético e...

— Não existe *meio* cético, Keila – cortei. – Me chame de cético, se quiser, não me importo, mas francamente, não me acho. Eu acredito sim.

— Em quê?

— No que é crível, ora, não em suposições.

— Já sei, tipo São Tomé: ver pra crer.

— Não, Keila, essa é uma visão limitada, tacanha. Acredito em muitas coisas que não vejo. E quer saber? Tomé é mal-interpretado.

— Mas em quê você acredita? – insiste.

— Em conveniências, claro. O sujeito pode crer em Deus, no Diabo, e até nesses duendes que você fabrica. Pode acreditar na mais improvável das manifestações, faz parte do homem, e é até bom que acredite, sério, mas pode ter certeza, Keila, só acreditamos naquilo que nos convém. A conveniência antecede a fé.

— Se fosse assim você acreditaria em Deus, ora.

— Por quê?

— É conveniente acreditar em Deus.

— É você que está dizendo. Sinceramente? Acho que não.

— Pô, cara, saber que existe a Força Suprema, que somos parte dela, que retornaremos pra Luz... é maravilhoso.

— Keila, se existe tal luz, Deus, a energia de que você tanto fala, muito bem, ótimo pra todos, ela estará aguardando. Independe da minha ou da sua crença, endende? O que não dá pra aceitar é essa história de transferir responsabilidades. Se sou um homem, me é cabido agir como homem; recorrer aos meus sentidos, errar e acertar, comer, defecar e acima de tudo: ousar o máximo possível. Coisa que pouco fiz, confesso.

— Nada a ver, cara. Você faz as coisas que tem que fazer, claro, mas isso não impede de acreditar, de ter fé.

— Não, não impede, mas desconcentra. A nossa responsabilidade é com este mundo. Enquanto aceitarmos um Deus Pai nunca deixaremos de ser filhos, e filhos são mimados, inseguros e esperam que a ajuda caia do céu. Sinceramente, se Deus existe com certeza está ansioso por nossa emancipação.

— Você viaja, cara. Ah-ah-ah...

— Nem tanto.

Me examina um longo tempo.

— Me diga uma coisa, P.A., quando você olha pra você mesmo, o quê você vê?

— O corpo todo, menos a cabeça e as costas, claro.

— Tô falando sério, P.A... Quando você se olha no espelho, por exemplo, o que você enxerga?

— Uma superfície vítrea altamente reflexível.

— Tá bom, engraçadinho, vou ser objetiva: você gosta de você mesmo?

Hippies. Maldição, por que não falam de novelas?

— Não estou a fim de uma seção de terapia, Keila, não enche.

Ela segura o meu braço e se recosta de novo. Faz carinho na minha mão. É o próprio absurdo: os dois recém-saídos do chiqueiro, cobertos de lama, no banco da praça... Vou estourar, ela tem razão: ponto de surto.

Pois é, seu Jacob, não é que senhor estava certo?

— Keila, preciso ir — digo sem muita convicção.

— Me leva com você, P.A.

Pronto, Figueira, olha como você é legal, *cara*.

— Você está louca, Keila? Sem a menor condição — sacramentei.

Silêncio.

— Eu posso te ajudar, P.A. Você não vai agüentar muito tempo sozinho.

— Um: você não pode me ajudar. Dois: não sei o que você quer dizer com agüentar, mas se é o que imagino posso te garantir: não dou a mínima.

— Então fique aqui mais uns dias — me olha e sorri.

— Não Keila, preciso ir, e outra: se ficar terei que matar a Kênia.

— Eu ajudo, ah-ah-ah...

— Está na hora — me levanto.

Meu corpo é de chumbo. Minhas costelas ainda doem, o sol nascendo arranca um brilho da ponta do meu nariz e a sobrancelha parece que vai latejar pra sempre.

Keila gruda no meu pescoço, fica assim um tempo. Um pastiche desses a gente não vê nem em filme do Oscarito. Sinto um nó na garganta... nem do Mazzaropi. Devo estar cansado, só isso. Que diabos, Figueira, você é um homem de quarenta e cinco anos, anda cara, endireita essa coluna. É ridículo. Mais baixo que isso só incontinência urinária.

Keila me dá um beijo na boca.

— Última chance: Keila e Koala juntos, hem, que tal? Ah-ah-ah...

— Pode esquecer.

Ela me olha com carinho de menina.

— Então tchau, cara, vai na boa — sorri, claro.

— Adeus, Keila.

— A gente nunca deve dizer adeus.

— Não começa...

Caminhamos lado a lado até a moto.

— Só mais uma coisa, P.A.: você não é um homem da estrada, uma hora vai ter que parar — outro sorriso. O último.

***

— Por favor, que cidade é esta?

— Santa Lúcia, conhecida como Flor da Serra.

— Sei... Conhece uma cidade aqui perto chamada Paraíso do Sul?

— Conheço não senhor... Paraíso do Sul? Nunca ouvi falar.

Ótimo, estou seguro.

— Me diga, tem hotel aqui?

— Tem a pensão da Clélia. Muito boa.

São seis e meia. Hora de acordar, ou de dormir, tudo depende de que lado você vem. Preciso dormir, preciso defecar, me lavar, escovar os dentes, urinar, me masturbar pensando em Janaína. Ótimo, estou com a agenda cheia neste sábado.

É bom estar com sono, dormir. Melhor do que acordar, eu acho.

vinte

Voltei. Suzana não está mais zangada, pelo contrário, estamos fazendo o melhor sexo de nossas vidas. Ejaculo na sua boca, sensacional.

Acendo um cigarro.

— Quando você começou fumar, Papai?

Meu deus, estou fumando, não é possível. Eu não fumo.

Plam, plam, plam!

— Quem é, quem está aí?

— A Cláudia, filha da Clélia.

Caramba, que horas são, o que passa?

Abro uma fresta da porta.

— Desculpe incomodar, é que o senhor precisa botar a moto no estacionamento da rua de trás, a procissão vai passar.

— Procissão, que procissão? — ainda devo estar dormindo.

— É Festa de Reis, a procissão vai passar aqui na frente.

— Menina, hoje não é Dia de Reis...

— Não, foi segunda-feira, hoje é a comemoração.

— Já vou descer — merda.

Quatro da tarde. Caramba, gastei o sono de uma semana.

Lavo o rosto. A careca está salpicada de lama, estou inchado, imundo. O barro secou, mal posso me mexer, minha calça parece de amianto. A cama está marrom, Clélia vai me matar.

Paro na recepção.

— Garota, como é mesmo o seu nome?

— Cláudia. — Está com uma amiga, tentam conter o riso.

— Onde está sua mãe, Cláudia?

— Tá ajudando na festa... Não tem água no seu quarto?

— Tem sim, eu é que esqueci de tomar banho.

Caem na gargalhada. Ótimo, sou péssimo de piadas, gosto quando acerto uma de tempos em tempos.

— Preciso comprar roupas, Cláudia, urgente. Sabe de algum lugar?

— Na Shirley! — as duas ao mesmo tempo. Mais risadas.

— Só que não sei se a loja tá aberta — diz a amiga.

Agora é que fodeu.

— Bem, vou tentar. Como vou até lá?

— O senhor vira a primeira à direita...

— Cláudia — interrompo, — senhores geralmente são gordos, usam barba e não saem por aí de moto sujos de lama. Me chame de P.A.

Mais gargalhadas. Ótimo, Figueira, muito bem, quem te viu quem te vê. Estou encontrando meu estilo. Expressão, o cara do táxi falou: expressão.

— Ok, meninas, obrigado... Caramba, não sei o que será de mim se a loja estiver fechada... Nossa... Esta camiseta dos Racionais... Puxa, já deu o que tinha que dar... E vocês, se amarram nos Racionais?

— Ah, médio, pra falar a verdade.

— É, médio — confirma a amiga.

— É, não são tudo isso. É que eu gosto muito de *Um homem na estrada* e *Diário de um detento*. — comento.

— A gente curte mais Charlie Brown, Skank, Raimundos...

— Charlie Brown, claro, claro... "Eh, meu amigo Cha, meu amigo Charlie Brown, Charlie Brown... se você quiser..."

— O quê? — as duas.

— Nada, nada — não podia ser o mesmo, claro que não, Figueira.

Silêncio.

— Bem, meninas, até mais tarde.

Preciso começar a gostar de música. Fica difícil fazer amizades se a gente não fala de rock.

Apenas meto a cabeça pra fora e minha vontade é de correr de volta pro quarto. A praça está apinhada.

Foi ligar a moto e a cidade se virou pra mim. Terrível. Duvido que a procissão cause o mesmo furor. Sou o próprio santo de barro, e esta porcaria de lata o andor do século XXI. Saio com a moto o mais rápido possível. Pronto, Figueira, você já é conhecido.

Deixo a moto no estacionamento e saio a pé. É uma das situações mais patéticas que já vivi. Um careca cheio de piercings, coberto de lama, trajado que nem palhaço, atravessando a praça de Santa Lúcia, a Flor da Serra.

Não tenho a menor idéia do juízo que esta gente faz de mim. Todo mundo me olha, possivelmente me darão uma surra. Serei linchado, sei bem como as coisas funcionam no interior. Podem me estuprar, pode crer, esses caras comem até cabra, estou ferrado. Morrer empalado por algum Cráudio, Créber ou Cróvis. Gostam do erre, esses caipiras, nunca vi.

***

Não acredito em sorte, azar, destino. Mas acredito em coincidências. Sempre me dei bem no interior, embora ache isso aqui um saco. Cheira a galinha, fofoca, maledicência e ração Purina. Mas já tirei mais dinheiro desses rincões do que muito caipira jamais sonhou.

Minha primeira grande venda imobiliária foi uma fazenda de mil e quinhentos alqueires na cidade de Assis, interior de São Paulo. Eu acabara de entrar na Leidermman, antes tinha trabalhado numa imobiliária pequena lá em Santana. Levei o equivalente a dezenove mil dólares de prêmio.

No dia em que passamos a escritura, lá em Assis, fomos à uma churrascaria, o Sr. Jacob quase engolindo a dentadura de tanta felicidade. Sugeriu que fizéssemos uma "farrinha", "Pra comemorar, Figueira, pra comemorar..." Qualquer coisa, tudo, menos ir a um puteiro de mãos dadas com o Sr. Jacob. O velho encheu a cara e tive de carregá-lo pro hotel.

Eu deveria estar satisfeito, o dinheiro, a venda...mas não, na verdade eu estava péssimo. Havia feito planos; comprar isso, aquilo, investir aqui, aplicar ali, essas coisas. Mas foi receber o cheque do velho e um buraco do tamanho do mundo se abriu ao meu redor. Comprar o quê? Pra quê? Daria algum dinheiro pra D. Cândida, mãe de Paulo Augusto, e só. Ela estava passando apertos desde a morte de seu Vítor, o marido. Eu poderia dar entrada num apartamento — aliás fiz isso, mas eu não queria apartamento, nem outro carro, família, barco, motocicleta, nada. A bem da verdade só pensava em continuar vendendo, me consolidar como um pernicioso atravessador, pegar aqui e entregar ali. E deixar que a vida pagasse comissão por isso.

Deixei o velho no hotel e saí andando pela cidade. Acabei no puteiro, bêbado, brochado, estirado do outro lado do rio.

Eu tinha vinte e três anos, até então não havia posto uma única gota de álcool na boca, exceto bombons de licor. E foi a primeira vez que fui parar num puteiro.

Quinze anos depois voltaria à Assis pra fechar a maior transação imobiliária que já realizei.

Destino, sorte, azar? Não, só coincidência.

***

A loja da Shirley está fechada. Todas as lojas estão fechadas. Abertos só os bares e barracas, é muito azar.

Uma transeunte negra me informa que Shirley está na praça, mas que ela mora ali mesmo, atrás da loja, é só pedir que ela abre a qualquer hora. Ótimo, mas o que eu faço enquanto isso?

Caramba, estava com a agenda lotada, agora emperrou. Não adianta tomar banho, escovar os dentes, bater punheta, enfim, não dá pra fazer nada se eu não tiver roupas limpas.

É verdade, Keila tem razão, não sou da estrada. Os caras da estrada não se importam com nada; roupa, banho, higiene. Droga. Eu poderia ter sido das estradas, mas o fato que já fui domesticado. O cão Figueira só sabe viver em apartamento; ração, pet shop e coleira anti-pulga. Aprendeu abanar o rabo, o dócil Figueira: "Figueira, senta!" "Levanta!" "Morto!" Tomou vacinas, o obediente Figueira, é verdade, mas solte este imbecil na estrada e ele morrerá em dois minutos.

Que se dane, não devo nada pra ninguém. Que se dane!

Caminho altivo pela praça. Pão e circo pra ralé, me olhem se quiserem, vocês não sabem nada, vão lá babar no santo, aplaudir a procissão. Pouco se me dá, não faço parte disso. Não, Figueira não abana o rabo jamais! Não sei por que me dirijo a vocês, deve ser piedade. Vocês nem falam inglês, but I do, I do, I do! Fiz curso enquanto vocês assistiam o futebol. Vomitava e vocês comemoravam campeonatos, sofria enquanto vocês juntavam, vagava de madrugada pela casa e vocês sonhavam aparecer na televisão. Me asfixiava em incontáveis apnéias e vocês falavam da qualidade do ar. Escancaro meu peito enquanto vocês se atolam na questão da violência. Não quero ouvir mais nenhum piu. Vão lá, pleitear aquilo que vocês entendem por qualidade de vida. Preencham seus formulários, paguem seus impostos, não se esqueçam do cadastro, da bula, da ficha, da oração, do carnê, principalmente o carnê. Dia dez, não vá esquecer, tem que pagar a prestação. E a grama do sítio, o salário do caseiro, o sítio é importantíssimo, é pra lá que você vai assim que se livrar das rédeas da firma. Uma vida saudável no campo, afinal a violência está terrível, o trânsito insuportável. E vocês aqui de Santa Lúcia, já estão no campo, mas não se esqueçam: São Paulo é melhor para as compras, hem? Com o dinheiro de uma geladeira aqui você compra duas na capital.

A gente tem que ser esperto, tem que ser, não tem outro jeito. Não é ótimo quando você compra um carro pela metade do que ele vale? Extorquir um pobre diabo que está desesperado atrás de dinheiro pra pagar a conta do hospital, não é bom? É o peixe que me venderam, estou apenas repassando.

Continuem me olhando, franzindo o senho, tirando suas conclusões. Eu também faço isso, aliás estou fazendo neste instante. Sintam-se à vontade, me elejam ou me deponham, tanto faz, já é melhor do que passar despercebido. Estou aqui contrariando este mesmo messias a quem vocês rendem homenagem: julgo para ser julgado.

***

Sou católico, o que é mesmo que não ser nada. Sou o típico católico moderno: não vou à missa, não ajudo o próximo e não faço o dever de casa. Mas fui batizado, fiz primeira comunhão e só não fui crismado porque Paulo Augusto morreu dois meses antes da cerimônia. Eu estava de cama.

À frente da procissão vêm umas trinta crianças vestidas de anjinho, cada uma segura uma vela branca. Foi mais ou menos assim na minha primeira comunhão. Não estava vestido de anjo, mas trajava branco e teve a história da vela. Meu pai era puro orgulho, não sei por que, mas era. Pelo menos comunguei. Eu era obcecado pra provar a hóstia e, devo dizer, não me decepcionei. Aliás, foi um dia bom, o da primeira comunhão. Tio Ari me deu uma Bíblia e um terço, teve almoço em casa e ganhei um brinquedo do velho. D. Cândida, mãe de Paulo Augusto, fez um bolo só pra mim. Paulo veio trazer, a casa estava arrumada e meus tios eram legais.

— Então você é o famoso Paulo Augusto? — perguntou tio Ari.

— Ah, não sou tão famoso assim...

— Rapaz, pensei que você fosse maior. Do jeito que o Figueirinha fala achei que você fosse um gigante.

— Tamanho não é documento, tio Ari.

Pronto, tio Ari estava conquistado. Paulo era assim, conhecia uma pessoa, não importava se era criança, adulto, velho, passava imediatamente a chamar pelo nome. Quando meu tio ouviu aquele "tio Ari" tão espontâneo, sincero, se derreteu.

— É verdade, Paulo, é verdade, tamanho não é documento. Aliás, o tombo é maior quando o cara é grandão, não é mesmo?

— Não sei, ainda não cresci.

Riram, os dois. Riram Muito.

Eu não sabia falar aquelas coisas legais. Tudo o que Paulo Augusto falava dava certo, todo mundo ria, gostava. Mas eu estava feliz por ele fazer sucesso. Tinha vergonha da minha casa, da vó, do pai, era um alívio vê-lo ali tão à vontade, como se estivesse na escola. Sentia orgulho do meu amigo e do meu tio. Gostava muito do meu tio, adorava o meu amigo e me constrangia por meu pai ser um panaca. Uma infância comum, se for pensar. Não tinha mãe, é verdade, mas até aí Rubinho e Vander não tinham pai. Era pior, eu pensava, quero dizer, não ter pai. Rubinho e Vander eram bem mais pobres do que a gente. É, infância bem previsível, possivelmente tão pacata quanto a desses anjinhos debilóides.

Atrás dos querubins vêm as velhas carpideiras, todas de preto. Viúvas, decerto. Não perderam muita coisa, os finados. Essas velhas não devem ter sido muito melhores na adolescência.

Acompanho o cortejo de dentro de um bar. Divido o balcão com sujeitos fantasiados de não sei o quê. Usam roupas coloridas e carregam instrumentos. São os músicos da Folia de Reis, vai ter festa pela cidade inteira depois da procissão. À noite show de música sertaneja: Adão & Adílio. Tem cartazes espalhados pra todo lado.

A turba está ensandecida. Barracas de comida, artesanato, hippies, algodão-doce, bexiga de gás, pipoqueiro, tudo o que um mau prefeito precisa para se reeleger.

Uma das velhas de preto vem pingando de mesa em mesa. Vende alguma coisa. Não vou escapar, já sei.

— O senhor não quer comprar um número pra ajudar a Creche Jesus Menino? — estende o talão — $ cinco cada um, concorre a um novilho doado pelo Bastião Machado, da Fazenda Santana. O sorteio é às seis horas.

Sensacional. Sair de Santa Lúcia, a Flor da Serra, numa Harley Davidson arrastando um bezerro pela corda, cabresto, rédea, ou seja lá o nome que tiver a coleira do boi.

— Compro dois se a senhora me garantir que não vou ganhar.

— Como é que eu posso garantir que o senhor vai ganhar? — riu. Faltam só trinta e dois dentes.

— A senhora não entendeu, eu disse que não quero ganhar.

— Como é? — não está entendendo bolhufas.

— Nada, minha senhora, nada. Me dê dois — entrego a nota. Ela dá os comprovantes: 631 e 632. Ando com tanto azar que é capaz de eu ganhar essa porcaria de boi.

— O senhor é cantor? — pergunta depois de me examinar.

— Não senhora, sou advogado honesto. Trabalho em São Paulo para a Master Corrupition Fucker do Brasil — velha chata.

— Nossa... O senhor parece artista — examina minha roupa suja de lama.

— Não, sou apenas um advogado bem-intencionado.

— Cuidado, meu filho, o inferno está cheio de boas intenções. Tome — estende um santinho, — Deus te abençoe.

— A ti também.
— Amém.
— Amém.

— Mais uma por favor — levanto o copo. Estou bebendo vodka como se fosse água.

Examino o santinho: São Francisco de Assis. O que falava com os bichos. Acho bem possível alguém falar com bichos, sinceramente. Só não acredito em santo, canonizações, beatitude. Santificar alguém pra quê, por quê? Outro dia canonizaram aquela brasileira. Será possível que ainda precisamos de mais santos?

— Dá licença? — a velha de novo. Porra. — Posso perturbar o senhor só um minutinho?

— Desculpe, senhora, mas já estou de saída.

— É que o senhor é de São Paulo, não é?

Silêncio. Saco.

— Sim, sou de São Paulo.

— É que eu preciso mandar uma encomenda pra minha irmã e o correio quer me cobrar $ trinta e seis, então...

— Senhora — interrompo, — lamento, mas estou de férias, devo voltar só daqui um mês.

— Ah, Jesus...

— Pois é... — viro meio de lado.

— Ah, Jesus...

Silêncio.

— Ah, Jesus... se eu pudesse pagar... mas $ trinta e seis...

Às vezes tenho a sensação de que eu sou o único idiota vivendo neste planeta. Fora o bobo do Figueira todo mundo é malandro. Isso inclui vendedoras de brinquedos, hippies, negras de beira de estrada e velhas carpideiras. Quanto a senhora cobra pra chorar no meu enterro? Poderíamos negociar uma permuta, que tal?

— Ah, Jesus, vou ter de pedir pra minha sobrinha, coitada, ela já tem tanta despesa. O filho dela é excepcional, custa um dinheirão...

— Minha senhora, todo mundo que eu conheço tem filho excepcional, posso falar por mim.

— O senhor tem filho excepcional?

— Não, minha senhora, estou falando de mim mesmo. *Eu* sou o filho excepcional.

— Ah, moço, não brinca com uma coisa dessas. Jesus te deu saúde, inteligência, te fez advogado, homem de bem...

Por que perco tempo com essa velha? Pago e ela se manda, não é assim que funciona? Nem parece que sou vendedor.

— Tome senhora — dou uma nota de cinqüenta, — mande a encomenda.

A velha segura o dinheiro, não sabe bem o que dizer. Aliás, claro que sabe.

— Ah, filho, que Deus te abençoe, não vai faltar nada pro senhor na sua vida, Jesus vai te amparar. A Virgem Maria...

— Tudo bem, tudo bem, não precisa agradecer.

A velha tem o despudor de segurar minha mão e beijar. Puxo a mão imediatamente.

— Não faça isso, senhora.

— Eu vou trazer o troco pro senhor e...

— De jeito nenhum. Nos despedimos aqui.

— O senhor gosta de bolo de aveia?

Bom Jesus, devo lhe dizer, seus arautos são terríveis.

— Senhora, está tudo certo, sei que a senhora está grata, não preciso de troco e estou de saída. Vá com Deus.

— E a sua esposa, gosta de bolo?

— Sou divorciado, não tenho esposa.

— Ah, judiação...

— Pois é, judiação mesmo. Está tudo certo, senhora. Pode ir, se a senhora não se incomoda eu gostaria de ficar sozinho.

— Que Deus te abençoe, meu filho.

— A ti também.

— Amém.

— Amém.

***

AMÉM! Acabou a parte sacra, a turma da diocese está zarpando, agora deve começar a festa. A mesma merda, suponho. Só muda o produto, mas vão continuar vendendo, não importa o quê.

A primeira boa notícia é que não ganhei o boi.

A segunda é que estou bêbado mais uma vez. Desisti de comprar roupas e estou pensando seriamente em abordar Cláudia, a ninfeta herdeira da pensão da Clélia. É bem provável que eu faça isso. Posso inclusive ficar por aqui e administrar os negócios, sou bom com os números. Clélia é viúva e está faltando um homem naquela casa. Posso comer as duas, igual o cara do filme Lolita. Muito bom aquele ator, excelente. Me parecem melhores, os atores estrangeiros, acho que é porque não dá pra entender direito o que eles falam, deve ser isso. Não sei se os atores brasileiros são bons, sei lá. Mas pra falar a verdade pouco importa, estou pouco me lixando se o sujeito é do Brasil, Argentina, Estados Unidos ou qualquer outra desconformidade geográfica cercada de arame farpado. Grito gol quando fazem gol, dane-se o vencedor, no final sairemos todos perdendo.

Posso encarar o show do Adão & Adílio, pode ser. Posso ir até a praça ouvir os caras fantasiados. Posso voltar pra Varzinha e procurar Keila. Ou posso, finalmente, ligar pra Sandra irmã de Janaína... Melhor não.

Dane-se, posso fazer o que eu bem quiser. Tenho muitas opções.

— Mais uma — levanto o copo, — e sirva mais uma rodada aqui pros camaradas — aponto os colegas de balcão. Estou muito bem disposto.

Todos agradecem. Ótimo, viver é isso, deveria fazer essas coisas há mais tempo. Uma ótima maneira de terminar a vida: pagando bebida e putaria pra todo mundo. Muito melhor que dar esmolas.

Se quiser posso ser da estrada, claro que sim. Já sou, até.

— Mocinho, dá licença?

Caramba, a velha de novo não.

— Vim trazer o troco — estende uns dinheiros velhos e fedorentos — E essa aqui é a Shirley, aquela sobrinha que eu falei.

Muito bem, vovó, muito bem....

— Shirley? Moda Shirley? — arrisco.

— Como é que cê sabe? — abre um sorriso.

— Não estaria neste estado — apontei a roupa, — se você estivesse na loja há duas horas.

— Não entendi?!

— Puxa, Shirley, estou viajando, fui roubado e peguei chuva, preciso refazer meu guarda-roupas.

Seus olhos acendem verdes: a receber!

— Ah, judiação — igualzinha a tia, — abro a loja, se você quiser.

— Tudo bem?

— Claro...

Apenas coincidência.

***

A índole humana é curiosa. Em maior ou menor grau, não importa, mas a curiosidade é tão intrínseca no homem quanto sua tendência à mediocridade. A luneta é a prova científica desta predisposição humana em violar correspondências, abrir pacotes e recorrer à frestas com olhos arregalados e pênis ereto. Muito reveladora, a luneta, esteja ela apontada pras estrelas ou pro apartamento da vizinha, tanto faz.

Como definir este sentimento abrasivo, esta comichão irrefreável que cresce como câncer à medida em que se adentra o insondável? De que maneira classificar este formigamento que não pode ser estancado senão cedendo ao impulso de meter o olho no buraco da fechadura? O que dizer desta labareda que arde no peito diante de uma caixa fechada? Ah... a curiosidade, esta mulher eternamente de costas, a própria perdição. Mesmo eu que não sou nada bisbilhoteiro, às vezes me vejo emaranhado e indefeso nas teias da curiosidade.

É por isso que neste exato momento formulo a pergunta cuja resposta dará fim a angústia que me assola:

— Shirley, você é morena e pinta o cabelo de loiro ou é loira e tinge a raiz de preto?

vinte e um

Experimentar roupas — tarefa por si só detestável, passa a ser algo comparável a uma catástrofe quando a vendedora se planta na porta do provador. "E aí, ficou bom?" "Posso ver?" Normalmente já entro na loja de cara feia que é pra não permitir intimidades, sugestões e hipocrisia. Na Richards os vendedores são do tipo batráquio: vêm saltitando atrás de você com aquela língua comprida que mal cabe na boca.

Só compro roupas uma vez por ano, geralmente no mesmo dia em que vou ao dentista. Data estrategicamente planejada para coincidir com a reunião de pais na escola das crianças. Se sobrevivo a este dia agüento mais um ano. Deixa pra lá. O fato é que faz três dias que compro roupas. E o que eu vou fazer com esta suja? Jogar fora, claro. Não tem o menor cabimento ir a uma lavanderia, conversar com a D. Fulana, voltar no outro dia, pegar a roupa limpinha e sorrir. Ridículo. Tem outra, minha mochila é pequena, estou de moto. Vai ser um problema essa história da roupa, sei lá como vou resolver. Uma coisa é certa: amanhã não compro nada, pode chover, nevar, o diabo que for. Fico nu, se for o caso.

A loja da Shirley é uma porcaria. Brega, me parece. A propósito, ela é morena e tinge o cabelo de loiro. Uma beleza, só vendo, parece minha cunhada Soraya. Mas comeria Shirley, claro, seja pelo belo rabo ou de raiva da Soraya, tanto faz. Shirley & Soraya, Keila & Kênia... Rapaz, a vida é mesmo cheia de peculiaridades.

Compro tudo sem provar. Um: não estou com paciência. Dois: tenho barro até no vão dos dentes.

Uma calça jeans, uma camiseta preta, mais uma cueca, outro tênis.

Ainda tenho uma cueca limpa na mochila, mas é sempre bom ter uma cuequinha a mais pra caso de alguma eventualidade.

— Só isso? Achei que você fosse desmontar a loja.

Estou com certo tesão nessa Shirley. Não tanto pelo rabo, acho que é a situação. A loja fechada, só nós dois, as vodkas e tal.

— Volto amanhã, Shirley, com mais calma.

— Pra que deixar pra amanhã o que você pode fazer hoje?

Só há uma maneira de responder a uma estupidez desta: com outra do mesmo quilate.

— O apressado come cru.

— É, mas come...

Será que ela está falando de sexo?

— Você gosta, Shirley?

— Do quê?

— Dos apressados, ora.

— Depende...

— Depende? Como assim? — me faço de besta.

— Os apressados acabam comendo..., quer dizer, comprando. Tem gente que enrola, enrola e não leva nada. Nadinha...

Silêncio. Droga, é sempre assim. Presença de espírito, Figueira, presença de espírito. Você vai morrer sem ter erguido um único centímetro dessa âncora que é a sua desenvoltura. Ela está dando a deixa, idiota, se você só sabe gaguejar tenha ao menos coragem, voe no pescoço dela. Que droga de vampiro é você? Essa mulher está louca pra ser currada por um motoqueiro coberto de lama, tá na cara. Você é homem, ela uma mulher, nada mais resta a ser feito senão cumprir os desígnios da vida, faça o que deve ser feito, homem. Até quando você vai negar sua condição? Você espera o quê, idiota, que ela venha te agarrar? Você não está com essa bola toda, Figueira, aliás nunca esteve. Cumpra seu papel de macho, é o mínimo que você pode fazer. Desde que o mundo é mundo é assim; cabe ao macho isentar a fêmea da responsabilidade de ter sucumbido ao prazer antigênico do sexo. Ela quer exatamente isso: sentir-se encurralada, alegar que não teve escolha, poder dizer que foi mais forte do que seu poder de resistência.

Mas você pode ir embora se preferir, tomar seu banho morno, chuchar uma bolachinha de maisena no café com leite e assistir televisão no hotel. É com você, bonitão.

Que seja. Adianto dois passos, olho nos olhos de Shirley. Ela se faz de assustada. Atrizes, todas, não salva uma.

— O que foi? — balbucia.

Puxo Shirley pela cintura e tasco-lhe um beijo na boca. Ela está socando minhas costas. Sei como é, já cansei de ver em filmes: ela vai diminuir os golpes até me abraçar, tomada de desejo. E eu poderei currá-la sobre este deplorável balcão de cerejeira...

... alguma coisa não está funcionado. Sou bom de fôlego mas já estou sem ar e ela continua esmurrando minhas costas. Vou ter de soltá-la.

A mulher grita desesperada.

— Shirley, pelo amor De deus, não grite.

— Socorro!

— Shirley, eu já parei, estou indo embora.

— Socorro!

Eu sabia, eu sabia. Você é um idiota, Figueira, olha a merda que você arrumou. Sai dessa agora, idiota.

— Shirley, não grite, por favor. Olha, eu já vou, eu me precipitei, um milhão de desculpas...

— Socorro!

Alguém começa a espancar a porta de comunicação com a casa, que é nos fundos.

— Filha?! — é voz de homem.

Corro pra porta da rua. O velho Venâncio, a Foto Beatriz. Já sei, conheço o final. Serei surrado. Caralho, a chave, onde essa desgraçada enfiou a chave? Pára de gritar, desgraçada, pára de gritar. Forço a porta da rua. Nada.

— Shirley, pelo amor de Deus, abra a porta, eu vou embora!

Está louca. Apalpo sua calça à procura das chaves. Ela berra mais alto.

— Filha!! — está tentando arrombar.

Abro a bolsa de Shirley, viro sobre o balcão. Minhas mãos estão tremendo. Vou morrer, me espancarão até eu apagar. Nada da chave. Deus, é o fim. Eduardo, caralho. Onde está essa merda, porra? Maldito interior. Pára de gritar, puritana de merda. Deus, não vou achar a chave no meio dessa zona.

— Cala a boca, Shirley — dou umas sacudidas nela. Shirley, pelo amor de Deus, já disse: eu quero sair, não vou te fazer nada, menina, pare com essa histeria!

— Socorro! — está totalmente fora de si.

— Shierley?! — sacudo mais forte. Nada.

— Cala a boca! — imploro.

Plaft! Dou-lhe uma bofetada e ela cai.

Não teve jeito. Agora é que são elas. Silêncio.

— Filha?! Você tá bem?

— Acorda, Shirley, acorda, pelo amor de Deus, levanta, abre o olho.

É o velho, ele vai entrar. Vai me matar, eu sei. Desgraça, desgraça, desgraça! Janaína, tudo culpa sua, Janaína. Não tem outra saída, caralho. O telhado? Não... A porta da rua, a chave... Cadê essa chave, caralho? A porta tá rachando, ele vai entrar. Medo, medo, medo... Aqui, a chave, a chave!

Qual delas, qual delas? Anda, Figueira, anda. Pára de tremer, desgraçado. É isso que dá, é isso que dá querer comer mãe de mongolóide. Anda, caralho, abre, abre. Ar, ar, ar... Foi, abriu! Corre, desgraçado, corre.

Esbarrei em alguém. Olho pra trás, tem uma velha caída no chão, umas pessoas na porta da loja. Corre, Figueira, corre. Me viram sabem quem eu sou, vão me pegar, eu sei. Corre, corre até chegar na praça. Depois eu ando, é isso, quando chegar na praça eu ando, tá entupida de gente. É só chegar na moto, é só chegar na moto. A praça? É pra lá, é pra lá.

Viro aqui, isso, é alí. Diminuo o passo. Disfarça, Figueira, disfarça. Não tem ninguém atrás, tranqüilo, tranqüilo. Eu vou conseguir, eu vou. Não vou ser linchado nesta maldita cidade. Calma, calma. Melhor ir direto pra delegacia. Eu não fiz nada, foi só um beijo, porra. Não, eu bati na idiota. Puta merda. Sair fora, sair fora.

A praça está lotada, é bom... e é ruim também... dane-se. A moto, o negócio é chegar na moto. Calma, Figueira, você sempre teve sangue de barata, fica frio. Meu Deus, o que o medo não faz.

Agora, fácil, estou no meio da multidão, é só abaixar um pouco a cabeça e seguir em frente. Vai dar tudo certo, tranqüilo. Pego a moto e me mando pra Buenos Aires. Nunca mais Janaína, Shirley, Rita. Amanhã já vai estar tudo bem, vai sim.

Meu Deus, quanta gente, mal dá pra andar. Maldita raça. Planeta dos infernos. Sai, gentalha, sai, deixa eu passar, caramba.

Eu sou um idiota, um perfeito idiota. E se aquela desgraçada morreu? Pode ter batido a cabeça quando caiu, pode ser, pode ser... Afasta, ralé, afasta. Não, idiota, pára de ser dramático, as pessoas não morrem assim fácil. Aquilo é um vazo ruim dos diabos, vai sobreviver, a cretina, claro que vai. Sai, velha gorda, sai da frente...

— Ei, moço, mais educação...

Cala a boca, baleia. Caramba, não dá pra andar, merda. Essa droga de conjunto tocando, ninguém se mexe. Uma metralhadora, era tudo o que eu queria. Mandar esta cidade inteira pro paredão.

Estou ficando sem ar. Agüenta, Figueira, agüenta, você é o rei da apnéia, cara, pode viver sob a lama, água e até debaixo dessa gentalha. Vai cara, mais uns metros. Estou perto, quase, quase. Sai da frente, imbecil.

— Ô, folgado, não empurra não, babaca.

Está quase, vai dar, agüenta firme. Buenos Aires é logo ali. Vou morar na Cordilheira, vou mesmo... Só mais um pouco... Foi...

Ótimo, cruzei a praça, agora o estacionamento. Ninguém está me seguindo. Maravilha.

***

Tinha uma menina que morava na nossa rua, lá em Santana. Verônica. Era apaixonada pelo Valter, meu irmão. Mas o Valter era apaixonado pela namorada, a Cris. Essa Verônica perseguiu o Valter com tenacidade de agiota. Estava sempre na cola, esperando o dia, a hora, a chance. No dia em que meu pai morreu ela estava lá, pra "consolar". Cris estava de férias na Ilhabela, incomunicável. Verônica dormiu em casa. Engravidou, tinha dezessete anos, Valter vinte e um. Casaram e vivem infelizes até hoje. E o engraçado é que Valter nunca quis comer a Verônica.

Eu nem queria muito agarrar a Shirley, foi mais pra não perder a oportunidade. Mania de homem, eu acho. A gente é meio que condicionado a meter a cara no primeiro buraco que aparece. Não dá pra conviver com a idéia de ter deixado o bueiro aberto.

Se for pensar, a única mulher que eu realmente quis comer de três anos pra cá foi Janaína. E a estúpida se enfia debaixo de um carro. A negra Rita, por exemplo, não valia o sacrifício, era mais pelo exótico, eu acho. A hippie Keila era legal, e tinha a história de comer as duas juntas, verdade, mas sei lá, muito trabalho, muito trabalho.

Estou chegando a conclusão de que mulher dá azar. Me encheu o saco, essa história de sexo... quer saber? Tô fora, não estou interessado. Pode ser que eu arranje uma portenha, lá na Argentina. Devem ser melhores, eu acho. Pelo menos não devem arrastar o erre. Maldito interior.

***

Caralho, polícia. De onde apareceu esse carro?

Acabou, Figueira. Game's over, você foi eliminado. Estava na cara, estava na cara, imbecil. Tentativa de estupro, agressão física e mais um monte de coisas que inventarão pra me trancafiar pelo resto da vida. Fodeu. Janaína desgraçada. Perdão, Eduardo, perdão, mas vou ter de encostar, não sei fazer como os caras dos filmes.

— Desce da moto. Mão na cabeça — parece furioso. Faço exatamente o que ele manda. São dois, o outro se aproxima. Faz a vistoria.

— Abaixa o braço devagar e tira a mochila. Está armado?

— Não.

— Só a carteira e... uma caixa de... cueca (?!) — diz o outro.

O mais bravo enfia a lanterna na minha cara, depois examina minha roupa.

— É o próprio!

— Seu guarda, se o senhor quiser... — Ploft! Me soca o estômago.

— Espera, cara, aqui não. É sujeira.

— Algema o desgraçado e enfia ele no carro. Sabe dirigir essa moto?

— Sei... acho que sei, deve ser igual as outras...

— Ótimo, me segue então.

Enfiam um saco na minha cabeça.

— Liga pro tio – disse o mais bravo.

***

A velha história do corredor da morte. O que sente um homem quando sabe que vai morrer? Ser apagado, eliminado, suprimido do planeta no meio daquilo que prometia ser uma vida. A vida não vale o ingresso, aquele maluco que lambe azulejo falou isso. E tem razão. Mas de todo jeito é (ou era) uma vida, com direito a voto, crediário, restaurante por quilo e um boné do Santos.

Sei que vão me matar. Tá na cara. Já telefonaram pro tal do Tio. É o cara do serviço sujo, óbvio.

Agora sei exatamente o que sentem os condenados. Não deve ser muito diferente, afinal a humanidade parece ter sido parida numa máquina de xerox. O lugar-comum é a palavra de ordem, trocam-se os adereços, a esseência continua a mesma: medo, culpa e escatologia.

O que eu sinto é... é assim... Calma, vou dizer. O que eu sinto é... uma espécia de saudade do que não aconteceu (?)... Um distanciamento da situação em si (um preâmbulo do que está por vir, talvez?)... Um dane-se derradeiro (?)... Tristeza pelo Eduardo, por meu pai, Janaína (?)... Total inércia diante do irrevogável (?)... Vertigem (?)... Incrível, sinto até vontade de fumar o último cigarro.

Me matem, pra mim tanto faz morrer sem ter ido pra Argentina. Que diabos eu iria fazer lá? Todo mundo sabe que mulher argentina não dá bola pra brasileiro. Dane-se, até o Maradona foi embora, estou a par, li no jornal, foi pra Cuba. E outra, Bariloche é uma besteira tão descabida quanto o Guarujá ou Campos do Jordão. Que me matem, nem ligo. É um favor que me fazem, se for pensar.

Chegamos. O carro parou... Agora já sei, estou sentindo:
Um puta dum cagaço!
Me arrancam do carro. Tem mais gente, ouço vozes.
— Mostra a cara do Filho da puta.
Tiram o saco, capuz, sei lá. Enfiam luzes de lanterna na minha cara. Não enxergo as pessoas.
— Filho da puta! — alguém grita — me socam o rosto. Caio na hora.
Estão me chutando no chão. Continuo algemado, tento virar de bruços pra proteger o rosto.
— Já chega, caralho — acho que é voz do guarda. — Ele é do tio. Afasta aí, porra... Chega mais tio, acaba com o filho da puta.
— Põe o desgraçado de pé — deve ser o Tio.
Obedecem.
— Agora tira a algema.
— Espera tio, é melhor deixar...
— Cala boca, moleque — interrompe — faz o que eu mandei.

— Tio?!

— Já!

Tiram as algemas. Continuo sem destinguir as pessoas. Devem ser cinco ou seis, a calcular pelas lanternas. Não vão me matar antes de me humilhar, já sei. Talvez me queimem com bituca de cigarro, pode ser que me estuprem. Morte bem excitante pra quem encarnou a própria mediocridade. Dane-se, a morte tem um fim em si mesma.

— Acende o farol do carro — ordena o Tio.

São cinco. Os dois guardas, um garoto aí pelos dezoito, um sujeito de camisa branca e chapéu, e de frente pra mim um homem corpulento e maciço, na casa dos sessenta. Ele dá um passo a frente.

Me desfere uma bolacha no rosto, de mão aberta. Diz-se que não há nada mais humilhante para um homem do que apanhar de mão aberta. Sei lá, pra mim tanto faz, vai doer igual. Absorvo o golpe e não me mexo.

— Você arrumou pra sua cabeça, miserável — fala a dez centímetros do meu rosto. — Você gosta de abusar de mulher, é? Gosta? Hem, filho da puta?

Outro soco. Caio novamente.

— Levanta, desgraçado! — ! Me chuta o estômago.

Os outros riem, saracoteiam à minha volta numa excitação assombrosa, mas parece que a surra é privilégio do mais velho.

— Vai tio, acaba com esse estuprador...

— Acaba com ele, seu João.

— Corta o saco dele tio, ele não fez com a prima mas vai fazer com outra — é o guarda que me trouxe.

Tudo explicado. Tio não é apelido, tio é pai, o pai da Shirley, certamente a prima desse guarda carniceiro.

— Levanta, homem! — urra o pai — Eu vou dizer o que vai acontecer, seu canalha dos infernos. Você vai tomar a maior surra da sua vida, desgraçado. E vai ser de mim e só de mim.

Porque eu sou o que você nunca vai ser na sua vida: eu sou homem, seu filho de uma égua.

Os outros urram em sinal de aprovação.

— Se defende desgraçado, se defende!

Permaneço imóvel.

— Honra a calça que você usa, desgraçado!

— Levanta, vagabundo. Bater em mulher você sabe, né?

— Ó lá tio, ele tá se mijando... A bicha mijou na calça! Aí, Maria Mijona. Vai se borrar agora, vai?

— Aperta que ela mija mais, seu João...

O homem me ergue pelo colarinho. Tento ficar de pé.

— Você não vale o lugar no pasto, desgraceira. Não sei o que a sua mãe fez na vida pra parir um demônio que nem você.

— Ah, a mãe dele nóis conhece, tio. Eh, trem bão...

— Olha pra essa cara, meu Deus — vira o meu rosto pra luz. — O Pai faz o filho e o diabo entra com a porra. Já se viu, enfiar prego na cara.

— É pircis, tio. Ah, ah, ah...

— Eu vou te socar, filho de uma égua, e cê vai ficar de pé, porque senão eu vou deixar você pra eles — apontou o grupo.

— Se defende, corno dos inferno, que diabo de homem é você?

— Bate em mulher, filho da puta, bate! — E mais porrada.

Só uma coisa me passa pela cabeça: uma bala. Era tudo o que eu queria. Uma bala redentora no meio da testa. Não falo de morte digna, pouco se me dá, falo de morte indolor, de eutanásia, clemência, último cigarro e um recado pro meu filho: "Eduardo, seu pai também mija nas calças".

Dizem que a vida do sujeito passa diante dos seus olhos na fração de segundo derradeira. Estou esperando. Nada. A única coisa que vejo são flashs a cada estocada do brutamontes. Luzes, muitas luzes. E dor, claro, mas a dor a gente sempre agüenta.

Pra minha surpresa tento manter-me de pé. Serzinho persistente, o homem.

— Bate aqui, desgraçado, bate aqui — o homem dá uns tapinhas no próprio rosto.

Tiro forças sei lá de onde.

— Não tenho motivos pra bater em você... — balbucio.

— Ah, ele fala — o homem olha pros outros. O bando responde com ovações. O sujeito me puxa pelo colarinho e cola seu rosto no meu.

— Fala desgraçado, o que você fez pra minha filha? Fala, fala, fala!

— Tentei beijar...

— Que mais, chupa-cabra dos inferno, que mais? — me sacode.

— Nada...

— Mentira! Fala, filho do cão, que mais?

— Já disse, não fiz mais nada... — mal consigo falar.

— É mentira, tio, é mentira — os demais concordam. — Mata esse desgraçado, tio, mata ele.

— Olha aqui, desgraceira — diz o homem, — você só não tá na cadeia porque minha filha é moça de bem, não quer dar queixa, não quer passar vergonha na frente da cidade inteira. Mas você vai contar tudinho, ah vai, nem que eu tenha furar seus óio, filho da puta.

— Issa... — aplausos gerais.

Recolho o que sobrou dos cacos, respiro fundo.

— Vou lhe dizer exatamente o que aconteceu. Eu não minto. Se quiser furar meus olhos, me matar, eu posso entender, faça o que achar melhor...

— Anda, corno — interrompe. — Eu sei muito bem o que vou fazer, responde o que eu perguntei, não vem com argumentação...

Tomo fôlego.

— Sua filha é uma mulher bonita... — outra porrada.

— Arreia, issa... — em coro.

— Respeito, desgraçado, respeito quando falar da minha filha.

— ... tentei beijá-la, foi só isso... Ela se assustou, começou a gritar... Eu tentei me desculpar...

— Mentira, tio!

— Cala a boca, deixa o miserável falar.

— ... tentei me desculpar. Ela não ouvia, estava assustada, só gritava, só gritava...

— Vai, desembucha. Então?

— ... bem, sacudi a Shirley...

— Não fale o nome da minha filha, besta do porão!

Silêncio.

— Vai, desgraçado, desembucha! — ordena.

— ... Fiquei nevoso, dei um tapa pra ver se ela recobrava a lucidez...

— Que mais, que mais? — me sacode enlouquecido.

— Foi só.

— Toma, desgraçado. Toma... toma... toma...

Estou perdendo os sentidos. Caí, ele está em cima de mim. Me soca o rosto sem parar.

O homem se ergue. Abre a braguilha e urina em cima de mim. Os outros silvam e uivam.

O guarda traz uma arma.

— Vai tio, acaba logo com isso.

— Tá louco, moleque? — dá um safanão no sobrinho. Acho que foi isso, não sei... está tudo embaçado.

— O senhor não pode deixar ele aí, tio...

— Cala boca, morfético. Foi isso que sua mãe te ensinou? O senhor não lê a Bíblia não? Você acha que eu vou sujar minha mão? Esse aí não assusta mais ninguém.

— Mas tio, ele pode me denunciar...

— Tu é besta, moleque? Se ele te denunciar a gente denuncia ele.

— Mas tio...

— Já disse: aqui ninguém mata. Só quem tira a vida é Deus. E ninguém rouba, deixa as tralha do maldito aí.

— Tio, o senhor não precisa participar...

Ploft!

— Você quer ser que nem ele? — me aponta enquanto o guarda se curva com a mão no estômago. — Vamos ter uma prosa; eu, você e a sua mãe...

Silêncio.

Ouço barulhos lá longe... não sei... preciso dormir... ou morrer, tanto faz.

vinte e dois

Gasolina.

Tudo se resume ao combustível, o óleo da lamparina, oxigênio, curiosidade. Pouco me importa o que acontece atrás da porta, no dia seguinte, na véspera. Cansei de encher os pulmões de ar, ácaros e respostas atravessadas. Engolir desaforos e esfihas com a mesma inapetência. Mastigar trinta vezes com a precisão e eficácia de um boneco de cordas, um autômato de previsibilidade cosmogônica: comendo banana e babando na fronha desde o princípio dos tempos. Nada se cria, nada se transforma. O homem se repete desde a gênese.

Então inventaram o sabonete. Daí pro advento do raciocínio foi um passo. É fácil pensar de banho tomado e estômago cheio: eureka! Difícil é aceitar a mulher que não se depila, homem que não faz a barba. A natureza deve estar errada, claro, onde já se viu uma fêmea com pêlos debaixo do braço!?

Cansei de tomar banho e não suporto o odor agridoce da minha pele. Estou encurralado. A toalha do Clube Pinheiros e as unhas negras da indigência. Sócios de clube e mendigos me acenando com carnês e promessas infundadas de anarquia. A misantropia e a família me estendendo tapetes vermelhos de mão única. Caipiras me reduzindo a frangalhos: condenado por estupro quando na verdade não passo de um celibatário em férias. Todo tempo do mundo e nenhum lugar pra ir. Uma motocicleta, o vento no rosto e a desconfortável certeza de que vou chegar. E chegar não significa atingir, é apenas e tão-somente frear a motocicleta e esperar que o vácuo cuspa o lixo sobre a minha cabeça.

Então a gente enche o tanque e acelera mais um pouco. Tanto faz. Há dois dias eu acreditava em motivos para seguir em frente, agora nem isso. Só ando em círculos, o passado na contramão — ou sou eu (?), tanto faz. O futuro cheio de reminiscências, previsível como a fotografia de um bisavô: amarelada com um sujeito de terno e cara fechada.

Keila tem razão: não sou da estrada. A estrada tem sua finalidade: conduzir, levar. E eu não quero seguir, porque pra mim tanto faz lá ou aqui, oriente, ocidente, norte, sul... Não, Keila, não sou da estrada, sou do combustível, da gasolina, da velocidade desmedida. Sou daquilo que me possibilite andar no passo da azáfama desembestada do contemporâneo, girar na rotação desenfreada em que a civilização atrelou seu motocontínuo.

Então eu corro pra me sentir vivo, pra não ser esmagado pela herança atávica, pra não sucumbir sob o peso de ter que levar adiante a mensagem, o gene, e esta besteira descabida a que chamam sociedade. Corro pelo direito à diferença, corro ininterruptamente pra que a engrenagem não moa meus ossos. Corro pra fugir da última invenção. Porque enquanto eu durmo um japonês antípoda e xerocopiado está de olhos abertos, inventando alguma porcaria que logo mais se tornará imprescindível em minha vida. É isso o que penso durante a insônia: tem um desgraçado dum japonês acordado, traçando meu destino, calculando o preço do espaço que ocupo no mundo, desovando calculadoras pelo rabo e vomitando a descartável parafernália técno-putrefata. No dia seguinte compro tudo enquanto o desgraçado sonha com números, em sua cama de meio metro.

Sequei meu tanque trabalhando, respirando, comendo, me recolhendo. E mesmo quando me abstinha me consumia em gerúndios: pensando, omitindo, desistindo, vivendo à distância. É verdade, o velho Jacob tem razão.

Meu tanque secou e eu comprei a motocicleta. É o que a gente acaba fazendo: compras. Ajuda a preencher este buraco aberto e oco no meio do peito.

Mas acredito em gasolina, em fugir desesperadamente. A gente está sempre indo ao encontro, Keila disse. Verdade, menina esperta. Então é melhor debandar, sumir. Melhor morrer em queda do que de inércia.

Acelero tudo, se me alcançarem muito que bem. Alcançariam de um jeito ou de outro, há sempre um cofre próximo à janela acima das nossas cabeças. Passei muito tempo no mesmo lugar, esgotei o ar à volta, agora só me resta correr.

Para todos os males: gasolina.

vinte e três

— Ei, rapaz, que lugar é este? — pergunto de cabeça baixa.

— Carlópolis — o frangote procura o meu rosto.

— Tem farmácia aqui?

Ele confere as horas, me espia de esguelha.

— Já fechou. O senhor tem que tocar na casa da D. Alice. É na rua de trás, nessa direção, a casa amarela. Bate lá que ela abre.

— Me dei mal a última vez que fiz isso — sei lá por que dou satisfações a este idiota. — Não tem outra?

— Infelizmente não... O senhor caiu com a moto?

— Não.

— Precisa de ajuda? Tem hospital em Aveiras, a quinze quilômetros...

— Como é mesmo o nome da mulher?

— D. Alice.

— Obrigado.

Foi a primeira vez, em quarenta e cinco anos, que me envolvi numa briga. Belo presente de aniversário. E quase morro de tanto apanhar, deve ser o que chamam de prêmio acumulado.

Respiro com dificuldade, certamente me quebraram algumas costelas. Os Racionais em vermelho sumiu no meio de tanto sangue, pode ser que o nariz também tenha ido pro saco. Um dos incisivos partiu no meio, o olho esquerdo mal abre de tão inchado, a boca dobrou de tamanho e o cheiro de urina vem no vácuo, o barro virou cimento e a dor é insuportável.

Preciso de roupas limpas, banho e de um maldito médico. Não posso bater na casa dos outros desse jeito, vou a matar a mulher de susto. "Meu Deus, o que é isso, quem é você?"... "Frankenstein, minha senhora". Ridículo. E deprimente.

Levaram todo o dinheiro, deixaram o talão de cheques, mas quem vai aceitar cheque de monstro? Rasgaram o assento da moto, riscaram o tanque: viado.

Preciso pensar. Tem algo errado, tem. É muita informação pra três dias, é coincidência demais, não dá pra aceitar. Keila e Kênia, é gozação, isso não existe. Surra de guarda, surra de caipira. Pneu furado, negra comportada em beira de estrada, é de foder, de foder... E Janaína... Não, não é possível, essas coisas só acontecem com os outros, porque os outros são milhões, não dá pra conceber esta miríade malfazeja de um único ponto de vista. A que serve esta palhaçada? Eu só queria um boa noite de sexo, mais nada, uma foda que nem fosse assim tão boa. Menos: bastava uma mão que não fosse a minha pra chacoalhar este vergalho, e já me dava por satisfeito.

Conseguir entrar num puteiro com $ três mil no bolso, não comer ninguém e sair de camburão direto pro xadrez é digno de jurisprudência. Ou de internação, tanto faz.

Você tenta cumprir seu papel no mundo e o mundo te recebe com socos, pontapés e imãs de geladeira: ligue se precisar. A gente chama e só dá ocupado, quando atendem te mandam esperar. Esperar o quê? Pra quê? O que tem aí do outro lado que pode me interessar? Nada, absolutamente nada; pizza, chá de boldo, sexo? Que se dane, estou passando a bola, meninas. Por mim vocês podem cruzar as pernas pelo resto da vida. Já não me interessa a questão do ponto G — que a bem da verdade nunca descobri onde fica, da lubrificação e dessa inescrutável anomalia virtual chamada orgasmo feminino.

Pobre Figueira. Estou com pena de mim mesmo e, devo dizer, estou adorando a auto-piedade. Pobrezinho do Figueira, judiação, não fez mal a ninguém, só queria uma xoxota quentinha pra meter seu baguazinho porte-médio. Tem pinto de salão, o bom Figueira: pra velhas senhoras e púberes donzelas. Não gosta de sexo violento e não pratica o anal, um gentleman, se for pensar. E tanta gente ruim no mundo se dando bem... É isso que revolta. Mas Deus é pai e está vendo, a justiça há de ser feita. Há de ser.

***

Blim-blom... Blim-blom...

— Quem é? — voz de mulher. Vem da fresta.

— Desculpe, senhora, sei que é tarde mas preciso de uma farmácia.

— Sei, mas quem é?

— Sou viajante, sofri um acidente de moto.

A mulher acende a luz da sacada e abre a porta.

— Jesus, você precisa de um médico!

— Agradeço se a senhora abrir a farmácia. Procuro o médico amanhã.

Deve ter sessenta e poucos anos. Está de camisola. Desce os degraus e vem até o portão. Abaixo o rosto. Ela franze o senho de aflição, nojo, sei lá.

— Moço, o senhor precisa ver um médico — insiste, — tem de ir pra Santa Casa de Aveiras... — me examina perplexa.

— Estou muito dolorido, não posso mais dirigir — aponto a moto. — Por favor, preciso de ajuda. Pago o que for necessário — estou quase suplicando.

— Não é questão de pagar, moço, o senhor pode morrer. Fui enfermeira vinte e três anos, sei ver quando a coisa é feia. O senhor pode ter uma hemorragia interna, pode ter fraturado ossos, isso é coisa séria — sobe e desce o olhar pelo meu corpo, sua expressão transita entre o horror e a repulsa.

— Senhora, lhe garanto, eu vou ao médico. Mas por favor, preciso ao menos de alguma coisa pra parar a dor...

— Ai, moço, eu não posso receitar, é errado. O senhor tem que se lavar, fazer curativos...

— Aqui tem hotel, pensão...? — está difícil até pra falar.

— Só em Aveiras... Posso tentar uma carona pro senhor, a Santa Casa de Aveiras é muito boa. O senhor tem de passar pelo médico, acidente de moto é coisa muito séria.

— Senhora, não sofri nenhum acidente.

— Como não, o senhor acabou de dizer...

— Eu não queria assustá-la. Na verdade eu caí numa emboscada, fui assaltado, me deram uma surra, levaram minhas roupas, meu dinheiro, me deixararam apenas com o talão de cheques. Me bateram muito, até urinaram em cima de mim, a senhora deve ter sentido o cheiro... Foi um pouco depois de Santa Lúcia. Vê aqui? — mostro o olho — Foi um soco.

Silêncio. Pior a emenda, ela está assustada, gira a cabeça negativamente.

— D. Alice, me disseram que a senhora é uma mulher boa e que poderia me ajudar. Veja bem, apesar desta aparência sou um homem honesto e trabalhador. Aproveitei o fim de semana para visitar uma tia em Paraíso do Sul. Tenho dois filhos, de cinco e oito anos. Tudo o que quero é voltar pra casa, amanhã é o aniversário do mais velho, prometi que estaria lá... Semana que vem voltarei com meu advogado, quero dar queixa, a gente não pode deixar bandido solto...

— Ah, isso não pode mesmo — concorda.

— Pois é... Se a senhora permitir que eu tome um banho, ou mesmo se puder me conseguir roupas limpas, me medicar... Olha, eu recompenso a senhora muito bem... Sei ser generoso com quem é generoso comigo.

Silêncio.

— Olha moço... — pensa alguns segundos — Faz o seguinte, vai no número 138 dessa rua mesmo. É a casa do padre Paulo, explica a situação pra ele. Diz que é pra ele vir com o senhor.

— Desculpe, o que tem o padre a ver com isso?!

— Moço, sou viúva, moro sozinha, não posso deixar um desconhecido que eu nem conheço entrar na minha casa.

***

Eu não poderia ser padre. Ficar lá na sacristia ouvindo lamúria alheia, cercado de velhas desocupadas, sacristãos e pobres em geral. Gente com cara de rodoviária, crediário, olhos famintos e expressão contida, diria... parcelada. A turba do Padre Figueira. Impossível. Crianças remelentas e promessas de absolvição. Impossível. Ajudo duas entidades através da Leidermman, mas sempre com dinheiro, é a forma mais higiênica e menos contagiosa. Cada um faz o que pode. Eu posso dar dinheiro, quem não pode põe a mão na massa. Afinal tudo se reduz ao vil metal... ou não? E que fique claro: as crianças do orfanato não tem nada a ver com essa putaria mercantil, são só uns pobres bacurizinhos sujos e remelentos. Na maioria negrinhos, pode reparar, sempre se fodem mais, os negros.

Contribuo sempre. E não é para aliviar a consciência não, mesmo porque minha consciência não me impinge peso algum, apenas me atormenta, é diferente. Também não acredito nessa história de criar oportunidades para os desfavorecidos. Ajudar alguém a permanecer vivo neste planeta me parece um contra-senso. Na verdade faço as contribuições em nome do imediatismo. Pouco me interessa o homem que resultará dessa criança, o ser pernicioso, egoísta e pagador de promessas — ou carnês, dá no mesmo. Mas a criança, ao contrário do adulto, tem o direito de sorrir. Estas criaturinhas fedorentas e cagalhonas devem comer, rir, brincar, caçoar de Deus e do Diabo, quebrar vidraças e mijar nos muros, ter muitos coleguinhas e tal. Não podem apanhar jamais e devem ter amas de leite de tetas fartas e redondas. Espero que estejam empregando o dinheiro neste sentido.

Nunca perguntei pro Eduardo o que ele vai ser quando crescer, é a típica questão idiota e desnecessária. Seria o mesmo que acordar uma pessoa pra perguntar se ela está com sono. Deixo ele brincar, é o que interessa, no futuro ele saberá o que se tornou.

É, eu não daria mesmo um bom padre. Mas acho que poderia ser um desses frades, monges, do tipo enclausurado. Praticando o marasmo com lentidão medieval, tomando sopa em cumbuca de barro, comendo fruta do pé, sorrindo para os confrades: "amém", "amém". Chicotearia minhas costas ajoelhado em grãos de milho, enquanto implorava perdão por ter transformado minha cela numa catacumba de prática onanista.

Mas estaria afortunadamente acomodado longe das vias públicas, na paz nem sempre duradoura do celibato. Orações para encher o tanque, gasolina até os ossos, o peito arfado de fé — a certeza cega e incondicional: canina. A confortável privação voluntária, a fome como meio de vida, a dor como analgésico: anti-antídoto pra dor, a mãe das dores, a dor maior: a dor de ter nascido. A vida amparada pela certeza e a morte como pleonasmo derradeiro: a morte do morto foi em vão. Ninguém viu o Frade Figueira ascender, o céu continua inabitado, a terra mais adubada. Mas foi um frade feliz. Nesse sentido, Deus existiu.

***

Como dói, deus do céu. Mulher desgraçada, essa Shirley, gente má, os caipiras. Sou o único sujeito bom por essas bandas, o único que não tem sede de sangue. Sabe deus a quem o tal do padre Paulo dirige suas orações. E essa história é tão maluca que começo a me sentir culpado por aquilo que não fiz.

Preciso cruzar a fronteira o quanto antes. Os argentinos devem ser mais cordatos, eu acho. Estão mal, los ermanos, me tratarão bem quando eu começar a distribuir pesos a torto e direito.

Sempre quis conhecer a Patagônia, os Andes e os glaciais de Perito Moreno. Posso ir até o Chile tomar vodka servida pelo grande Alejandro Paz, o maior barman do mundo, ao lado do insuperável Passarinho, da Província Piratininga. Não vou me abater diante da primeira adversidade, ora. A estrada é assim mesmo, para os fortes e intrépidos. Quem é aquela hippie pra julgar meu poder de fogo? Viajarei pelo resto da vida; respirando o mínimo possível, economizando palavras, aprenderei a cuspir no chão e defecar no mato, roubarei galinhas e comerei frutos silvestres: um ermitão em movimento, atravessarei incólume povoados e cidades. O eremita da gasolina.

Blim-blom... Blim-blom...

Aparece um rapaz.

— O padre Paulo, por favor? — deve ser caso do padre.

— Eu mesmo.

Caramba, tá mais pra coroinha. Me olha assustado.

— ... Homem, o que te aconteceu?

Explico rapidamente.

— Você não acha melhor ir até o hospital?

— Obrigado, padre, não se preocupe, vai ficar tudo bem.

Não tem trinta anos. É mais alto do que eu, que tenho 1,82. Caminhamos em silêncio, pelo visto não é de falar muito, bom sinal, ponto pro padreco. É um homem bonito, deve ser assediado pelas fiéis, sorte dele que não pode foder. Isso mesmo, padre Paulo, o senhor é que está certo, guarde sua energia pra algo mais proveitoso. O senhor pode jogar basquete pelo time da diocese , é bem mais fácil, pode crer.

D. Alice está no portão, sempre de camisola, conversando com outra velha imprestável e linguaruda. Deveriam enviar suas babas pro Instituto Butantã fazer soro antiofídico. Assim que nos vê D. Alice me aponta, a outra cobre a boca com as duas mãos e arregala os olhos. Em meia hora a cidade estará plantada nesta porta.

As duas beijam a mão do padre... Se eu fosse ele iria lavar.

Me apresentam D. Dora, que não consegue esconder seu horror. Nem eu o meu. D. Dora me estende uma sacola com roupas.

— São do meu filho, ele é um pouco menor que o senhor, mas acho que serve.

— Obrigado, senhora, me diga quanto lhe devo.

— Jesus-Maria-José, de jeito nenhum, a gente tá nessa vida é pra ajudar os outros — olha de esguelha pro padre, espera um afago, a vira-lata.

— Então, obrigado, que Deus lhe abençoe – em meio a patos haja como pato.

— Amém.

— Amém.

As pessoas tomam banhos demais, gostam de água, os terráqueos. Descerto estão tentando lavar a sujeira mais íntima, aquela do imo vil a que chamam de alma.

Este é um banho providencial, necessário, dá gosto: sangue coagulado, barro, capim e pedaços de sujeira de origem desconhecida.

Passo o detestável sabonete com cuidado. Tudo dói, dentro e fora, no músculo, pele, cérebro, coração e imo vil. Que cumpra seu papel amistoso, a água. Está me fazendo bem.

Faço um esforço dos diabos pra não ser esmagado por essa pedra chamada humilhação. O maldito sentimento de insignificância, impotência, fragilidade e constrangimento, como se uma massa de ar gelada e constritora pressionasse minha coluna pra baixo até meu rabo se abrir escancarado. Um feto num vidro de formol, observado e apontado por homens e mulheres vestidos de branco. O nó na garganta e o choro que não deve sair — sob pena de chorar pra sempre. Chorar... sei lá. Janaína, a surra, a grande bobagem que tem sido minha vida, e mesmo Eduardo ou Paulo Augusto, nada vale uma lágrima. Pelo menos a *minha* lágrima. Não dou a mínima.

Sei lá por que quero chorar, caramba. Acho que é por causa dos imãs de geladeira, das repartições, formulários, revistas de mulher pelada, carnês, gente bem intencionada, por eu ter me dado bem financeiramente, por não ter podido levar a cabo a última apnéia, pelo sucesso da democracia, piadas de negros, as verdades ortodoxas... Tem bastante motivo pra chorar, se for ver. A gente respira e traga esse lixo. Tem gente que resiste, parabéns, eu não dou conta. Temperamento, deve ser isso. Talvez eu seja um fraco egocêntrico e egoísta, bem provável, mas fazer o quê? A gente é o que a gente expele. Eu não sei de vocês, mas o meu é nauseante.

Pelo menos nunca ganhei na loteria. Troço estúpido, a loteria. Duas imagens marcantes quando meu velho morreu: quatro ou cinco bilhetes de loteria no bolso do terno e nenhum par de meias que não estivesse furado. Marta se recusou a entregar meias furadas pros agentes funerários. Saí pra comprar meias novas, lembro até hoje. Queria chorar, achei que seria o caso, só que não tinha vontade. Fiz tanta força que acabei conseguindo. Chorei até que bastante, mas não foi pelo velho. Chorei pelas meias, pelos bilhetes de loteria, por esta desgraceira que é viver de trás pra frente. Chorei pela condição humana, a velhice e a humilhação que é abrir um guarda-roupas, identificar o ser simplório e julgá-lo inepto. Chorei pela loteria esportiva e a esperança ingênua daquele homem. Chorei porque eu também jogava, tinha meias furadas e a herança suburbana: precisava de um carro com rodas de magnésio e som Roadstar, mesmo não dando a mínima pra música. Chorei de ódio da alegria alheia, chorei a minha ignorância, a do velho... professor de arte, os palitos de sorvete e tampinhas de garrafa. A farda da fanfarra e o cágado no quintal, abotoaduras e o copinho do Santos na prateleira. A tristeza como condição perene e eventuais cusparadas de euforia, foi o futuro que vislumbrei, descendo a rua, segurando o par de meias, tentando inutilmente entender o sentido daquilo — não em relação à morte, o suicídio era lógico, falo das meias e dos bilhetes de loteria.

Saí do enterro determinado a ganhar dinheiro. Não tinha esperanças infundadas, não pretendia felicidade, brilho, família. Já não me interessava o Passat TS, toca-fitas, rodas de tala larga. Mas com dinheiro eu poderia me esquivar dos cágados, dos odores insuportáveis, beliches, corredores de mão única e o banheiro coletivo: cacofonia de vozes e dejetos. Nada de tacos soltos, imagens empoeiradas, comer de colher e requentar a janta. Uma casa recém-construída, sem memória, lembranças, ou velhos de intestino solto. Casa onde eu pudesse chegar sem ter de me deparar com o destino, um lugar que não recendesse a decrepitude, ao meu próprio futuro — tão claramente anunciado naquelas poltronas esgarçadas. Não, de jeito nenhum, algumas coisas eu poderia mudar. E esta era uma delas: teria minha casa ao invés de um lar.

Começaria pelos muros. Ah, deus, os muros. De tudo o que há no mundo, o que pode ser pior do que um muro? É a prova edificada da segregação: a maldita parede excludente erguida pelo medo, dimensionada pelo egoísmo e consolidada em nome da privacidade. Qual a diferença entre morar num condomínio de luxo e sair à cata de adolescentes? É só mais um muro a ser transposto.

O que é você, Figueira, senão o protótipo do ser humano!? O que você fez sua vida inteira foi levar mais adiante as chagas dos seus irmãos. E mesmo assim muito pouco. Parou no meio do caminho, não teve colhões, amarelou. Não teve a coragem de Zezé, Maníaco do Parque, Jesus ou sei lá quem.

Você poderia ter sido um inconformado, mas é apenas e tão-somente insatisfeito. Um detestável parasita lamurioso e insatisfeito.

vinte e quatro

Olho no espelho. Não ajudou muito, o banho. Vou ter de remendar o dente... Como se diz mesmo?... Prótese, é isso.

Estou tão deformado que custo a crer que meu rosto voltará ao que era. Dane-se, se precisar apelo para a cirurgia plástica, lá na Argentina.

Suzana já deve ter feito mais de dez. A única coisa original que ainda traz consigo são os dentes. Por enquanto. Um dia todos nós depositaremos o sorriso no copo d'água antes de dormir. Melhor morrer antes, eu acho.

Visto a cueca limpa, a calça termina no meio da canela. São de tergal, do tipo para ir à missa. A camisa é branca e puída, vestiu um pouco melhor.

— Pode entrar no quarto e ficar de cueca. O senhor está de cueca? — pergunta D. Alice.

— Sim... mas é necessário? — constrangedor.

— Claro, vou examinar o senhor. Se tiver fratura o senhor vai direto pra Santa Casa — diz e o padre concorda.

— Judiaram mesmo do senhor — comenta enquanto me apalpa — Quantos o senhor disse que eles eram?

Quer saber com detalhes, a velha. Vou inventando histórias, entre um gemido e outro. O padre ouve atento, sem esboçar qualquer expressão.

— Ai, padre, é muita violência. O mundo está perdido, não é?

O padre nada responde.

Diagnóstico:

O nariz não deve estar quebrado, ela acha. O hematoma no olho é normal, não deve ter afetado internamente, ela acha. "É que incha mesmo". Deve haver costelas quebradas, ela acha. "Mas costela não se engessa". Me faz tomar remédios que ela acha que devo tomar, me aplica uma injeção na nádega, recomenda compressa para o olho, mas acima de tudo: ela acha que tenho de ir ao médico.

— Vou agora mesmo, D. Alice...

— Não — diz o padre. — São quase duas horas. Eu mesmo consigo carona pra você amanhã cedo, passe a noite na minha casa.

— Acho melhor ir agora — desconverso — deve ter plantonistas, posso guiar sem problema.

— De jeito nenhum! — grita a velha — O senhor não vai subir nessa moto.

Ela quer apenas cobrar os remédios: $ noventa. Faço um cheque de $ duzentos. Outro do mesmo valor para o padre.

— Em razão do quê? — ele quer saber.

— Pela hospedagem e pra ajudar a paróquia.

A velha está exultante.

— Deus lhe pague, seu Preá, e que te ajude na recuperação.

— Não é Preá, D. Alice, é P.A.

— Sem o erre?!

— Sim, sem o erre.

— Ah, bem que eu vi. O preá é bicho feio, o senhor até que é assim bem composto, olhando só pro olho bom dá pra ver.

— Bondade sua, D. Alice.

Realmente, o dinheiro opera milagres.

Deixo a moto estacionada ali mesmo, caminhamos em silêncio até a casa do padre. Tem um orelhão na esquina.

— Padre, se o senhor não se incomoda em ir na frente eu gostaria de fazer uma ligação — aponto o telefone.

— Não quer ligar de casa?

— Prefiro ligar daqui.

— Você que sabe. E não precisa me chamar de senhor. Padre moderno. Hum... bela merda.

"Após o sinal diga o nome e a cidade de onde está falando..."
Silêncio.
— Alô?
Silêncio.
— Alô?
Silêncio.
— Alô, Figueira?... Eu sei que é você! Fale comigo, Figueira, pelo amor de Deus?!
Silêncio.
— Figueira, você está aí? — suplica — Olha, Figueira, escute, por favor, não faça isso com a gente, não sei o que dizer pros meninos, eu mesma não sei o que faço... Pelo amor de Deus, eu só quero entender...
Silêncio.
— Eu sei que você está aí, fale alguma coisa, homem, isso não se faz... Me disponho a conversar, te ouvir, qualquer coisa. Se fiz algo errado, aceito as críticas, acusações, o que for, mas pelo amor de Deus me dê a chance de explicar — implora.
Silêncio.
— Bem, você é que sabe...
— Os meninos estão bem? — interrompo.
— Figueira do céu, cadê você? — desata a chorar.
Silêncio.
— Você tá vindo pra casa? — soluça mais do que fala.
— Pare de chorar, Suzana, é ridículo.
— Ligaram de uma delegacia, Figueira, o que você aprontou?
— Nada.
— Como assim *nada*, Figueira?
— Me confundiram com outra pessoa. Já fui liberado.

— Eu sei. Liguei lá, me disseram que você foi solto ontem na hora do almoço... O que está acontecendo?

— Foi só um mal-entendido. Está tudo bem.

— Então venha pra casa, caramba.

— Impossível.

— Eu não quero perder você, Papai...

— Eu não sou guarda-chuva, Suzana. E pare de me chamar de Papai.

— O quê?!

— Eu não sou guarda-chuva.

— Claro que não, você é meu marido... Do que você está falando?

— Nada, esquece. E os meninos?

— Estão dormindo. — "Estão dormindo", deus meu, como é difícil.

— Sim, Suzana, imaginei, são duas horas. Quero saber como eles estão passando.

— Disse que você está viajando... — não pára de chorar — Hoje é seu aniversário... tinha encomendado bolo, Papai, as crianças compraram presente...

— Não complique as coisas, pare com essa pieguice — que droga.

— Não é pieguice, Figueira, é amor — soluça mais alto.

— Amor? — de que diabos ela está falando?

— É, Figueira, amor, amor sim. É o que a gente sente pelo pai dos nossos filhos. É o que eu sinto pelo homem que, bem ou mal, com todos os defeitos, escolhi para companheiro.

— Ótimo, Suzana, ótimo. Por mim você sente amor, pelo cara da bolsa de valores tesão. Sou mesmo um cara de sorte, fiquei com a parte boa, devo supor. — Dane-se, falo e pronto. Aliás, já devia ter acabado com a presepada faz tempo.

— Do que você está falando, Figueira?

Deus do céu, um clichê atrás do outro. Pensa que me engana. Ainda tem a cara-de-pau de chamar Janaína de dissimulada.

— Você sabe muito bem do que estou falando, Suzana, não se faça de besta. E quer saber? Não dou a mínima, a mínima, faça o que quiser, só não pense que sou idiota. Eu sempre soube.

— Soube do quê, homem, você está louco?

Como pode ser tão cínica? Cansei dessa patifaria que é a relação humana. Dane-se, ela quer mentir? Que minta, pra mim tanto faz.

— Não, Suzana, não estou louco. Estou apenas de saco cheio. Você tem as crianças, terá o meu dinheiro, e todo o tempo do mundo para praticar sexo anal com seu amante...

— Figueira! — interrompe — Que história é essa de amante? *Você*, desgraçado, tem essa baranga de quinta que deve estar aí do lado rindo da minha cara.

— Não fale assim de Janaína.

— Janaína? Janaína? Vá se foder, Figueira, você vai acabar no inferno! — se descontrola. — Se você acha que vai meter um amante na minha cama só pra se livrar da pensão, pode esquecer, desgraçado... É ser muito filho da puta, é ser muito covarde... Você não merece a mulher que tem... Melhor: que tinha.

Cínica. Vou acabar com esta palhaçada é agora.

— Pois bem, Suzana: ele trabalha na bolsa desde 94, é casado, tem dois filhos; um casal, para ser preciso. A esposa se chama Andréa, é auditora da Price. Ele tem, ou tinha até dois anos atrás, um Honda Civic preto, igualzinho ao meu, coincidência, né? Se chama Carlos Pena e, se não me falha a matemática, deve estar com... quarenta e um, é isso?

Silêncio. Fácil como avinagrar um vinho: só destampar.

— ... Figueira — diz calmamente, — Figueira... você realmente perdeu o juízo. O Carlos é amante da Soraya, Figueira, da minha irmã, sua cunhada, há mais de cinco anos.

***

A noite é quente. Padre Paulo e eu estamos sentados na varanda. O sacerdote bebe uma taça de vinho do porto e eu aplico compressas no olho. As dores diminuíram, sabe das coisas, a velha. Apenas o som do vento rastelando as copas das árvores. Comi um sanduíche de queijo branco e tomei um copo de leite da vaca de um dos fiéis.

Me sinto melhor depois do banho, lanche, remédios.

O padre decide falar.

— Não entendi um ponto da história — ele diz. — Por que não levaram a moto, nem o talão de cheques?

Padre Paulo é uma dessas detestáveis pessoas que inspiram confiança, a quem o fiel não sente necessidade de abrandar a confissão. É sereno, seguro e até agora não falou besteiras. É tudo aquilo que o idiota do Jorge da Leidermman sempre sonhou ser: um homem confiável — não um homem de confiança. Observo o padre com o olho que sobrou.

— Não se trata de uma confissão, padre, mesmo porque não acredito em perdão divino, menos ainda vindo de um padre... por mais honesto e gentil que ele possa ser — conserto imediatamente. — Mas inventei a história do assalto, vou contar o que de fato aconteceu porque não gosto de mentiras. Dei pra isso recentemente, é verdade, mas não sou mentiroso e, afinal de contas, vocês me ajudaram e...

Conto tudo. Uma questão leva à outra, à outra, à outra. Estou falando ininterruptamente há mais de uma hora. Um especialista, o padre Paulo, verdadeiro saca-rolhas. E não é que dá para tirar informação sem espancar?

Falo de Paulo Augusto, Janaína, K&K, Rita, Shirley, Suzana, dos meninos, piercings, minha predileção por Eduardo, a saída de casa, e até do meu velho... E não me sinto ridículo, pelo contrário, estou à vontade.

— ...enfim, padre, cansei, esta partida não vale a pena, o jogo não faz sentido. Melhor sumir, eu acho.

Ele me fita durante um tempo. Parece que entendeu, ótimo, isso é raro. Normalmente o interlocutor ouve da maneira que lhe convém, responde o que não foi perguntado, fala de boca cheia e dispara perdigotos.

— Sabe, Figueira...

— Não me lembro de ter dito que o meu nome é Figueira — interrompo. Havia me apresentado como P.A. Ele sorri, tira a folha de cheque do bolso e mostra.

— Não achei que você tivesse cara de Vanderlei.

— Ok, me chame de Figueira.

Ele reflete mais um pouco.

— O rompimento é sempre doloroso, não há quem não saiba. É como caminhar um tempo com a própria cabeça debaixo do braço; a gente se sente desconectado, confuso, perdemos os referenciais. Com o tempo a cabeça volta pro lugar, tudo se encaixa.

— Não sei se o fato de eu ter saído de casa deve ser entendido como ruptura, padre. Se for ver, acho que eu nunca me conectei à família, ao trabalho, aos filhos... Entrei com o pênis e o dinheiro, foi só. Sair de casa foi apenas uma conseqüência, aconteceria mais cedo ou mais tarde.

— Pode ser, mas houve o momento, o instante. Por que agora e não mês passado ou no ano que vem?

— Não vejo diferença, só anacronismo, é sempre quarta-feira, padre. Fugiria cedo ou tarde.

— Quando a pessoa sai, Figueira, ela sai atrás de alguma coisa, quase sempre em busca de respostas, soluções. A fuga, por mais paradoxal que pareça, é mais um movimento de contração do que de expansão. Não acho que você esteja fugindo, quem foge não se expõe dessa maneira. Me permita: acho que você está atrás de soluções, respostas...

— Não sei se há algo a ser solucionado. Já respostas, pode ser, realmente não sei... Não precisaria ter montado numa moto para responder questões que não são de ordem turística. É como canso de ouvir: "As respostas estão aqui dentro" — dou um tapinha no peito, pra enfatizar.

— Com certeza, este é o ponto final: o peito calado. Mas é próprio do ser humano o movimento físico, ir — literalmente, atrás de respostas. A história é recheada de exemplos. Jesus o é modelo maior...

— Desculpe, padre, não creio no messias.

— E nem precisa. Basta observá-lo como homem.

— Como assim?

— Tanto faz se analisamos o homem ou o ser celestial. Qualquer que seja o ângulo de observação, ele se moveu, e muito. Como filho de Deus saiu do lado do Pai, desceu, encarnou, viveu a maior de todas as dores. Hesitou, duvidou, acreditou na própria intuição, foi até a última instância e pagou com a vida para ser exemplo, mostrar o caminho, dizer ao homem que o homem pode — é imagem e semelhança. Então ele retorna ao Pai, tendo cumprido sua missão. Eu, particularmente, acredito que ele não foi mandado por Deus. Veio porque quis.

— Já o homem Jesus...?

— A mesma coisa; se quisermos ver Jesus apenas como homem visionário, a diferença é que ele não retorna — do ponto de vista cético, mas a experiência é a mesma. Ele foi atrás do que tinha de fazer... — arqueia as sobrancelhas — Então, percebe? Sair em busca é mais antigo do que a Bíblia. Insisto: algum anseio aí dentro quer respostas...

— Sossego, já seria o bastante.

Ele me olha com descrença. É detestável, se for pensar, mas não sinto raiva, sei lá, ele não é desses sujeitos que subestimam, que se julgam detentores de alguma verdade insondável. Diria que ele mesmo se questiona muito, já deu pra perceber.

— Figueira... Você não tem sossego porque não é isso o que você quer. Pelo que percebo suas angústias são profundas... Preste atenção em você mesmo, pare, observe, sinta. Se concentre, ao invés de insistir nessa história da gasolina.

— Você acabou de dizer o contrário. E o movimento, ir atrás, buscar?

— Figueira, não sou contra o movimento. Passei três anos em Angola, outros dois em Lisboa, a fé me erguendo e me soltando como se eu fosse um ioiô. Estive muito próximo de largar a batina. Zanzava, zanzava, procurei respostas e sinais até debaixo de pedras. Foi bom ter viajado, mudar as referências, conhecer outras culturas, a sensibilidade aguça. Às vezes a gente precisa sair do ambiente, mudar de ares, se subtrair do contexto para enxergar com clareza, e daí perceber os sinais.

— Oh, os sinais! — debocho — Padre, por favor...

— Sim, Figueira, os sinais. De onde você pensa que vêm as respostas? Há pouco você falava dessas "coincidências"; tantas experiências intensas, praticamente se sobrepondo. Você realmente acredita em coincidência?... Se você refletisse sobre os três últimos dias, certamente perceberia sinais, recados... Haja com sabedoria.

— Sabedoria? Não padre, não pretendo tanto, isso é pra gente como você. Sou só um vendedor de imóveis.

— Bobagem, Figueira. A sabedoria é apenas uma equação, um coeficiente. Divida as experiências vividas por sua capacidade de tirar proveito delas. O resultado chama-se sabedoria. Esta conta é o que vai determinar o seu tamanho, seu peso, a transparência da sua alma.

Silêncio. Não sei por que fui abrir a boca.

— Figueira, eu imagino o que te atormenta...

— Não, Padre, você não imagina — interrompo. — Você vive sob o amparo confortável da sua fé, sob o teto seguro de uma grande instituição...

— Não muito diferente de uma corretora de imóveis — me corta.

— A questão não é essa, padre, você não está entendendo...

— O que te faz pensar que eu não posso entender? O quê, exatamente eu não posso compreender? Esta falta de sentido em tudo o que você vê? A sua dificuldade em levar o dia até o fim? Pai, filho, passado e futuro te comprimindo até você achar que será esmagado por forças que não lhe dizem respeito? Ou devo falar dessa mania de prender a respiração? O que você quer, tragar o mundo, morrer e levar parte dele com você? Acha mesmo que eu não posso entender?

— Pare com isso, padre, não leva a nada — porcaria.

— Figueira, já conheci homens como você, pode ter certeza. Você não sabe o que é viver à sombra dessa grande instituição, debaixo desse teto seguro, como você mesmo acabou de dizer. Já rodei bastante, te conto minha história em outra oportunidade, se for o caso. Basta você saber que estive muito próximo de descer pelo ralo, ser tragado em definitivo.

— Padre, sinto muito, mas sua história não me diz respeito.

— Claro que não.

— Silêncio.

— Na verdade esse circo, o drama, meu ou seu, pouco importa, padre. Tudo não passa de balela. A razão, os porquês... A vida é um roteiro de filme B. Sei lá por que diabos estou aqui enchendo seus ouvidos com novela mexicana... Na verdade eu só queria falar. Os motivos são banais, sempre são. Dificilmente a dor é decorrente do problema, daquilo que a gente entende por causa. O homem sofre porque é um animal sofredor.

— Exatamente — cortou. — Esta é a questão, Figueira. Por aquilo que você conta os problemas de ordem prática, digamos, são de fácil solução: você não ama sua esposa, não quer estar com a família, dinheiro não é o problema, se demitiu e diz estar satisfeito com a decisão. O problema não são os móveis, é o que está debaixo do tapete, o problema sutil, invisível. A gente só deve sair pro mundo depois de varrer a sujeira.

— Voltar pra casa? Esquece.

— Figueira, não estou dizendo que você deve voltar para sua esposa, estar do lado dos seu filhos, esta é uma decisão sua. Aliás, somos sempre nós que decidimos, mais ninguém. Apenas concordo com seu chefe: você está pisando em terreno perigoso, saindo por aí e se expondo dessa maneira, você poderia ter morrido. Desculpe, mas acho que você está procurando no lugar errado. Se o homem quer viajar ele tem de fazer a mala e dizer adeus. E fazer a mala é também se resguardar, cuidar do espírito e da mente. Se você não quer voltar, muito bem, não volte, mas pare, respire, entenda. Depois você vai pra Patagônia.

— Vivo num mundo onde as pessoas ensaiam discursos, não

é possível. Perdão, padre, mas tudo isso eu já sabia — digo sem dó.

— Felizmente Deus conhece os horários.

— Desculpe, não entendi?

— Se você tivesse aparecido no ano passado eu provavelmente iria junto pra Patagônia — sorri.

Olho para este estranho. Tenho vontade de perguntar coisas estúpidas. Salário, por exemplo. Quanto ganha um padre?

— Me fale de você, padre, eu já falei demais. Normalmente não abro a boca.

— Amanhã, talvez. Preciso dormir, a primeira missa é às seis.

Padre Paulo me indica o quarto. É pobrinho mas confortável, gostei.

Osso duro de roer, esse padre. Homem sensato, mas previsível como a própria sensatez. A cama é boa, a dor diminuiu, ótimo, poderei dormir.

— Se precisar de alguma coisa é só gritar — diz.

— Está tudo bem.

Toc, toc, toc...

— Entre — digo.

— Só mais um aparte: A fé pode te ajudar!

Estava fácil demais. Como você é trouxa, Vanderlei, parece até que nasceu ontem. Achou que ia se livrar do sermãozinho, né?

— Desculpe, padre, mas não creio em Deus.

— Não estou falando de crença, homem, e sim de fé. Você pode muito mais, Figueira. Boa Noite.

— Boa Noite...

***

"Amante da Soraya", quem ouve até pensa. Acha que eu sou burro.

Dane-se, melhor dormir.

vinte e cinco

Nem a minha noite de núpcias foi tão insuportável quanto esta. Não preguei os olhos, as malditas costelas doíam a ponto de eu mal poder respirar. Só pensava em Janaína. Acho que estou gostando de Janaína, pode ser.

Já liguei duas vezes, cai na caixa postal. Padre Paulo foi rezar a missa, estou esperando ele voltar para me despedir. Me sinto péssimo, deprimido, não sei o que fazer. Estou sentado na mesa de jantar, limpo as unhas com palitos de dente. Fiz alguns telefonemas por conta da cúria; puxei meu extrato e liguei pro Valter pra dizer que eu tinha comprado a moto, mas ele mandou dizer que não estava. Depois fiz um negócio digno de débil mental: passei um trote no Jorge, às seis e meia da manhã. Liguei na casa dele, quando atendeu eu tapei o nariz e repeti vária vezes e bem depressa: vaitomanocu, vaitomanocu, vaitomanocu, vaitomanocu...

Circulei pela casa e mexi em alguns objetos pessoais do padre. Vi o extrato bancário: $ 238,00. Tem uma pequena biblioteca, o padre, é bem variada. Não tem Meu pé de laranja lima, pecado, mas tem coisas bastante razoáveis nas áreas de filosofia e mitologia. No criado mudo um livro sobre Umbanda. É brincadeira, missa pela manhã e macumba à noite, haja fígado. No armário duas batinas, roupas cafonas, muitos calções, T-shirts, uma camisa do Fluminense autografada: abraço do Assis — nunca ouvi falar. Dois pares de chuteiras e uma porção daqueles negócios que vão por dentro da meia pra proteger a canela. Na parede atrás da cama um crucifixo simples, sem o Cristo pregado, menos mau. Na estante da sala temos alguns porta-retratos... interessante... Várias fotos do pároco abraçando um sujeito barbudo. Deve ser bicha, claro. Pra mim tanto faz, nada contra, melhor ser bicha do que padre, se for pensar. Tem muitas fotos tiradas no exterior, várias do padre cercado de negrinhos mirins, deve ser Angola, ele disse que esteve lá.

Gostaria de saber o que o padre Paulo prega nos sermões, com certeza não trata de Sartre, Kant, Heidegger, enfim; sujeitos de popularidade zero. Deve mesmo é falar do Cristo. Gosta de Jesus, já deu pra perceber. Nada contra o messias, os seu seguidores é que são insuportáveis, ocupam espaço na televisão e enchem seus automóveis de adesivos. Se tem coisa que eu detesto é adesivo.

DEUS É FIEL, vi este outro dia. Só pode ser brincadeira. Deus é o Ser Supremo, ora, fidelidade não é atributo divino. Deus não é fiel nem infiel, Deus é Deus: princípio e fim. Fiel é cachorro e funcionário puxa-saco. Vou perguntar pro Padre Paulo o que ele acha. Vai concordar, tenho certeza.

Blim-blom... Blim-blom...

Espio pela Janela. D. Alice, D. Dora e mais duas velhas. Droga, elas me viram. Vou ter que abrir.

— O padre não está — vou logo dizendo. Não dão a mínima, vão entrando. As novas velhas me olham horrorizadas. Me apresentam; D. Isso, D. Aquilo.

D. Alice segura meu rosto e vira pra luz.

— Hum... — diagnostica. Traz sua maleta de enfermeira.

— Ah, judiação, ficou curta — diz D. Dora apontando a barra da calça. Enquanto D. Alice examina meu rosto ao lado da janela, D. Dora conta para as amigas a história do assalto, de como fui injustamente castigado pelos bandidos. "O mundo está terrível", concordam. Falam da importância de dar queixa na polícia, torcem por uma ação imediata e clamam por justiça. Comentam baixo algo a respeito dos piercings, não entendi bem, mas ouço as justificativas de D. Dora: "Ah, é que ele é tipo artista, faz propaganda pra televisão... Não sua tonta, ele não aparece, ele inventa o reclame, o anúncio..."

Sempre quis ser um homem de criação. Mas a publicidade não é para suburbanos periféricos. Os homens da publicidade usam gravatas coloridas com tênis, falam de assuntos e dissertam a respeito de temas. Estão sempre em evidência, a par dos fatos e aparecem nas revistas mais do que os produtos que anunciam. Não, Figueira, você é apenas um sujeito de Santana que ganhou algum dinheiro, coloque-se no seu lugar. Não adianta raspar a cabeça e usar piercings, o gene suburbano é dominante, transborda, se auto-anuncia, exatamente como as calças justas de Margarete.

— Fala pra elas, seu Preá, algum reclame que o senhor fez — pede D. Dora.

— Ele não vai falar nada, Dora — se intromete D. Alice — ele está em consulta. E não é Preá, mulher, é P.A., sem o erre.

— Sem o erre?

— O senhor dormiu bem?

— Como um bebê.

— E as costelas?

— Nem senti — ela apalpa meu tórax. — Ai...

— O senhor está mentindo pra mim?

— Não senhora, é que se apertar dói, ora.

— Hum... O senhor vai ao hospital, não vai?

— Claro, assim que sair daqui, só estou esperando o padre voltar da missa.

— A missa já acabou faz tempo... — as velhas se entreolham maliciosamente.

— E onde ele está? — pergunto.

Silêncio.

— Senhoras — insisto — omitir é tão feio quanto mentir. Vamos, a verdade, por favor.

— Imagina, ele deve estar ouvindo confissão... — diz D. Alice com a cara mais deslavada do mundo.

— É... e que confissão! — emenda a outra.

Silêncio. Bando de velhas alcoviteiras, estão loucas pra falar, é só apertar um pouquinho. Não vou perguntar nada, não vou dar esse gosto pra elas, que morrem com as línguas ardendo em brasas.

Silêncio.

— Cada um confessa do jeito que sabe... — alfineta D. Dora.

— Dora, Dora... olha a boca — a outra censura. — Ninguém tem nada com isso.

— Ah, não? Quem sustenta a igreja somos nós, os fiéis.

A cada frase elas me espiam de rabo de olho. Finjo indiferença.

— O padre Paulo é um homem muito bom — diz a que estava quieta.

— Maria Sanhaço que o diga...

— Dora!! — protestam as outras.

— Olá meninas — entra o padre de supetão. — Perdi alguma coisa?

— Oi padre — em coro.

— Não — diz D. Alice, — nada demais, estou dando alta pro seu Preá, quer dizer, P.A.

— Já terminaram com seu P.A.?

— Ah, já sim, claro, ele vai ao hospital. Vai ficar bom.

— Então, meninas, por favor — abre delicadamente a porta, — preciso me trocar.

Saem uma a uma, beijam a mão do padre: vai com Deus, amém e coisa e tal. Espero nunca mais vê-las.

O padre vai até o quarto, volta de calção e camiseta, traz a chuteira, meias, e o negócio de pôr na canela. Senta no sofá e começa a vestir a parafernalha.

— Então, como passou à noite?

— Pra falar a verdade, nada bem. As costelas não deram sossego.

— É bem provável que você tenha fraturado. Tem gente indo pra Aveiras, te consigo carona até o hospital.

— Obrigado, padre, vou de moto. De lá já sigo caminho.

Ele me olha. Não diz nada.

— Estava só esperando você chegar para agradecer — acrescento.

— Tem idéia do que vai fazer?

— Ainda não desisti da Argentina... vou tentar...

— É isso, percebe? — me encara sério.

— Desculpe, não entendi?

— Tentar. Foi o que você disse. Chegar a Buenos Aires não requer tentativa. Simplesmente se vai a Buenos Aires, é fácil. Foi o que eu disse ontem, a respeito da fé. Conhece aquela música do Gilberto Gil, *Andar com fé*?

— Desculpe, padre, não gosto de música.

Me olha estupefato.

— Como é? Não gosta de música?

— Não.

— Nenhuma?

— Vá lá, duas ou três.

Me encara alguns segundos.

— Figueira, você é mesmo um bocado estranho.

— Sim, mas o que tem a tal música?

— Andar com fé eu vou, a fé não costuma falhar, diz a letra. É isso: na fé não há dúvida. Fé é certeza, determinação, poder de fogo, é a flecha do Sagitário. As palavras que você mais usa são sei lá, talvez, pode ser, tanto faz, pouco importa...

— É, pode ser... — meio que concordo.

— Sinto força em você, Figueira, uma energia latente e mal aproveitada. Ao meu ver a reticência é o grande mal do homem, é o medo travestido de cautela, o pior dos eufemismos. Você fala de gasolina, combustível... A fé é isso. E veja bem, não estou me referindo ao objeto da fé. Falo da fé em si mesma: o dom de acreditar, seja lá no que for. Mas o primeiro passo é acreditar em si próprio, caso contrário nada funciona.

— Até aí pode ser, padre. Mas só. Não vou comprar sua cartilha.

— Eu creio no Cristo, talvez você não creia. Mas te digo o seguinte; só posso acreditar verdadeiramente em algo se a fé estiver instalada aqui dentro — bate no peito. — Não creio que Jesus arraste ninguém pela mão.

— Seu discurso é dúbio — comento.

— Figueira, se eu te desse uma oração, o que você faria com ela?

— Arquivaria junto com as contas a pagar.

— Pois é — ele ri, — percebe? Jesus não vai te salvar, a fé poderá cumprir esse papel. Jesus, por si só, não salva ninguém. Ele é uma opção, um caminho. A fé, esta sim traz em si a salvação. Não se preocupe com Jesus, pense em você mesmo. Você é mais importante, bem mais, pode ter certeza.

— Seu chefe sabe dessa sua tendência moderninha?

— Não há o que meu chefe não saiba — aponta o céu. Que lindo, dava até pra fechar um filme, esta frase. Benza-me Deus.

Está enfaixando os tornozelos antes de calçar as meias. Precisa de tudo isso pra jogar bola na igreja?

— Você fala de fé, padre: fé, fé... Fé não se compra em supermercados. É inata, creio, o sujeito tem ou não tem. Não quero inventar uma fé, como vejo muita gente fazendo.

— ... Pense na fé como uma espécie de fome, sede. Quando estive na África, mais especificamente nas tribos, vi gente tão degradada que a minha vontade era de morrer por eles, ou no lugar deles. A África é um campo de concentração sem grades: homens adultos pesando trinta e cinco quilos, crianças desfiguradas, mães secas e descarnadas, não conhecem dignidade, chegaram a condições tão subumanas que não é raro se julgarem aquém dos animais. O que leva aquela gente a insistir na vida? Qual o motivo? Em razão do quê? É o instinto de sobrevivência, claro, manter-se vivo a qualquer preço, mesmo que seja para servir às moscas varejeiras. Acredito que a fé tem raízes fincadas nessa sede de vida, nessa quase teimosia em permanecer de pé.

— Pois é, padre, daí que a fé, verdade seja dita, tem seu

lado cego, teiteimoso, uma espécie de arroubo emotivo que suplanta a razão: "Eu sei que posso!" Na verdade não sabe, apenas tem a certeza — quase sempre infundada, de que pode.

— Concordo, afinal o processo se desdobra através da emoção. Não estamos falando de números, Figueira, a fé é intuitiva, apaixonada, cega — se pensarmos nela como sentimento incondicional. Mas esclarecendo a questão que você colocou, não temos de criar a fé, inventá-la. Ela está aqui, nessa crença que temos na própria vida, em achar que ela vale a pena, a despeito de toda desgraça. O homem tende a crer, sempre, é a natureza humana.

— Sim, padre, mas há os que acreditam mais, os que acreditam menos e aqueles que simplesmente não crêem. O que você me diz do suicida, por exemplo?

— Este assunto dá pano pra manga, perderia o jogo de hoje e o do próximo domingo. Mas basicamente, acho que a fé foi mal trabalhada. Não condeno moralmente, mas acho o maior dos desperdícios, uma pena... Mesmo. Talvez o suicida não optasse pelo fim se tivesse o ego mais forte, se trabalhasse a sua fé... Na verdade nunca formei uma opinião definitiva sobre o assunto, mas lamento profundamente por esses irmãos que não agüentaram. Se tentassem um pouco mais talvez se acostumassem, poderiam até acabar gostando, porque a vida vale a pena, meu amigo, se vale — me olha por alguns segundos e acrescenta: — Sinto muito pelo seu pai.

Acaba de amarrar as chuteiras, fica de pé e bate os pés no chão pra testar.

— Pense nisso, Figueira. A fé está aí, abraçada ao seu ego. Você pode insuflá-la, coibi-la, depende de você — me fita longamente. — Não sou homem de fazer média, mas repito, vejo muita força em você. Mas pouca determinação. Duvido que você chegue na Argentina.

— Você está enganado, padre.

— Acho que não. Você ainda tem o que fazer por aqui... Você joga bola?

— O quê?

— Futebol, joga?

— Não.

— Deveria, ia te fazer bem.

Saímos juntos, ele ainda sugere que eu fique mais um ou dois dias.

— Obrigado, padre, mas quero ir.

— Como eu sei que você não vai visitar o médico me ligue dizendo se melhorou — estende o cartão.

— Certamente.

— Como eu sei que você não vai ligar, prometa, agora, que vai passar no hospital e tirar radiografias.

— Ok, padre, prometo... prometo, verdade...

Antes de me despedir coloco a questão do adesivo DEUS É FIEL. O padre sorri enquanto exponho meus pontos de vista.

— É Jó — ele diz.

— Quem?

— Jó. Quando ele é tentado pelo Diabo, com a permissão de Deus, argumenta que Deus é fiel e não o abandonará e, portanto, tampouco ele trairá seu Deus, pois confia que o Pai lhe restituirá.

— Então Ele é?

— É o quê?

— Fiel, ora.

— Sinceramente? Não sei — diz sem o menor constrangimento.

— Como não sabe? Você não é padre?

— Num certo sentido, Figueira, Deus pode ser o que você quiser; tirano, provedor, bom, justo, fiel... Está menos Nele e mais no homem. Também pode simplesmente não ser, se você não crê, logo Ele não existe... pelo menos pra você. Jó sentia fidelidade por parte do Pai, então Deus era fiel. Simples. Questão de fé.

— Lá vem você de novo. Sei não, desculpe, padre, mas você

fala tanto em fé que é bem provável que esteja questionando a sua.

— E por que não? Não tenho medo de provações. E outra, jamais seria louco a ponto de perder a fé. Se eu perco a fé eu perco o emprego — solta uma gargalhada.

Apertamos as mãos.

— Padre, uma última pergunta. É pessoal e impessoal ao mesmo tempo...

— Sim?

— Como fica essa questão do celibato?

Ele me olha e sorri.

— Me diga você, que não sai com mulher há mais de ano.

***

Saco algum dinheiro no caixa eletrônico e como algumas esfihas na padaria. É o máximo que posso fazer por mim e pelo povo de Aveiras. Hospital, nem pensar, muito pobre junto, pobres de fila. Na sua maioria velhos, sei bem como é, perguntam seu nome e discorrem a respeito da própria desgraça, falam de doenças com profusão de torcedor fanático. Cure-lhe as mazelas e é capaz do infeliz morrer de susto.

As costelas doem, claro, mas vão melhorar. Fé, Figueira, fé!

Me transformei numa aberração. O rosto deformado, a careca começou a descascar, calça de tergal no meio da canela e um dente partido. Isso por fora. Por dentro a coisa anda pior. Além das prováveis costelas quebradas estou deprimido, triste mesmo. Bilhetes de loteria, meias furadas, uma bala no ouvido e cheiro de água sanitária. Queria arrancar meu coração e jogá-lo aos urubus, pra torcida adversária, observar a antropofagia, morrer aos poucos enquanto a turba ensandecida se engalfinha por um naco. É o que eles querem, é o que eu quero, talvez funcione.

O total alheamento, caminhar a reta paralela, incongruente, até sumir aos olhos do mundo. Um ser remetido à dimensões que nem mesmo pai-de-santo pode vislumbrar. Viver como uma partícula de lixo espacial, preso à orbita de um planeta que não atrai e tampouco prescinde das suas porcarias.

Fé, Figueira, fé! Soa mais falso que livro de auto-ajuda. O único livro de auto-ajuda que eu conheço e que funciona é a lista telefônica. Como, ter fé? Tirar de onde, de uma cartilha? "Está em você, é inerente ao homem", disse o Padre. Sei não... sei não... estou mais com aquele escritor: "O sentimento que impera no ser humano é a má vontade."

Sujeito esquisito, o padre. Não me pareceu muito afeito à catequese. Dá conselhos, o que pode ser até pior que a pregação, verdade, mas pelo menos não é do tipo que amola os outros com dogmas e doutrinas. Deve gostar mais do futebol.

***

O amor não existe, mas se existisse seria à primeira vista, porque no decorrer do período a previsão sempre é de chuva e tempestade. À segunda vista somos sempre mais deploráveis.

Pode ser que eu tenha me apaixonado por Janaína. Eu disse pode ser, não dá para afirmar nada, mesmo porque é ridículo na minha idade. Aos quarenta e cinco a gente não se apaixona, só se engana. Criamos piadas afim de burlar o tédio.

Ela é só uma suburbana. Assim como eu.

Já Suzana é aquilo que as pessoas chamam de perua. Nasceu em Perdizes, o pai ganhou dinheiro como comerciante do ramo de calçados, estudou no Colégio Rio Branco e começou o curso de direito na PUC. Realidade para ela não se manifesta muito além da perda do poder de consumo, crime é algo muito feio, praticado com cacos de vidro por meninos de oito anos, na esquina da Rua Estados Unidos com a 9 de Julho. Miséria é uma anomalia decorrente da preguiça, e fome é questão que se resolve facilmente através da ação social e com a sopa enviada pelo centro espírita que ela freqüenta. Andaime é uma estrutura alta que costuma cuspir cimento e nordestinos desatentos. E São Paulo uma cidade menor do que parece, já que se limita ao entre-rios; começa no Pinheiros e termina no Tietê. Santana, Freguesia, Capão Redondo, decerto são lugares tão improváveis quanto Eldorado ou Shangrilá.

Atualmente está pensando em fechar a confecção. Quer partir para o ramo da decoração. Acha que pode ser boa decoradora. Compra as revistas do segmento e sabe o nome de toda aquela turma da Casa Cor. Ano passado tive de acompanhá-la, não teve jeito. Quase morri de depressão. Fé, Figueira, fé!

Janaína é tipicamente suburbana, ou seja, tem os mesmos anseios de uma perua: roupas de grife, automóveis importados e revista Caras, com a diferença de que se veste com mais discrição, não olha os outros de cima pra baixo e sabe o que é a vida sem estrutura sanitária.

Um cachorro para Suzana, por exemplo, é labrador, poodle ou weimaraner. Para Janaína é Rex, Lulu ou Zequinha. Haveria uma possibilidade ao lado de Janaína, a chance de eu ser Vanderlei, pela primeira vez na vida.

Vou levá-la comigo, decidi. O padre tem razão, a reticência é o grande entrave. Chega de apalpar a vida com luvas de borracha, viver com binóculos presos ao pescoço. Vamos para Buenos Aires, Janaína, vamos viver, aproveitar, nem que seja por um ano, um mês, uma semana. Veremos os glaciais, as pinguineras, o Ushuaia. Tomaremos vodka servida pelo grande Alejandro Paz do Chile e jantaremos em bons restaurantes em Santiago. Ouviremos música, Janaína, ainda é tempo de aprender, posso gostar de música, não deve ser difícil. Tiraremos muitas fotos, posso comprar uma Hasselblad, como a que tinha o Sr. Venâncio. É o som mecânico mais bonito que existe, o da Hasselblad, o velho Venâncio sempre disse. Mais bonito ainda que o do isqueiro Zippo.

Só nós dois, Janaína, de motocicleta. Conserto meu dente, deixo o cabelo crescer, tiro estes brincos estúpidos e lavo o rosto. Você vai gostar, garanto, vou ser legal, farei suas vontades e te contarei a história do Zezé. Compraremos jaquetas de couro argentinas, pelo que sei são muito boas. Podemos fazer coisas românticas; ver estrelas, lua, enquanto bebemos vinho do bom e do melhor em silêncio, no deserto da Patagônia.

Será bom, Janaína, acredite. Vou na frente de moto, te mando a passagem aérea, você encontra comigo assim que melhorar. Conheceremos a América do Sul, Central, do Norte... Você escolhe, Janaína, você escolhe e eu me preocupo com o restante; dinheiro pra você, pra sua mãe e tal. Vou proteger você, Janaína, comprarei malhas de lã e chocolates, tudo o que você quiser. Chega de meias medidas, dores à prazo, amor e prazer gotejados. Chega de passar a noite olhando pra bilheteria. Se é lá dentro que a coisa rola é la dentro que estaremos. Eu e Janaína.

***

Valter se recusa a falar comigo. Ligo pra Marta.

— Olá Celso, é Figueira...

— Eia. Você ainda vive? — alfineta.

— Pra falar a verdade estou começando agora.

— Antes tarde do que nunca... — retruca.

— Com certeza.

— Não vá se engasgar. Como vão Suzana e as crianças?

— Ok, e por aí?

— Também. Ligamos no Natal...

— Recebi o recado.

— Pois é... então Feliz Natal atrasado.

— Pra você também.

— Quer falar com sua irmã?

— Por favor.

— Adeus.

— Adeus.

— Alô?

— Olá, Marta.

— Uau, alguém morreu?

— Ainda não, se bem que com essa chuva toda...

— Pare com isso, Figueira, que morbidez! — resmunga — Diga, tudo bem com você, Suzana, os meninos?

— Ok, por aí ?

Ela está há dez minutos contando os feitos épicos de Celsinho e Mário. Eles têm exatamente a mesma idade de Eduardo e Lucas. Os primos poderiam ser amigos se eu tivesse saco para a Marta, se Marta suportasse Suzana, se Suzana não achasse Celso um sujeito chinfrim, se Celso não me odiasse e se eu fosse um daqueles pais que reúnem as crianças em torno de alguma causa insuportável: circo, parquinho, sorveteria, coisa e tal.

— É isso. Fale de Eduardo e Lucas?!

— Passam bem.

— Ah, Figueira, é um absurdo, os meninos quase não se vêem. São primos, e blá, blá, blá...

Tudo aquilo que eu previa escutar. Então eu me pergunto: por quê? E eu mesmo respondo: porque a vida é feita de frases sublinhadas. Simples. No final a gente sempre sabe o que a outra pessoa vai dizer. O cavalheiro aí, por exemplo, sentado na sua poltrona, sossegadão e tal. Experimente telefonar para a senhora sua mãe agora mesmo. Pergunte assim: "E aí, mamãe, como vai a sernhora?". Você pode fazer isso ou economizar o impulso telefônico. Você é quem sabe.

— ...então, Figueira, vamos combinar, precisamos nos ver mais.

— Impossível, Marta, estou de partida, não sei se nos veremos tão cedo.

Silêncio.

— Desculpe, Figueirinha... como é?

— Você ouviu, Marta, estou de partida. Deixarei o Brasil por um tempo.

— Com a família, você quer dizer. Suzana e as crianças também vão?

— Não, Marta, eles ficam.

Faço um resumo atenuado, digamos a versão light; a necessidade do homem buscar seus objetivos, acreditar na felicidade, a importância de escrevermos nosso próprio destino, mesmo à custa de dor e tristeza. Mas o homem forte deve seguir seu objetivo, é o melhor exemplo que se dá para os filhos, e isso e aquilo e coisa e tal... Tudo vai da maneira como se conta a história. Falo a Marta com profunda propriedade a respeito de coisas que não eu não faço a mínima idéia do que sejam.

— Olha, Figueirinha, o que você quer que eu diga?

— Nada. Estou só comunicando, somos irmãos...

— Nós *fomos* irmãos, hoje somos estranhos — a frase soa cheia de mágoa.

— Seremos sempre irmãos, Marta, gostando ou não. A nossa infância, a adolescência, os vinte anos que passamos juntos... Somos o saldo dessa convivência. Tenho boas lembranças de você...

— Tudo bem, não precisa se explicar. Não pra mim, você não tem responsabilidades nesta casa, tem na sua, com Suzana, os meninos.

— Eles estarão providos, cuidei disso.

— Figueirinha, você sabe ao que estou me referindo.

Silêncio.

— É simples assim? É fácil pra você estar longe dos seus filhos?

— Não sou um bom pai, Marta, sou apenas provedor. Fazer o quê?

— Como fazer o quê? — levanta a voz — Mude esta situação, ora. Se dedique mais, se envolva, cultue o amor...

— Marta, desculpe, mas não adiantaria explicar. Nada do que você disser poderá me demover da decisão.

— Bem, então se trata apenas de um telefonema de despedidas, é isso?

— Sim.

— Não precisava ter se dado ao trabalho, Figueirinha. Você sumiu há anos e não disse adeus, pra que fazer isso agora?

— Não sei, mas gosto de você, Marta, de verdade... — merda, por que isso agora?

Silêncio.

— Por que você fez isso, Figueirinha, por que se afastou de mim, do Valter?...

Silêncio.

— ...eu senti tanto a sua falta, Figueirinha, você não faz idéia.

Silêncio.

— Os meus filhos só te viram três ou quatro vezes, perguntam de você, querem saber dos priminhos. Eu tentei me aproximar, telefono e você me responde com monossílabos. Suzana passa meia hora falando da escola nova do Lucas e é incapaz de perguntar como vão meus filhos. Não quero ser obrigação na vida de ninguém, Figueirinha, só lamento por estar tão distante dos meus sobrinhos...

Silêncio.

— ...desculpe, Figueirinha, não tem cabimento uma conversa dessas por telefone. Passe aqui, antes de viajar, quero entender melhor essa história.

— Não dá, Marta, pra falar a verdade já estou em trânsito.

— Trânsito? Você já viajou?

— Sim.

— E onde você está?

— Não sei bem... uma cidade aí...

— Figueira, você fez alguma bobagem? — está bem séria.

— Acho que não...

— Você *acha* que não?

— Não se preocupe, Marta, está tudo bem.

Silêncio.

— Desculpe a intromissão, Figueirinha, mas tem outra na parada?

— Que parada?

— Você sabe, outra mulher — estava faltando. Diga o que disser, se tocar no nome de Janaína Marta entenderá mal.

— Não, Marta. Mas quero dizer que pretendo ter uma companheira no futuro e faço questão que você a conheça... e... torço para que vocês se tornem amigas. Não sei se volto, Marta, ou quando volto, mas ligarei sempre, se você e o Celso não se importarem...

— Claro que não, Figueirinha.

— Marta?

— Sim?

— Olha, Marta... Eu gosto muito de você — digo o mais rápido que posso.

— Agora me passe as crianças, gostaria de falar com elas.

— Também te adoro — está chorando. — Se cuida, Figueirinha.

— Adeus, Marta.

— A gente nunca deve dizer adeus...

— Verdade, já me disseram.

— A última pergunta: você não vai mesmo dizer o nome dela?

— Janaína... Bonito, né?

Engraçados, os meus sobrinhos. São mais espertos e espontâneos do que Lucas e Eduardo. Acho que é o bairro, foram criados em Santana, a molecada de bairro é mais esperta.

Foi bom falar com os guris. E com a Marta também. Me fez bem, eu acho, diminuiu a depressão e começo a me sentir melhor.

***

— Alô.

— Por favor, a Janaína?

— Quem fala? — pergunta num tom quase inaudível.

— É P.A., um amigo.

— Aqui quem fala é Clóvis, tio dela. Não sei você está a par, mas Janaína sofreu um acidente na quinta-feira. Estava em coma até ontem à noite...

— Já saiu do coma? — interrompo exultante.

— Infelizmente não. Sofreu uma parada cardíaca e morreu.

Silêncio.

vinte e seis

— Completa.
— Aditivada?
...
— Comum ou aditivada?
...
— Senhor, comum ou...
— Não fale comigo, cara. Não quero ouvir você, ponha a merda que quiser, me dê um tiro, tanto faz, só não abre a boca.
...
— $ trinta e cinco.
Pago, não é assim que se faz?
VRRRUUUMMMMM...

***

— Ei, rapaz, aqui é sul ou norte?
— Depende, ah, ah, ah... Sul ou norte de onde?
— Babaca.
VRRRUMMMMM...

***

— Completa.
VRRRUUMMMMM...

***

— Completa.
VRUUUUMMMM...

Já me masturbei pensando em Soraya, vê se pode. Deve ter dado azar...

VRUUUUMMMM...

A carne e o que vai dentro dela.

O crachá: Janaína, eis a diferença: há alguém por trás dos peitos. Atendi ao pedido, identifiquei o ser, transpus os seios...

— Completa.

VRUUUMMMMM...

Para todos os males: gasolina.

vinte e sete

Não acho que a vida tem que ter sentido. Pelo menos o sentido contábil que dela se espera: começo, sucesso e fim.

Vivemos, ora. Já basta ter que cumprir o protocolo fisiológico: comer, expelir, envelhecer com dignidade — entenda-se dignidade como a esclerose adequada aos preceitos da conformidade: mastigar de boca fechada e não borrar as calças.

Não, nada de justiça, igualdade, direito... Isso cheira a crediário. Só queria um lugar para gente como eu, ora, tipos simples e singelos que não gostam de nada. Gente que não coopera mas que também não espera cooperação. Alguma coisa bem mais simples que os burocráticos estatutos de uma tribo indígena. Por que não o alheamento? Não quero nada, aliás, nunca quis.

Que diabos estou fazendo no centro desta azáfama? O que devo entender por evolução: sujeitos pelados de olhos enormes, ou carecas que fazem implante de cabelos?

Que se dane, sou apenas um suburbano vendedor de imóveis. Quem se importa? Ganhei dinheiro, não ganhei? O que mais posso querer? Tanta gente passa fome... Afortunado sou eu, que como o que quero e o desfecho da obra se dá em vaso sanitário com tampo estofado.

Sou frágil demais, meus irmãos, não suporto filas e não como de pé, não sei lidar com perdas e o mundo me oprime. Somos todos muito parecidos, se for pensar.

***

Não sei se matei Janaína, sei lá... Estou aqui para ser julgado, não confio nos meus próprios critérios. No fundo é assim mesmo, a gente se enxerga nos olhos dos outros, sou exatamente da maneira como as pessoas me vêem. É mais fácil, eu acho, aceitar essa pontuação. Não consigo concluir mais nada a meu respeito, cansei.

Aceito as observações de Janaína; sou estranho, um tanto desequilibrado, devo ser mesmo, fazer o quê? Afinal todo mundo gosta de música. As pessoas tomam banho, lavam as mãos e se alimentam sem que isso lhes provoque traumas mais profundos. Respiram normalmente e praticam sexo sem pensar no escambo das secreções.

Não queria ser assim, dá trabalho, desgasta. Ou bastava que as pessoas não me vissem como sou, já ajudaria, eu acho. Janaína disse que gostou de mim, mesmo me achando esquisito. Talvez tenha me conhecido pouco, decerto fugiria no segundo dia, sei lá, agora já foi...

Preciso saber se sou o responsável pela morte de Janaína. Não estou preocupado com o veredicto, aguardar o julgamento é pior do que cumprir pena. Não vou passar o resto dos meus dias numa sala de espera, vivendo a espectativa da dor ou confiando no poder da anestesia. Que sangre ou estanque, tanto faz, vai doer igual.

De qualquer maneira eu lamento, Janaína, por ter aparecido em sua vida, no último dia, como espectador ou para decretar sua morte, pouco importa, o fato é que eu estava lá, como um coveiro que se vende por cinqüenta pratas.

Você era linda, Janaína. Eu poderia ter te amado, já havia decidido que sim.

***

Chegar numa metrópole às duas da manhã é sempre sinistro. Em lugares como São Paulo pode ser irreversível. O que dizer de um lugar onde os moradores consagram boa parte do dia à desconstrução da própria cidade? O que há neste lugar a ponto de nos reter como moscas numa teia? Metade dessa gente diz que quer ir embora, por que não vão?

E você, Figueira, o que está fazendo aqui? Você ia pra Argentina, ou era o Chile?

Em São Paulo você é um parafuso, porca, arruela... Um parafuso só existe em função de uma máquina, ora, deve ser por isso que a gente sempre volta: pra se enroscar numa porca qualquer, compor esta geringonça tecnofóbica, ser parte das prensas que a curto prazo esmagarão nossas cabeças.

Não dá pra ir muito longe, se for pensar. É tudo tão grande, a gente é tão pequeno. Deve ser por isso que japonês anda em bando: pra se defenderem deles mesmos, das suas corporações antropófagas. É, seu Japonês, chupa a cana que o senhor plantou. Docinha, não é não?

Eu não gosto de São Paulo por uma razão simples: não gosto de lugar nenhum. Ser arruela em São Paulo ou correia de trator em Jarinu dá no mesmo. Na Argentina é diferente, com certeza. Deve ser ruim também, mas é diferente.

Peguei chuva no caminho. Sinto frio, mas não importa. Estou rodando desde às três da tarde, não sei como vim parar aqui, acho que eu quis, deve ter sido isso.

Dizem que a zona norte enricou. Sei não, parece a mesma, pelo menos de madrugada. Há anos eu não vinha pra esses lados. Não é um mau lugar. O cheiro de excremento, sangue, pólvora e decrepitude pode ter dissipado, não sei, vou saber agora...

Passo em frente à casa de Marta. A casa onde vivi até os vinte e dois anos. Paro um instante, examino por fora.

Está diferente, foi reformada. Flores, o jardim está bonito e trepadeiras sobem pela parede lateral até o telhado. É branca com as sancas e cumeeiras amarelas. Tem a cara da minha irmã. Tem cara de lar.

VRRRRUUUUMMMM...

***

Toco a campainha.

Silêncio.

Ela abre uma fresta da janela da sala.

— Quem é? São duas e meia da manhã! — grita.

— É Figueira, D. Cândida.

— Quem?

— Figueira, D. Cândida — berro.

— Figueira?... O Figueirinha?

— Eu mesmo, D. Cândida.

Em um segundo ela abre a porta e corre pra calçada. Diminui a velocidade à medida em que se aproxima. Está perplexa, sua expressão vai da alegria contida à apreensão — como se esperasse por uma notícia de morte, deve ser, ninguém faz visitas às duas e meia da manhã, de moto e com o rosto estrupiado. Pára a meio metro de mim e não sabe o que dizer. Facilito as coisas.

— Não se preocupe, D. Cândida, está tudo bem — tento sorrir, — precisava ver a senhora. Desculpe o horário, tinha que ser hoje...

Ela voa no meu pescoço, me abraça. Sinto uma espécie de horror subir pela coluna. Vergonha, desprezo por mim, por ela, e um constrangimento esmagador ao me ocorrer que Paulo Augusto pode estar nos assistindo. E isso não tem nada a ver com crença, apenas com *possibilidade*.

Afasto delicadamente D. Cândida.

D. Cândida vive sozinha desde a morte de seu Vitor, há vinte e poucos anos. É daquelas pessoas que a gente não entende muito bem o que veio fazer no mundo. Perdeu o filho de treze anos, aos quarenta já era viúva. Jóvem, é verdade, poderia ter tido outro companheiro, mas D. Cândida já era uma senhora em vias de recolhimento antes mesmo da morte do marido. Mulher nascida para a maternidade, para o casamento e para a viuvez. Cumpriu as três premissas, verdade, só não contava com o desfecho caprichoso de um silogismo cruel. Na ocasião da morte de seu Vítor, Paulo Augusto não estava ao seu lado. Paulo Augusto, seu filho único, aquele que no futuro estaria incumbido de velar seu corpo. É uma mulher só.

A casa é a mesma, o cuidado de sempre, a simplicidade tratada com esmero e carinho, a dignidade engomada e passada a ferro. Toalhas de renda sobre a mesa e latas de biscoito com biscoitos dentro. Cheiro de polvilho e vasos de flores. Flores para ela mesma, D. Cândida, a merecedora. De onde vêm essas mulheres que não esmorecem?

Um homem não seria capaz, não com tamanha dignidade, compostura, não com latas de biscoito, unhas feitas, flores e serenidade. Não com as fotos dos entes perdidos no porta-retratos. Não como D. Cândida, cuidando de si mesma como se fosse sua própria enfermeira.

Não posso deixar de pensar no meu pai; a calça sempre meio arreada, a nádega à mostra, o cabelo empastado e seu quarto recendendo a ele mesmo. Um homem que sequer tentou erguer a cabeça após a morte da esposa. Como seria a minha vida, a nossa casa, com minha mãe lá dentro? Ah, deus, como desejei uma mulher naquela casa. Não se tratava de mãe, mas de uma mulher que operasse seu milagre, que inspirasse meu pai a aprumar sua coluna, sempre curvada. Alguém que não fosse desleixada como a minha vó. Uma mulher que nem amasse meu pai, mas que obrigasse o desgraçado a construir mais um banheiro.

D. Cândida faz café. Eu dou voltas desconexas pela sala. Quantas vezes ensaiei este momento, as palavras, a maneira. Já havia desistido. O fato encruado, a mentira já tão solidificada que não há como separá-la inteiramente da verdade. São as tais mentiras que viram verdade com o tempo. Os anos se encarregam de sancionar o ilegítimo. Há um prazo para que a verdade venha à tona, caso contrário ela prescreve, assim como crime insolúvel.

— Sente-se, Figueirinha — me olha séria. — Parece que você levou uma surra?! Você nunca foi de briga, deu pra isso agora?

— É uma longa história, D. Cândida, mas não vem ao caso, deixa pra lá.

Ela não tira os olhos do meu rosto.

— E esses brincos, a careca, o que deu em você, menino?

— Sinceramente? Não faço a menor idéia — confesso.

Serve o café. Comenta algo a respeito de Marta, moram na mesma rua. Na verdade não estou prestando atenção, penso apenas em como dizer.

— Sua família passa bem?

— Sim, tudo em paz.

Terminamos o café em silêncio, sob o peso de tudo que diz respeito a nós dois. Não preciso dizer que se arrependimento matasse eu já teria me juntado à Janaína. O que estou fazendo aqui? Ela espera que eu me pronuncie, mas estou quase desistindo.

— Bem, Figueirinha — rompe o silêncio, — o que te trouxe aqui depois de tanto tempo?

Há momentos em que o mundo parece se voltar na sua direção. É impossível respirar, raciocinar. O branco se abrindo como uma tela infinita. Nada funciona, nada conecta, nada do que foi previamente ensaiado poderá ser dito. A voz que sai não é a sua, o discurso não é seu — ou daquele que você entende por você mesmo. Vem de um lugar remoto, do imo mais inescrutável de um ser humano, de lugares incertos e desconhecidos, onde nada se formata. Não há mentira, não há verdade, apenas uma voz impessoal, asséptica e impossível de ser contida.

— D. Cândida, vim lhe dizer que sou responsável pela morte de Paulo Augusto. Eu poderia ter salvo seu filho, mas não o fiz, me omiti de livre e espontânea vontade.

***

Se há coisa realmente sujeita a falhas, ela se chama memória. E o lapso é, invariavelmente, intencional. Lembro do que quero e da maneira que me convém. Acho que é assim pra todo mundo. Nada é menos confiável que o passado: histórias contadas segundo a conveniência de cada um.

Não dá pra dizer o que há de verdadeiro, falso e de loucura da minha cabeça quando o assunto é a morte de Paulo Augusto. O sofrimento e a dor provocam cegueira, burrice e desatino.

O alto da Cantareira era uma floresta praticamente virgem, gostávamos de ir até lá. Geralmente comprávamos uma garrafa de refrigerante, pão, mortadela e subíamos pedalando. A volta, claro, é que era o acontecimento.

Foi exatamente assim naquele dia. Subimos a Cantareira por picadas abertas na mata e fomos até a clareira onde costumávamos lanchar. Comemos e nos estiramos no chão.

As coisas haviam mudado bastante. Paulo estava estudando em outro colégio desde o começo daquele ano. Fez sucesso por lá também, como era de se esperar. Agora ele conhecia muita gente, tinha novos amigos, pessoas que eu tinha de aturar, engolir como se fossem jiló. Assuntos que não me diziam respeito, garotos que não davam um vintém por mim, passavam reto como se eu não existisse. E Pilar, a detestável garota que combinava com Paulo em todos os sentidos. Eu sabia que momentos como aquele se tornariam cada vez mais raros e essa certeza me apavorava. Paulo era tudo o que eu tinha. O que eu fazia, pensava e planejava, era com base no que ele faria, diria ou pensaria. Eu nunca o contrariava, ao contrário, fazia questão de concordar em absolutamente tudo, incluindo elogios à detestável Pilar.

Cheguei a seguir Paulo numa tarde. Passei horas plantado defronte da casa de Pilar, me corroendo de ódio e ciúme, imaginando as tantas alegrias das quais as pessoas podiam dispor. Eu, ao contrário, só tinha o meu amigo. O resto se resumia a um cachorro caquético, um cágado desprezível e uma vó decrépita que recusava morrer

— Ela é demais, Figueirinha — comentou. Parecia um idiota; deitado de costas, olhando as nuvens

— É, parece, deve ser...

— Vou te contar, Figueirinha, mas não conte pra ninguém, tá!?

Meu sangue gelou. Eu já sabia.

— Ontem eu beijei a Pilar, Figueirinha, beijei. Foi demais — disse, o olhar perdido nas nuvens, um perfeito abobalhado.

Continuou falando, mas eu já não ouvia.

A minha derrocada estava anunciada. Já não gozava de exclusividade, era questão de tempo para que ele enjoasse da nossa amizade. Eu não conseguiria fazer novos amigos, claro, e teria que conviver com o sucesso de Paulo Augusto, suas predileções, acompanhando tudo de longe, assim como um cachorro amarrado à árvore observa o piquenique: a uma distância que o dono considere segura.

Minha vida se tornara a própria desgraça; o fim da magia. Eu não teria o que fazer até o fim dos meus dias. Mesmo antes da morte de Paulo, aquele ano já se desenhava como o pior da minha vida.

Foi neste estado de espírito que escalei a enorme paineira atrás de Paulo Augusto — sempre atrás. Subimos, subimos, subimos até aonde ele achou seguro.

Então eu fiz o que nunca havia feito. Sei lá se de raiva, sei lá se de ódio, sei lá se por despeito, pouco se me dava. O fato é que continuei galgando os galhos, me desviei de Paulo e subi até o último graveto. Olhei pra baixo e ergui as sobrancelhas — e aí? Cadê seu amigos?

Existe um código tácito entre garotos. Um estatuto que se cumpre em nome da própria sobrevivência. Paulo era perito nessa difícil arte de ser criança, um mestre quando se tratava de abrir o peito, apresentar-se e dizer ao que veio. Ele não tinha opção. Começou subir, muito devagar, titubeando. Eu disfarcei, fazia comentários a respeito da vista, como se tivesse acabado de realizar a empreitada mais trivial do mundo. E se for pensar, foi exatamente o que fiz, eu não tinha nada a perder.

— Vem rápido, Paulo — esnobei, — você está perdendo o visual.

Eu sabia que ele não conseguiria. Comecei a descer, vitorioso. Sarcasticamente vitorioso. Passei por ele e desdenhei.

— Lá em cima é lindo, você vai adorar.

Do chão eu observava Paulo. Minúsculo como uma formiga, reticente como o cágado Janjão, mas cumprindo o papel que cabe aos meninos: levar às últimas conseqüências os estúpidos códigos da competição.

Então Paulo travou. Não ia nem pra frente nem pra trás. Permaneceu assim um tempo; estático, quieto. Até que foi bravo, além do limite, eu diria.

— Ajuda, Figueirinha, eu vou cair!

Eu ria. Aquela cena era um copo de Tubaína: puro deleite.

Me fazia de desavisado, como se o seu desespero não fizesse o menor sentido.

— Ah, Paulo, pára com isso, é fácil, é só por um pé ali, o outro lá...

Eu podia sentir sua aflição e, confesso, me fazia bem. Aquele quadro era inédito.

Torturei Paulo até onde pude. Quando ele começou a berrar achei que já tinha me divertido o bastante. Estava me preparando para subir e resgatar o idiota apaixonado.

Foi quando ele despencou.

Disseram que fomos localizados às cinco da manhã. Paulo estava morto e eu em estado de choque, segurando sua cabeça esfacelada no colo.

***

Os princípios não justificam os meios, muito menos os fins. Sou Figueira porque um dia nasci Figueirinha. É apenas mais uma história de saber perder. Pois é, eu não soube. Mas também não saberia vencer, dá no mesmo, se for pensar. De qualquer maneira a minha história é ridícula. É a história de quem venceu na vida: O menino pobre que ganhou dinheiro, leu alguns livros e aprendeu coisas, tem filhos inteligentes, bonitos e saudáveis, e uma mulher que, bem ou mal, tem lá seus predicados. Isso deveria bastar, pelo menos é o que dizem.

Eu poderia acabar com tudo. Meu pai fez isso e, no caso dele, acho que foi bastante providencial. Mas eu insisto na causa, não me perguntem o porquê. Acho que é porque eu acredito, de um jeito ou de outro, acredito. Talvez eu não possua a fé determinada e incisiva de que o padre falou, mas por outro lado há uma espécie de esperança lânguida, um filete de otimismo que sobrevive em mim a despeito da minha própria vontade. O tal fio de esperança me mantém acordado, como o cabo do aparelho mantém vivo o paciente terminal.

O suicídio, no meu caso, estaria mais para eutanásia, pode ser, não sei, preciso pensar a respeito. De qualquer maneira já arquivei esse assunto. Não quero morrer, pensando bem nunca quis, caso contrário já teria feito. Acho que era mais pelo exótico, assim como o sexo com a negra Rita. Não quero atirar, não quero sexo. Quero continuar vivendo, afinal sou um sujeito teimoso.

***

Conto tudo para D. Cândida. Tudo. Em nenhum momento ela me interrompeu ou esboçou qualquer reação. Durante minha confissão ela olhou fixamente para um quadro de paisagem. Algumas lágrimas correram, é verdade, mas se havia dor ela estava no peito. Sua expressão era de total serenidade.

Estamos há alguns segundos em silêncio.

— Sabe, Figueirinha, eu sinto pena de você.

Silêncio. Não é a melhor coisa de se ouvir a respeito de si mesmo.

— Sinto mesmo, Figueirinha — prossegue calmamente. — Você sofre desde criança. Mas a questão não é o sofrimento, menino, sofrer faz parte da vida, não estamos num parque de diversão. O problema está na maneira em como lidamos com as dores, com as perdas e, principalmente, com as nossas limitações. O limite, todo mundo sabe, deve ser respeitado. Se entendemos isso, encontramos paz. Você sempre se preocupou mais com as suas impossibilidades, com as negativas que a vida lhe impôs, ao invés de acreditar no seu potencial, nas suas virtudes. Sofrer é muito de opção, menino. Posso afirmar com segurança.

Continua com os olhos pregados no quadro. Deve estar me odiando, claro.

— Você sofreu perdas bruscas, assim como eu, como muita gente. As pessoas são diferentes, cada um responde de um jeito, mas pode ter certeza, ninguém neste mundo recebe o fardo maior do que a força. Está na hora de você crescer, Figueirinha. No fundo você ainda se sente uma criança rejeitada. Por isso faz malcriação para o mundo. Acontece que você é um homem de quarenta e cinco anos. Quarenta e cinco.

— Sei disso, D. Cândida, com todo respeito, a senhora não me diz nada além do que eu não saiba. Mas o abismo é muito maior... há demônios, vozes e uma tristeza amorfa, tristeza sem causa objetiva, que não diz respeito a nada que eu conheça. Uma lassidão profunda...

— O que você quer, Figueira? — interrompe — Por que veio aqui me dizer tudo isso? Faz trinta anos que...

— Veja bem D. Cân...

— Não me interrompa, rapaz! — Se vira na minha direção. É impossível decifrar seu olhar.

— Escute, menino, preste atenção: você não é maior do que a vida. Ninguém é. Tem coisas que a gente muda, outras não, e você tem que aceitar essa condição... É o mundo, moço, não tem outro jeito. O que você quer, Figueirinha, desistir? Quer fazer como seu pai?

— Não estamos falando disso, D. Cândida.

— É claro que estamos. Estamos falando de dor, de perdas, de sentimento de culpa. E, me desculpe, rapaz, mas lido com essas coisas há mais de trinta anos... Não sei o que você espera de mim, vindo aqui, desenterrando histórias. O que você quer, meu perdão, é isso? Pois bem, é simples, Figueirinha, te perdôo. Você está perdoado — se aproxima de mim. — Agora me diga, e quem vai *me* perdoar?

Silêncio.

— Desculpe, D. Cândida, mas... Perdoá-la do quê?

Ela baixa o olhar e balança a cabeça. Morde o lábio, suspira e me olha com frieza.

— Por ainda estar viva, Figueirinha.

Sinto enjôo. De que diabos ela está falando? Não era para ser assim, deus do céu, por que tudo é tão complicado? Pare com isso, D. Cândida, o assunto sou eu, não a senhora. Me excomungue, me absolva, tanto faz, pouco importa, mas me diga, se sim ou se não.

— Não, Figueirinha, não faz sentido — prossegue — não faz. Pare de revolver o que está enterrado. Você não sabe o que diz.

— Claro que sei, D. Cândida — interrompo, — claro que sei. Sei exatamente o que estou dizendo. Não sou um homem feliz, D. Cândida. Aliás, nunca pretendi a felicidade, sabia que ela estava além do meu alcance ou simplesmente fora do meu raio de ação. Mas ao lado de Paulo talvez eu tenha me aproximado bastante... sei lá, cheguei a crer.

— Que história é essa, Figueira!?

— É simples D. Cândida, muito simples. Não podia aceitar a idéia da felicidade do Paulo se eu não estivesse presente. Eu quis que ele morresse, quis de verdade. Eu sou este homem, D. Cândida, valho muito pouco ou quase nada.

— Pare com isso, rapaz — me corta. — Não vou passar a mão na sua cabeça, se é isso o que você espera. O que você está dizendo é uma bobagem. Sou uma mulher simples, mas já vivi e senti o bastante pra te dizer que a mente do ser humano é mais complicada do que as ruas de Santana. Nem mesmo você, Figueirinha, tem certeza do que está dizendo. Você era apenas um garoto de treze anos, inseguro, tímido e arisco. Mas era um menino bom, observador, leal e tirava boas notas. Se Paulo não tivesse morrido vocês ainda seriam grandes amigos. Você estaria rindo do fato de que um dia desejou que seu melhor amigo morresse porque estava enciumado por causa da namorada.

— Não é tão simples assim...

— Porque você não é simples. Porque você complica as coisas. Sabe Deus quantas vezes desejei que Vítor morresse. Não daria pra contar...

Olho espantado.

— Verdade — prossegue, — Nunca quis me casar. Casei grávida, você sabe, todo mundo em Santana sabe. Naquela época, uma solteira engravidar ainda era motivo de vergonha. Casamos. E só continuei casada porque uma divorciada que casou grávida não teria condições de sobreviver. Não em Santana. Amei e odiei Vítor, sempre alternando, claro, amor e ódio não se misturam. Mas quando ele morreu eu soube que o amava.

Silêncio.

— Você, Figueirinha, não é um homem mau. É um homem mal aproveitado, só isso.

— Mas eu desejei, D. Cândida, eu quis que Paulo...

— Voce não quis nada, Figueirinha — levanta a voz. — O que eu me lembro é de um garoto que amava meu filho. Um menino bom que foi encontrado em estado de choque, passou duas semanas internado depois do acidente. Um bom aluno que perdeu o ano escolar. Um homem que até hoje deposita dinheiro anonimamente na minha conta porque sabe que eu sou viúva e minha pensão é uma miséria.

Silêncio.

— Talvez seja apenas para aliviar minha culpa... — explico.

— Não diga bobagens, Figueirinha. Você me ofende, eu jamais teria aceitado um único centavo do seu dinheiro se não tivesse certeza das suas intenções... Tenho sessenta e cinco anos, menino, idade suficiente pra saber a procedência das coisas. Sei quando uma pessoa me quer bem, me detesta e até quando ela tem medo de mim.

— Perdão, D. Cândida, perdão. Eu não queria... eu não queria...

— Ninguém queria, Figueirinha, ninguém...

Permanecemos quietos um tempo. Já não me importo se Paulo estiver vendo. No fundo a gente sempre sabe. Todo mundo sabe.

— Deixe eu dizer uma coisa — me segura pelos ombros e olha direto nos meus olhos. — você não tem todo esse poder sobre a vida e a morte. Ele morreu porque era a hora. Ninguém, Figueirinha, ninguém morre antes do tempo. A vida é maior do que intenção de qualquer pessoa. Um bandido não mata uma pessoa inocente se esta pessoa não estiver pronta pra morrer. E Deus sabe o quanto eu quis morrer... Mas não estou pronta ou talvez eu apenas acho que quero... Talvez eu não queira tanto assim. A gente só morre quando avisa a Deus: "Estou pronto". Claro, é tudo inconsciente. Deve ser durante o sono...

Fala muitas coisa questionáveis. Mas não quero discordar em nada. Quero isso: estar do lado dela, ouvindo sua voz. O som é mais importante do que o argumento, muito mais. Concordo com tudo, e confesso: estou satisfeito, é bom a gente concordar de vez em quando.

***

Minha vó contou assim:

Diz que um velho pobre e miserável levara uma vida de privações, fome e toda sorte de desgraças. Em meio à merda toda, repetidas vezes ele sonhara com um tesouro enterrado em seu casebre, debaixo da cama. Cético que era, nunca se permitiu cavar um buraco. Jamais se exporia ao ridículo de encontrar apenas minhocas. Prosseguiu levando sua vida miserável.

A velhice já ia ao meio, beirava os setenta, coisa assim, quando o sonho voltou a procurá-lo. Talvez por não mais suportar os sonhos, talvez pela idade — que confere aos velhos o direito de se exporem a qualquer tipo de constrangimento, ou simplesmente por não ter mais o que fazer, o fato é que o sujeito decidiu pegar na pá. E é claro, encontrou o tal do tesouro.

Diante das moedas ele reflete, esmiuça seu passado. Chora sua teimosia, chora sua reticência, chora pelo fato de ter passado a vida dormindo sobre um futuro melhor. Ele então observa o próprio corpo; carcomido, turrão, diante de todo aquele ouro. O velho enterra o tesouro no mesmo lugar e se enforca em seu casebre sujo e miserável.

***

Escrevi uma carta pra Marta, outra pra D. Cândida. Abri a gaveta e tirei o Tauros 38, comprado na loja Gaúcho. Meti uma bala no tambor, girei. Apontei contra o ouvido e disparei. Clic.

Foi tudo. Eu tinha 25 anos. Preferi contar com os desígnios do tal destino, ao invés de escrevê-lo à minha maneira. A gente tem de ter colhão, seja pra viver ou morrer, tanto faz.

Foi a minha opção: uma meia vida.

vinte e oito

Conversamos mais um pouco. Devagar vou me acalmando. D. Cândida agora fala de assuntos corriqueiros; polvilho, a pintura da casa, o preço das coisas e o calor. Não sei por que as pessoas se interessam tanto pelo clima.

— É verdade — concordo, — a garoa sumiu há anos...
— Deve ser por causa daquele Niño, sabe?
— Sei sim, claro...

Silêncio. Experimento uma espécie de calma, uma tranqüilidade neutra: nem que sim, nem que não. Deve ser assim pra todo mundo, na verdade quanto menos se busca uma conclusão definitiva mas se chega àquilo que chamam de paz, deve ser, sei lá. Deixa rolar, relaxa, não assim que dizem?

D. Cândida me acompanha até a porta.

— Figueirinha, eu sei que tem coisas aí nesse coração. Coisas que te incomodam; dúvidas, medos, não sei... O que eu sei é que as respostas não estão aqui em Santana, estão aí, no seu peito. Apareça quando quiser, você sempre será bem vindo, mas não venha para destampar, venha comer biscoitos. É o que uma viúva de sessenta e cinco anos pode oferecer: biscoitos de polvilho.

Consinto, claro, fazer o quê?

— Prometo, D. Cândida.
— Traga seus filhos, adoraria conhecê-los – diz.
— Claro... Eduardo é um garoto maravilhoso...
— Ué, não são dois?
— Sim, sim... o Lucas também — emendo. Ela me olha séria.

— Traga Suzana. Se bem que parece que ela não gosta muito de Santana...

— Em absoluto. Suzana é inocente... Nesta questão de Santana, claro.

Ela me fita por um instante.

— Vá se cuidar, Figueirinha. Ainda dá tempo.

— Não saberia por onde começar, D. Cândida.

— Pelo cabelo, ora, deixe crescer, você está horrível.

***

Tenho vontade de gritar, mas permaneço mudo, apenas acelero. Pareço um maluco descendo as ruas de Santana. Não penso em nada. É o melhor sentimento do mundo: não pensar, não querer saber. O vento no rosto, deus, que maravilha. São cinco horas da segunda-feira e não parece quarta.

Posso ir aonde eu bem entender; Buenos Aires, Ushuaia, Santiago. É só uma questão de empenho, mas depois de amanhã, se eu quiser, poderei estar tomando vodka servida pelo grande Alejandro Paz do Chile, o maior barman do mundo, ao lado do insuperável Passarinho, da Província Piratininga.

Quero que se foda. Quer saber? Que se foda. Um brinde à miséria, outro à opulência, ao sucesso e ao fracasso. Dá no mesmo, questão de referencial... Grande Keila, grande Keila.

VRRRRUUUUUMMMM...

***

Moro numa bela casa no bairro do Sumaré, projetada pelo grande arquiteto Artigas. Um clássico. Comprei de um sujeito enforcado, bem no estilo sanguessuga: pago a metade do que você pede e te livro dos impostos atrasados. É o que faz um atravessador. Jurei a mim mesmo que não faria isso novamente. Menti, claro. E é exatamente por isso que não voltarei para a Leidermman, apesar do Sr. Jacob.

Observo a casa. O sol nasce atrás, é realmente bela. Pra que serve mesmo uma casa?... Ah, sim, para abrigar pessoas, claro. É por isso que não podemos despejar gasolina nos rodapés e atear fogo, tem gente lá dentro.

Estaciono a moto do outro lado da rua. Entro em silêncio, desligo o alarme. É estranho estar em casa.

Vou até o bar e me sirvo de vodka. Esta aqui tem gosto de água sanitária.

No lavabo eu retiro os piercings. Dói pra burro. Lavo o rosto e me observo. Desinchou um pouco. Consigo até esboçar um sorriso, é ridículo, se for pensar.

Penso em Janaína. Menos nela do que no ocorrido. Engraçado como a vida se reapresenta; presumível, óbvia. Procurarei seus pais, devem estar sofrendo muito, a perda de um filho deve ser irreparável. Não sei no que posso ajudar, mas quero que saibam que eu estava lá. Me porei à disposição. Tudo, qualquer coisa, menos esperar trinta anos.

Sentirei saudades de Janaína.

***

Subo devagar. Como sempre a porta do quarto dos meninos está entreaberta. Vou até a cama do Eduardo. Vazia. Saio tateando até a cama do Lucas. Sinto seu pezinho.

Sento ao seu lado. Ele acorda. Boceja e segura meu braço.

— Pai?!

— Sim, Lucas, é o papai.

— Acende a luz. Tá na hora da escola?

— Não, você tá de férias, lembra?

— Ah, é mesmo... Aonde você viajou?

— Muitos lugares... Me diga, cadê o Duda?

— Foi dormir na cama da mamãe, ele tava com medo...

— Hum... E você, não tem medo?

— Não...

— Sei... Mas me diga, e se vier um monstro?

Figueira, você realmente é o anti-pai.

— Monstro?

— É, Lucas, um monstro.

— Você disse pro Duda que monstro não existe!? E agora, Figueira?

— É verdade, não existe mesmo. Só queria ver se você sabia.

Silêncio.

— Você gosta dos Power Rangers?

— Mais ou menos... o Duda gosta.

— E por que você não gosta?

— ...Hum...eles são chatos...

— É mesmo?

— É.

— E qual é o brinquedo que você mais gosta?

— Eu?... Hum... nenhum... Eu gosto de inventar.

— Inventar brinquedos?

— Não pai, inventar brinquedo é muito difícil. Eu invento amigos.

Tenho um monte. O melhor é o Zinguetrua.

— Como?

— O Zinguetrua.

— Sei... E o que é um Zinguetrua?

— É o meu amigo inventado, já expliquei.

— Hum... entendi. E futebol, você gosta?

— Claro.

— Sei... mas vocês gostam do São Paulo, eu...

— Eu não gosto do São Paulo!!

— Ah, não?

— Pai, já falei: sou Santos, que nem você.

— É verdade, é verdade... tinha esquecido.

Silêncio.

— E me diga, sua mãe já te deu a camisa do Santos?

— Pai?! Claro que não. Ela já falou: coisa de futebol é o pai que compra.

Sinto meu olhos umedecerem. Figueira, você se transformou num autêntico banana. Um belo dum banana.

Silêncio. Ele é lindo, o Lucas. Tem o cabelo claro, é frágil, parece um peixinho de aquário... Tenho vontade de acender a luz, mas não quero assustá-lo.

— Pai?

— Sim Lucas?

— Me dá uma camisa do Santos?

Meu Deus, esse menino dificilmente pede alguma coisa.

...

— Lucas, vamos fazer o seguinte?

— O quê?

— Amanhã vamos sair só nós dois. Só eu e você. Vamos escolher uma camisa bem bonita. Vamos tomar todos os sorvetes que você quiser e eu vou te contar de um amigo muito legal. Um amigo que eu tive quando eu tinha a sua idade. O nome dele é Zezé, era o cara mais legal do mundo...

— Ôba! Eu quero... E a gente pode levar o Duda?

— Não Lucas, dessa vez vamos só nós dois.

— E o Zinguetrua?

— Tudo bem, mas só o Zinguetrua.

***

Abro o cofre e um cheiro de miséria aliado à capacidade humana de manter segredos invade o meu nariz. O que pode ser menor do que um cofre?...

Há as duas medalhas que Valter ganhou aos onze anos e não tirava do pescoço nem para dormir. No dia em que o fez tratei de surrupiá-las afim de chantageá-lo. Hoje basta que ele receba as condecorações pelo correio e que continue me odiando.

Retiro alguns pacotes com dólares mas não me dou ao trabalho de contá-los. Separo um pra mim e os outros deixo sobre a mesa ao lado, junto com procurações delegando poderes a Suzana. Enfio no bolso duas fotos 3X4 do meu velho. Mas então me arrependo e jogo as fotos fora.

Reviro mais alguns cacarecos sem a menor importância. Aliás são coisas que no fundo nunca tiveram valor. Talvez por isso guardemos essas besteiras; bilhetes de um show de música, santinhos, o terço da vó, o primeiro dente ou um bilhete da namorada. Juntamos tralhas na esperança de que adquiram valor com o decorrer dos anos. Mas a verdade é que esse mosaico de memórias, esse relicário de ossos e ânsias não tem outra função a não ser a de juntar poeira. Esses pequenos anzóis nos apontam o passado como se indicassem equívocos, os erros que ajudaram a compor o presente fracasso. Então eu observo a imagem do São Judas no santinho, lembrança de um dos únicos dias felizes da minha vida, o dia da minha primeira comunhão. Fito profundamente esse senhor de barba com quem jamais tive o menor envolvimento, a menor afinidade ou senti qualquer simpatia e... Parece piada, é como se eu quisesse me desculpar. Pois é, São Judas, o seu bem traçado plano de markenting não vai funcionar. Não comigo. Sou e continuarei sendo este cara que o senhor está vendo: confesso pecados sem garantia de arrependimento. É o melhor que se pode oferecer a si mesmo e aos irmãos: a verdade, doa a quem doer. O resto é propaganda enganosa. Dane-se, não é nenhuma novidade, deve ser assim pra todo mundo.

De um envelope pardo retiro uma dúzia de fotos de Suzana trepando com o bem apessoado Carlos. Observo as fotos com atenção que jamais me permiti. Me ocorre que Soraya, a amante oficial, adoraria ver essas fotos e, confesso: quanto prazer me daria incendiar esse castelo de papel. Mas me contento em pôr fogo apenas nas fotografias.

No canto esquerdo do cofre o Tauros 38, ainda ressentido de sua empreitada mal-sucedida. Retiro a arma e removo a bala, a única no tambor. Enfio a bala no bolso, junto com meu passaporte.

Basta, é tudo que preciso para um novo relicário.

Talvez eu nunca seja feliz. Mas tanto faz, felicidade é uma coisa meio besta, se for pensar. Felicidade tem cara de liqüidificador, batedeira, Disneylândia, Fnac, Páscoa... A tal felicidade costuma trazer problemas.

Sei lá, tanto faz. Tudo é uma grande bobagem. Mas descobri várias coisas pra fazer; visitar a Marta, D. Cândida, passear de moto, gastar o dinheiro que juntei... Sei lá, brincar de faz-de-conta: fingir que existe qualidade de vida. Bem ou mal tenho uma Harley, conheci algumas mulheres, joguei fora o celular e ainda não desisti da Argentina.

***

Suzana e Eduardo dormem abraçados.

Olho para Suzana. É uma mulher bonita, sem dúvida. Mal aproveitada, mas bonita. A gente desaprende a ser feliz num lugar e depois esse lugar não tem mais conserto. É como tentar ser feliz numa paisagem de calendário, numa folhinha da Igreja Messiânica. É como se a realidade só pudesse existir em fotografias.

Vou ter que acordá-la. Vou ter que dizer adeus. Porque também aqui, muito pouco me diz respeito.